四川文化产业职业学院学术著作出版基金资助出版

U0693104

国文论的中国化 研究

邱明丰◎著

四川大学出版社

项目策划：梁　平
责任编辑：孙滨蓉
责任校对：胡晓燕
封面设计：璞信文化
责任印制：王　炜

图书在版编目（CIP）数据

中国文论的中国化研究 / 邱明丰著 . — 成都 ：四
川大学出版社，2018.9（2024.6 重印）
ISBN 978-7-5690-2405-0

Ⅰ . ①中… Ⅱ . ①邱… Ⅲ . ①中国文学－文学理论－
研究 Ⅳ . ① I206

中国版本图书馆 CIP 数据核字（2018）第 221471 号

书名　中国文论的中国化研究

著　　者	邱明丰
出　　版	四川大学出版社
地　　址	成都市一环路南一段 24 号（610065）
发　　行	四川大学出版社
书　　号	ISBN 978-7-5690-2405-0
印前制作	四川胜翔数码印务设计有限公司
印　　刷	永清县晔盛亚胶印有限公司
成品尺寸	148mm×210mm
插　　页	1
印　　张	7.75
字　　数	210 千字
版　　次	2019 年 9 月第 1 版
印　　次	2024 年 6 月第 2 次印刷
定　　价	58.00 元

扫码加入读者圈

四川大学出版社
微信公众号

目　录

绪　论……………………………………………………（ 1 ）

第一章　中国文论的西化历程……………………………（ 33 ）

　　第一节　西学思维的初步铺垫……………………（ 35 ）

　　第二节　学科范式的正式确立……………………（ 45 ）

　　第三节　苏联模式的泛化及曲折…………………（ 60 ）

　　第四节　学科复建与广引西学……………………（ 71 ）

　　第五节　中国文论西化的维度……………………（ 84 ）

第二章　中国文论的现代性变异…………………………（ 96 ）

　　第一节　文化转型与文论失语……………………（ 96 ）

　　第二节　文论"失语症"的研究进路………………（106）

　　第三节　"失语症"与现代性变异…………………（116）

　　第四节　中国文论话语的现代性重建……………（128）

第三章　中国古代文论的直接有效性……………………（135）

　　第一节　从"古为今用"到"古代文论的现代转换"

　　　　　　………………………………………………（136）

　　第二节　中国古代文论直接有效性的理论向度…………（148）

　　第三节　中国古代文论的直接展开………………（157）

第四章　西方文论中国化…………………………………（167）

　　第一节　文论的"他国化"规律……………………（167）

　　第二节　"以我为主"的学术规则…………………（179）

　　第三节　中西文论对话及融汇……………………（189）

第五章　推动中国文论话语在当代成为主流…………………（202）

　　第一节　从文学理论学科制度上入手………………（202）

　　第二节　打开国际新视野…………………………（217）

结　语……………………………………………（229）

参考文献…………………………………………（234）

绪　论

一、主要理论视野

一项研究的展开，首先需要一些基本的界定，它阐明研究的对象、方法，以及一些核心概念等。相应的界定可以明晰课题研究的边界，说明研究在何种意义上是有效的，毕竟任何的研究都是有限性的，过于宽泛的探究失去了理论观照的核心要义，难以保证理论探索的清晰逻辑。因此，我们有必要进行界定，以便顺利地进入课题的论域。本课题是一个学术史的问题，对当前中国文论话语建设历程给予关注；同时也是一个中国当代文论的问题，重点研究中国文论话语未来的发展走向。

（一）研究对象和研究方法

就研究对象而言，课题以"中国文论的中国化"为主题，旨在重新审视中国文论话语建设，具体表现为中国古代文论学科史和重建中国文论话语两个话题。重建中国文论话语是本课题的核心，中国古代文论学科史则是置入中国文论话语建设的论域而呈现其理论意义的。重建中国文论话语的理论前提，在于中国文论话语在当代的缺失，这表现为中国文论的"失语症"。基于中国文论患上了"失语症"的现实，重建中国文论话语也就有其理论依据，探究重建的具体路径势在必行，这就是我们的研究视野。在中国文论"失语症"的视域中，中国古代文论学科史在一定程度上就是中国古代文论逐渐西化的历史，因此，对学科史的梳理

呈现了"失语症"产生的缘由。中国古代文论学科史与重建中国文论话语组成了一个递进的序列,中国古代文论学科史旨在揭示问题,重建则导向对问题的解决。

研究方法影响审视问题的角度,对顺利推进研究具有至关重要的作用。文论"失语症"与重建中国文论话语是学界在古今、中西的综合维度下考察发现的,因此,研究的方法必须立足于这个维度,并且能够不断地推进对古今、中西的深度追问。出于这种考虑,我们主要借鉴比较文学的相关方法,因为比较文学学科主要就是对中外、古今文学关系的观照,其展现的跨越性能够拓展研究视野。因此,我们的研究必须立足于比较文学学科理论的前沿,尤其是要关注中国学者对比较文学学科理论的建树。因为中国学者的研究更加符合中国本土的学术语境,从而切实地解决中国学术的困惑。从当前比较文学学科理论的发展来看,分别有影响研究、平行研究的创见,它们构成了比较文学学科的基本理论框架,然而这都是西方学术界的理论建树,缺乏对中国学术现实的真正观照,难以有针对性地解决问题。中国学界对此深有体会,将中国的视角置入比较文学的学理建构当中,从而发现跨文明研究和变异学研究的现实价值。在本课题的研究中,比较文学所具有的世界性胸怀、跨越性特征和辨异求同思维,将成为我们审视中国文论话语建设的重要视角。

(二)"现代性"概念

"现代性"概念揭示了中国文论"失语"以及话语重建的内在逻辑。"现代性"是一个极其复杂的概念,中外学界对它的界定多样而杂乱,甚至出现互相矛盾的解释。但是现代性的视域又是当前许多理论话题的基本维度,是我们难以忽视的,这充分体现出"现代性"的双面向度。对于中国学界来说,"现代性"的复杂性更是体现出独特的风貌,表现为一种浓郁的"现代性焦虑"。具体来说,"现代性焦虑"是指现代化在世界范围内已经被普遍接受为文明形式的境况下，基于一个"后发"型国家落后于他者的原因，而使其国民产生的焦躁反应。"现代性焦虑"不仅与中国人的独特生存语境相关，而且与"现代性"视域的多层构成具有直接关联。马泰·卡林内斯库指出："无法确言从什么时候开始人们可以说存在着两种截然不同却又剧烈冲突的现代性。可以肯定的是，在十九世纪前半期的某个时刻，作为西方文明史一个阶段的现代性同作为美学概念的现代性之间发生了无法弥合的分裂（作为文明史阶段的现代性是科学技术进步、工业革命和资本主义带来的全面经济社会变化的产物）。从此以后，两种现代性之间一直充满不可化解的敌意，但在它们欲置对方于死地的狂热中，未尝不容许甚至是激发了种种相互影响。"① 同样，查尔斯·泰勒也认为现代性有两种取向："总的来说，我们的文化有两种方式理解现代性的崛起。它们实质上就是把当代社会与以往的社会区别开来的两种不同的取向。一种取向认为，当今的西方社会与中世纪的欧洲的不同之处，就类似于中世纪的欧洲与同时期的中国或者印度之间的差异。换句话说，我们可以把这种差别看作文明与文明之间的差别，而每种文明又各有各的文化。还有一种取向，它把从古至今的变化看作某种'发展'，即传统社会的消亡与现代社会的兴起。从这一角度——也是一种主流的观点——来看，情况迥然不同。我想用文化的观点来称呼第一种解读，用非文化的观点来称呼第二种解读。……以此模式观之，文化的现代性理论把西方社会中发生的转型主要表述成新文化的兴起。……与此相对，非文化的现代性理论把这些转型刻画成某种文化上中立的运行。……非文化的现代性理论的一个例子……就是把现代性看作理性发展的结果，并以多种方式来规范它。例

---

① ［美］马泰·卡林内斯库：《两种现代性》，引自周宪主编：《文化现代性精粹读本》，中国人民大学出版社，2006年版，第109页。

如，科学意识的增强、世俗观念的发展，或者工具理性的兴起，或者事实与评价间日益彰显的差别。"①

由此可见，在基本的构成上，现代性具有非文化现代性和文化现代性的分野，但是过去的时间里，现代性的主流显然是非文化现代性，以经济的变革为主要形式，而文化现代性（或者说审美现代性）在一定程度上又表现出对非文化现代性的解读和反思。从整体上来看，"现代性一词是用来把这个自我意识到的时代与过去从时间上区分开来，因此它是自相矛盾的。"② 既然矛盾是存在的，那么我们现在所能做的就是正视这种矛盾本身，而不是硬性从理论上掩盖其复杂性。刘小枫先生曾这样描述现代性的不同层面："从形态面观之，现代性现象是人类有史以来在社会经济制度、知识理念体系和个体—群体心性结构及其相应的文化制度方面发生的全方位转型。从现象的结构层面看，现代性事件发生于上述三个相互关系又有所区别的结构性位置。我用三个不同的述词来指称它们：现代化——政治经济制度的转型；现代主义——知识和感受之理念体系的变调和重构；现代性——个体—群体心性结构和文化制度之态质和形态变化。"③ 当现代性转型成为一种趋势，很容易蔓延至整个世界，似乎成为每一种文化必然历经的过程。由于现代性的诸多理念发源于欧洲，西方在学理构成上具有优势，而其他地区的现代性不得不成为后发式，中国也不例外。中国的现代民族国家建立，显然具有这方面的特征，於可训先生指出："中国社会既要接受现代化这个已经在世界范围内普遍化了的文明形式，又要使这种文明形式真正通过自

---

① ［加］查尔斯·泰勒：《两种现代性理论》，引自周宪主编：《文化现代性精粹读本》，中国人民大学出版社，2006年版，第128～129页。

② ［德］汉斯·罗伯特·尧斯：《现代性与文学传统》，引自周宪主编：《文化现代性精粹读本》，中国人民大学出版社，2006年版，第149页。

③ 刘小枫：《现代学的问题意识》，载《读书》，1994年第5期。

己的方式得以实现，避免成为西方的现代化在海外的扩张形式，惟一的选择就是要建立一个独立自主的现代民族国家。从戊戌维新到辛亥革命到中国共产党领导的新民主主义革命，在这半个世纪中，中国的现代化历史所要解决的，就是在'后发外生'型的现代化国家（主要是东方国家）实现现代化的前提问题。"①

正因为中国社会在经济、政治上的特殊语境，非文化现代性获得了广泛的发展，并影响了文化现代性的自身生成，两种取向本有的矛盾没有得到应有的重视。既然现代性已经成为一种世界性的趋势，片面拒绝其实未必是最明智的选择，毕竟中国当前的学术范式在一定程度上就是现代性的建构，本课题中问题的来源和路径的落实都要依托于此。因此，关键的问题在于采取怎样的姿态来面对现代性，尤其是中国语境下的现代性。鉴于此前文化现代性建构的缺失，本课题的研究显然应该回归，要从文化的角度来分析问题，除了重视不同文明之间的关系，更要对中国文化本身的传承关系给予深度考察，只有这样，这个现代性建构才能够获得更高的合理性。

二、主要研究现状

本课题的研究立足于解决中国当代文论建设中的话语问题，"失语"与"重建"是该学术问题的核心论域。因此，我们必须全面掌握学界对这两个领域的理论建树。而中国古代文论学科史又是本课题切入的角度，通过对学界研究成果的总结，可以更加清晰地把握困惑产生的源头。由于在正文部分要详细呈现学界关于"失语症"的讨论，所以我们在此主要就"重建中国文论话语"和"中国古代文论学科史"的研究现状作一总结。

---

① 於可训：《当代文学建构与阐释》，武汉大学出版社，2005年版，第21～22页。

（一）重建中国文论话语

重建中国文论话语的学术目的在于解决中国文论的"失语症"问题，以推进当代中国文论建设。由于学界对"失语症"存在一些争论，也影响到了学界对重建中国文论的讨论，比如，是否需要重建，建设的基点是什么，从哪些方面来重建，具体的步骤等。所以，重建中国文论话语是异常复杂的过程，学界经过十多年的探究，取得了一些成果，我们择要而举。《文艺争鸣》1998 年第 3 期，有一组以"重建中国文论话语"为主题的笔谈，包括曹顺庆先生的《"话语转换"的继续与重建中国文论话语》、李清良先生的《如何返回自己的话语家园》、李思屈先生的《意义阐释与话语策略》、傅勇林先生的《中国文论话语的构建——谈谈经验论证方法与价值探索》、代迅先生的《传统文论的现代处境——也谈传统文论的现代转换》、王晓路先生的《中国文论不同语境的参照系——谈谈域外古代文论研究》。《思想战线》2004 年第 4 期有"西方文论中国化与重建中国文论话语笔谈"，《中国比较文学》2004 年第 4 期有"西方文论中国化笔谈"，《河北学刊》2004 年第 5 期有关于"西方文论如何实现'中国化'"的专题讨论。

对于如何重建中国文论话语，有学者认为："要重建中国现代文论，其基础必然是中国现当代文学创作的实绩，这一点恰恰为我们所忽略，百年来中国文论的最大失语之一，就是从既有的概念出发来分析、评价文学，而不是从文学作品本身出发得出有创建性的结论。"① 这是重建中国文论话语的一种角度，而从现有的研究成果来看，直接以重建中国文论话语为旨归的，主要呈现为两大论域：中国古代文论的现代转换和西方文论中国化。

---

① 曾宪文：《走出失语——新世纪重建中国现代文论的几点思考》，载《文艺评论》，2005 年第 2 期。

1. 中国古代文论的现代转换

中国古代文论的现代转换受到广泛关注，是在 20 世纪 90 年代中期，该命题在许多的学术会议上都得到了深入的讨论，一些重要的学术刊物上还设立专栏刊载相关的研究论文。此外，一些论文集和专著也对"转换"问题给予积极思考。如钱中文等主编的《中国古代文论的现代转换》① 是 1996 年"中国古代文论的现代转换"学术研讨会的理论结晶；复旦大学中国语言文学研究所主编的《古代文论研究的回顾与前瞻》收录了张文勋先生的论文《我国古代文论在现代文艺理论中的融通与转换》和沈立岩先生的《再思"中国文论的话语重建"问题》等；张海明先生在专著《回顾与反思：古代文论研究七十年》中专辟一节"古代文论的现代转换"，并对古代文论的现代转换问题提出了自己的看法，认为它包括两个基本环节："一是以现代意识为参照系对古代文论的价值重新评估，找出其中仍具理论活力的部分；二是对之作现代阐释，使之得以和现代文论沟通。"② 该部分内容，张先生以"古代文论和现代文论——关于建设有中国特色的马克思主义文艺学的思考"为题发表于《文学评论》1998 年第 1 期。代迅先生在《断裂与延续：中国古代文论现代转换的历史回顾》③ 一书中，对中国古代文论现代转换的历史进程进行了系统、专门的研究，他立足在弄清历史事实的基础上，探讨中国古代文论现代转换的内在逻辑、"失语"的发生过程及其原因，为当前中国文论界根治"失语症"，重建中国文论话语提供了理论借鉴。由于

---

① 钱中文等主编：《中国古代文论的现代转换》，陕西师范大学出版社，1997年版。

② 张海明：《回顾与反思：古代文论研究七十年》，北京师范大学出版社，1997年版，第 113 页。

③ 代迅：《断裂与延续：中国古代文论现代转换的历史回顾》，西南师范大学出版社，2002 年版。

中国古代文论现代转换话题得到了学界的广泛讨论，一些学者也对相关的成果进行了总结，比如，陈雪虎先生的《1996 年以来"古文论的现代转换"讨论综述》①，代迅先生的《十年回眸：再论中国古代文论的现代转换》②，赖大仁先生的《中国文论话语重建：在传统与现代之间——近十年来"古代文论现代转换"及相关问题讨论述评》③，孙大军先生的《当代中国文论话语研究十年述要》④，张金梅先生的《中国古代文论现代转换研究十年》⑤ 等。学界对这一理论视域的关注，多集中在转换的必要性和可能性两个方面，劳承万先生等在《"古代文论的现代转换"九人谈》⑥ 一文中，对"转换"的必要性与可能性、学界关于"转换"的几种观点、"转换"的现实意义以及困难等相关问题展开了讨论，并提出了一些"转换"的具体方向，比如追问转换的基础等。这里，我们就学界的一些主要观点作一呈现。

就中国古代文论现代转换的必要性而言，存在一些商榷的声音。包兆会先生认为由于文学的叙事化、审美功能的多元化、审美主义的审美化，中国古代文论在回应 20 世纪文学现象时已很难有所作为，中国古代文论现代转型只能在小范围内发生。转型要注意两个方面：第一，面对中国古代文论，需要先进行还原性

① 陈雪虎：《1996 年以来"古文论的现代转换"讨论综述》，载《文学评论》，2003 年第 2 期。

② 代迅：《十年回眸：再论中国古代文论的现代转换》，载《文艺理论研究》，2006 年第 5 期。

③ 赖大仁：《中国文论话语重建：在传统与现代之间——近十年来"古代文论现代转换"及相关问题讨论述评》，载《学术界》，2007 年第 4 期。

④ 孙大军：《当代中国文论话语研究十年述要》，载《文艺理论与批评》，2007 年第 4 期。

⑤ 张金梅：《中国古代文论现代转换研究十年》，载《湖北民族学院学报（哲学社会科学版）》，2007 年第 6 期。

⑥ 劳承万等：《"古代文论的现代转换"九人谈》，载《学术研究》，1999 年第 1 期。

阐释，在原初的历史语境中对中国古代文论进行研究，在照着说的基础上，接着说；第二，转型应是结构性和思想性的，不能停留在现象的比附上……要通过对话，溢出意义。① 田钟辉先生在《20 世纪中国古代文论研究走向及未来发展趋势反思》一文中，从 20 世纪古代文论研究的走向：古代文论学科体系化的过程，20 世纪古代文论研究的反思趋势，古代文论研究功能转向的探索：文化诗学路径下的古代文论研究三个方面对古代文论的走向提出自己的观点。针对古代文论的现代转换，他认为有两种误解：一种认为，似乎恢复了古代文论就是找到了中国自己的话语；另一种是错误地认为将古代文论更新了，就是现代化。而正确的立足点是要由古代文论研究本身后退到整个中国现代文论建构的大背景中，而且还要后退到中国现代化进程和现代性意识这样一个较大的视野中。② 王志耕先生不太认同转换，他认为古代文论的生存语境已经缺失，所以"中国古代文论在今天看来，只能作为一种背景的理论模式或研究对象存在，而将其运用于当代文学的批评，则正如两种编码系统无法兼容一样，不可在同一界面上操作"③。但是他同时又觉得中国文化没有缺失，支撑着我们的言说。王学谦先生对古代文论的现代转换也持反对意见，认为救治"失语"不应回归古代文论，而应促进西方文论现实化、民族化。转换者坚持以古代文论为母体建构当代文艺理论，实际上就意味着要以古代文论统摄、驾驭现代文论，就意味着"古为今用"。所以，在本质上它是一种"恋古情结"，一种复古意识，它不可能构建当代文艺理论。建设当代人文精神不应立足于古代

---

①　包兆会：《论中国古代文论的现代转型》，载《江海学刊》，2001 年第 5 期。

②　田钟辉：《20 世纪中国古代文论研究走向及未来发展趋势反思》，载《东岳论丛》，2006 年第 1 期。

③　王志耕：《"话语重建"与传统选择》，载《文学评论》，1998 年第 4 期。

文化，而应立足于五四以来的现代文化。① 相福庭先生对"转换"的未来表示担忧，在他看来，"转换"命题的提出既有学术探索的内在追求，也存在某些非学理层面的因素和动机，所以，对于"转换"应该注意古代文论自身的学术个性和品格，并将其置于中国文论建设的大环境中。② 赵志军先生认为，中国古代文论的现代转换回避了文学理论的生长点和文学理论的学科前提等重要问题，最后陷入理论上的自相矛盾和悖论，不可能找到重建中国文论话语的途径。③ 朱立元先生认为以古代文论系统为本根建设当代文艺学，只承认古代文论传统，而全盘否定20世纪，特别是五四以来形成的新传统的看法是值得商榷的，并进而指出，现当代文论传统本身就是古代文论不断进行现代转换的动态过程。④ 孟宪蒲先生"不太欣赏或不太赞同""失语"和"转换"两种说法，认为它们都摆脱不了"古为今用"的老调，也摆脱不掉"古"与"今"二元对立的思维模式，从而指出："古代文论之'古'只有在生存论的视阈里，才能孕育着现在并繁衍着未来……"⑤ 熊元良先生认为："要进行文论创新，我们应当从文学艺术的质的规定性入手，而不是从纵向上回溯传统，搞什么古代文论的现代转型，也不是从横向上直接挪移，热衷于开发西方文论本土化的'试验田'。"⑥ 在刘锋杰先生看来，"与其谈论文论失语或古代文论的现代转换，不如谈近百年中国文论已经取得

---

① 王学谦：《论古代文论的现代转换》，载《呼兰师专学报》，1999年第4期。

② 相福庭：《文论转换：一个值得反思的话题》，载《文艺评论》，1998年第6期。

③ 赵志军：《中国古代文论现代转换三题》，载《湛江师范学院学报（哲学社会科学版）》，1999年第1期。

④ 朱立元：《走自己的路——对于迈向21世纪的中国文论建设问题的思考》，载《文学评论》，2000年第3期。

⑤ 孟宪蒲：《古代文论研究的新视野：从古今之争到生存论——试论中国古代文论现代转型的超越与还原》，载《北方论丛》，2008年第2期。

⑥ 熊元良：《文论"失语症"：历史的错位与理论的迷误》，载《中国比较文学》，2003年第2期。

了哪些成绩，由对这些成绩的分析出发来确定中国文论的创新路向与策略。"进而得出结论："中国文论创新的现代资源，是远比中国古代文论资源与西方资源更为重要的资源类型，这里已经具有了可资直接借用的文学经验、理论雏形、认知途径和创新成果，中国现代文论的创造已经从这里出发，我们需要的只是接着走，去创造新的文论局面。"①

　　针对学界对古代文论转换的不同理解，一些学者给予反驳。陈良运先生对学界将"现代转换""失语"视为一种漠视传统的"无根心态"的表述做出了反驳，他从古代文学观念流动、发展的依据出发，肯定了"转换"的方向。②童庆炳先生多次发表相关文章阐明自己的观点，如《东方丛刊》2002年第1期发表的《中华古代文论研究的现代视野》，这是童先生第一篇正面阐述观点的文章。之后童庆炳先生以"再论中华古代文论研究的现代视野——兼与胡明、郭英德二位先生商榷"为题，明确对胡、郭两位学者反对"转换"的看法提出了自己的回应。童先生提出了三个基本问题：（1）现代文论与古典文论是"宿命的对立面"吗？（2）中国现代文学理论是"归入西方"吗？（3）中国古代的现代转化的"尝试"是"收工"和"失败"了吗？这三个问题是基于反对意见的直接回答，立足于现实例子的分析，为"转换"工作理清了某些思路。③2003年，他又发表《三论中华古代文论研究的现代视野——从"通变"和"诠释"角度的思考》④，指出传

　　① 刘锋杰：《文论创新的"现代"资源——对中国现代人文主义文论的一种期望》，载《文艺理论研究》，2008年第6期。

　　② 陈良运：《也谈"古代文论现代转换"的"心态"》，载《中国文化研究》，2002年冬之卷。

　　③ 童庆炳：《再论中华古代文论研究的现代视野——兼与胡明、郭英德二位先生商榷》，载《中国文化研究》，2002年第4期。

　　④ 童庆炳：《三论中华古代文论研究的现代视野——从"通变"和"诠释"角度的思考》，载《东方论坛》，2003年第1期。

统不可割裂，对传统文论的诠释是必然的，在古今、中西基础上实现文论的新变，是现代文论建设的必然选择。童先生的具体作为，还体现在他的专著《中国古代文论的现代意义》和《现代学术视野中的中华古代文论》上。李春青先生在论述对古代文论阐释的策略时指出："中国古代文论或中国古代文化的'现代转型'是一个有意义的话题，因为这不仅是必然的，而且是每一个言说主体都应该主动参与的。如果我们认真检视一下当下文艺理论和文学批评的实际情况，我们或许会惊讶地发现，原来中国古代文论的影子是呼之欲出、随处可见的，并不像我们想象的那样是久已逝去的东西。"① 蒋述卓先生总结新时期以来古代文论研究成果时，肯定地说："'古代文论的现代转换'绝不是一个伪命题。它所提出的和要解决的问题意义重大而深远，它是从对20世纪中国文论历程的深刻检讨中得出的命题，又贯串着对中西文论交汇价值取向的思索，其着眼点与归宿是当代文艺理论的建设，它牵涉到的其实是中国文论历史的纵深和未来的走向。"② 蒲震元先生认为"转换"两字有商榷之处，但古代文论的现代化是趋势，需要从这样几个方面展开：一是在全球化语境中重视国际普及与提高工作；二是重视从范畴研究到体系研究的拓展；三是重视现代诠释与微观考辨的有机结合，逐步建立中国的当代诠释学理论。③

在认同古代文论现代转换的学术前提下，学界对转换的可能性及具体的途径展开了积极而多元的探究，广涉名称正名、文化

---

① 李春青：《当前古文论研究中的困惑及可能的对策——对一种恰当的阐释态度的探寻》，载《三峡大学学报（人文社会科学版）》，2002年第1期。

② 蒋述卓：《新时期中国古代文论研究三十年述评》，载《学术研究》，2008年第7期。

③ 蒲震元：《重视中国古代文论的现代价值转化工作》，载《中国文化研究》，2002年第4期。

还原、中西对话、"人"学复苏等多个层面。高文强先生指出："从某种意义上来说，当我们将'古代文论'的名称'正名'为'中国文论'时，'现代转换'其实也就完成了。当然，对'中国文论'的建构，目前依然处于尝试探索阶段，在可预见的思路中或许应该包括这样两个方面：一是以传统文论精神为核心，二是以现代文论形态为标准。"① 崔茂新先生认为文化还原是中国古代文论研究领域一种价值论和方法论相统一的研究思路，从这一思路出发，能够使"古为今用"与"不用之用"、"回到传统"与"现代转换"、客体复原与主体创造等当前命题之间的矛盾对立整合为优势互补。② 高旭东先生认为当代中国确实有"失语"现象，"要建构当代中国的新诗学，不能仅仅回到古代诗学的妙悟中，而是要吸取包括中国古代、西方乃至世界上一切有价值的诗学成果，在吐纳中西的基础上创造出兼取东西方之长的现代性的诗学话语。"③ 顾祖钊先生从王国维、宗白华的学术案例总结出中国古代文论的现代转换"绝不意味着全面恢复中国古代文论的体系，也不意味着用中国文论体系去剪裁西方文论，更不意味着用西方文论体系去裁剪中国文论。……也不意味着借西方非理性之风，把中国古代文论的直觉性、感悟式、评点式的特征夸张得妙不可言，重新回到非理性那里去。而是要借助于西方分析思辨式的理性思维方法，把中国古代文论中有生命力的范畴进行严格地科学规范，同时把西方和东方文论中的非理性理论成果，做出

---

① 高文强：《失语·转换·正名——对古代文论十年转换之路的回顾与追问》，载《长江学术》，2008年第2期。

② 崔茂新：《文化还原与中国古代文论研究的原创追求》，载《文史哲》，2007年第3期。

③ 高旭东：《后殖民语境中的东方文学选择——兼评当前诗学讨论中的"失语症"论》，载《文史哲》，2000年第6期。

理性的梳理和概括，同时融入现代文论"①。他还以"中西融合"为视角，认为"古代文论的现代转换"必须立足于这一理论视野之下，才能建设"中国特色"的文学理论。② 邹广胜先生指出，缺乏对现实文学、人生的关注，陷入自我满足的游戏之中正是目前中西文论对话与古代文论现代转换停滞不前的根本原因，从而呼吁应该增加问题意识，辨析文化的内在复杂性和加强对"人"的观念的思考。③ 杨星映先生对"转换"的原则和方法做出了学术探索。其原则：必须从古代文学理论自身的思想基础、思维方式的角度深入发掘古代文学理论范畴的含义，绝不能生搬硬套当代文学理论和西方文学理论的概念来解释。其方法：一是采用比较的方法，寻找共同点，辨析不同点；二是可将中西文论加以联系；三是直接诠释解说。④

胡吉星和白晶玉两位学人从三个方面对古代文论的现代转换进行细化：一是继承古代文论的人文主义和审美主义传统；二是转换古代文论的有效范畴，吸取传统文学批评手法的特点，建构中国特色的当代文论；三是深入研究中西文化的异同，通过中西对话与融合，建构具有开放性的当代中国文论。⑤ 梁道礼先生通过对以往经验和教训的总结，指出进行古代文论现代转换的时候，应警惕泛化倾向，要解决对古代文论本体性的理解问题，在此基础上，坚持向内求深度、向外求形式同时并举，这才是"转

---

① 顾祖钊：《略论中国古代文论的现代转换》，载《人文杂志》，1997年第2期。

② 顾祖钊：《谈"中西融合"与"古代文论的现代转换"》，载《小说评论》，1997年第3期。

③ 邹广胜：《中西文论对话与古代文论现代转换的研究现状及反思》，载《湖南社会科学》，2006年第6期。

④ 杨星映：《重建中国文论话语与古代文论的"现代转换"》，载《文艺理论与批评》，2003年第3期。

⑤ 胡吉星、白晶玉：《中国当代文论的"失根"与古代文论的现代转换》，载《名作欣赏》，2007年第12期。

换"的恰当策略。① 陈伯海先生提出转换过程中有两个关节点——比较和分解，比较就是要把古文论放在古今与中外文论相沟通的大背景下加以审视；分解则要立足于古文论自身意义的解析和阐发，区别其特殊意义和一般意义、表层意义和深层意义、整体意义和局部意义等，分别其失效的意义和内核价值。② 另外，他还认为："古文论的自我封闭和现代语境中民族话语的失落，两个方面的事实反映出同一个趋向，便是古代传统与现代生活的脱节。"因此，古文论的现代转换，不是简单地将古代的文本注解、翻译成现代汉语，也不是拿现代文论或外来文论的形态来改造和取代古文论，而是要重新激活传统，让古文论走出封闭的空间，具体的途径涉及比较、分解、综合三个环节。③ 杨文虎先生认为古代文论的转换工作不能停留在话语层面，因为这样只能得到古代文论之形，而不能得到古代文论之魂。重要的是要用理性的自由思想去揭示古代文论中"历史作用的被遗忘了的产物"④。杨红旗先生引入空间理论论证古代文论的现代转换，进而指出："中国古代文论不是作为资源用来确证现代文论知识的正确性，而是可以据之从异质知识的立场和视角来反省和调整现代文论作为一种文论知识形态的偏差。中国古代文论的现代转换必须首先确证传统文论作为一种知识形态的异质性，并进而确证这种异质的知识在现代言说的合法性。"⑤ 李春青先生将古代文

---

①　梁道礼：《古代文论现代转换中应注意的问题及可选择的方向》，载《陕西师范大学学报（哲学社会科学版）》，1997年第2期。

②　陈伯海：《古文论研究的回顾与前瞻》，载《阴山学刊》，1999年第4期。

③　陈伯海：《"变则通，通则久"——论中国古代文论的现代转换》，载《文学遗产》，2000年第1期。

④　杨文虎：《还原传统文学的精神指向——古代文论现代转化别解》，载《东方丛刊》，2007年第1期。

⑤　杨红旗：《空间问题与古代文论的现代转换》，载《兰州大学学报（社会科学版）》，2007年第3期。

论研究纳入当前的文学理论"危机"之中，探究出"中国古代文论的现代意义主要并不是表现在将'神韵'、'意境'之类的概念用之于今日的文论之中，而是表现在今日文学理论与批评如何继承古代文论那种充满构成性、当下性、体验性的思维方式与阐释方式方面。……在中西文化互通处与新的文学经验的基础上寻找建构新的、不中不西、不今不古、属于人类共同精神财富的文学理论话语形态的可能性"①。

马汉钦先生提出加速中国古代诗学现代转换的三个策略：一是将中国古代诗学那些具象性、比喻性、感悟性、经验性的零散话语予以系统化，使中国古代诗学具有自己的识别系统；二是加强中国古代诗学的现代运用；三是培养对中国古代诗学的绝对信心，以海纳百川的胸怀对西方诗学进行中国式的转化。② 王元骧先生认为应该"立足于西方传统文论的科学精神和分析方法，又吸取和融合了我国古代文论的人文内涵和整体思维特点，把知识论与价值论（对于文学来说，还可以具体为人生论或生存论）、科学精神与人文精神，对文学理性内涵的深入揭示和感性现象的生动把握有机地结合起来……"③ 林衡勋先生通过对中国文化哲学的借鉴，探讨出"转换"的具体方法：一是以"了解之同情"为前提，结合文字训诂、考证、概念分析等方法，也就是以同情体认与理性逻辑相结合的方法真正了解古文论学说文本的本义。二是以"照着讲"的原则，阐释中国文学理论史或中国文学批评史；以"接着讲"的原则给古文论学说赋予新义，并创构中国文

---

① 李春青：《论发掘中国古代文论现代意义的可能途径》，载《河北学刊》，2005 年第 4 期。

② 马汉钦：《浅谈中国古代诗学的现代化》，载《南华大学学报（社会科学版）》，2006 年第 4 期。

③ 王元骧：《试论古代文论的"现代转换"》，载《学术研究》，1997 年第 1 期。

学理论新体系。① 陈良运先生在《当代文论建设中的古代文论》中客观评价了古代文论对当代文论建设的价值，认为应该运用当代的新观念和方法，将当代文论建设需要的古代文论话语进行认真的清点、筛选，建构起古代文论的范畴、体系，并对之作现代阐释和现代转换，为当代文艺学建设提供参照。②

　　王耘先生对 20 世纪 80 年代以来古代文论现代转换进行了回顾，总结出三种理论表象：其一，在价值论立场上，经历了从被"民族化"到倡导"中国特色"的演进过程；其二，在方法论选择上，虽非一概接受，却普遍依赖于西方理论的架构；其三，在具体话题的探讨上，"比较日益蓬勃"③。朱立元先生认为："我们应该在立足现当代文化、文论新传统的基础上，排除各种障碍，更自觉地关注古代文论的研究，下更大功夫，用现代意识去审视古代文论传统；更主动地整理、发现、选择、阐释、激活和吸纳其中仍有生命力、契合当代精神价值的优秀成分。对古代文论进行创造性的现代转换，使之成为当代中国文学理论建构中的有机组成部分，这也是重提'古代文论现代转换'命题的现实意义所在。"④ 曹顺庆先生等在《论中国古代文论的当代有效性——对"古代文论的现代转化"的反思》中，以例证的方式明确指出："中国文论要活过来，必须要反之本源而不是求之域外，域外资源永远只是一种辅助、参照。在观念上承认中国文论的本然地位，才能让它活过来。中国古代文论中国化是救活中国文论

---

　　①　林衡勋：《试谈"中国古代文论现代转换"的方法论问题》，载《湛江师范学院学报（哲学社会科学版）》，1999 年第 4 期。

　　②　陈良运：《当代文论建设中的古代文论》，载《文学评论》，2000 年第 2 期。

　　③　王耘：《古代文论之现代转换的理论表现》，载《学术月刊》，2015 年第 7 期。

　　④　朱立元：《关于中国古代文论现代转换的再思考》，载《中国社会科学》，2015 年第 4 期。

的一个基本路径。"① 杨一铎先生认为，为改变中国学术界"古与今文论的断裂、中与西文论的隔膜"，应主张中国文论的中国化或曰语境化，即中国古代文论的现代语境化及西方化的中国现代文论的中国语境化。②

综观诸多的研究成果，对中国古代文论现代转换的思考始终是立足在中国当前的学术语境之下的，虽然表面上是出于对中国古代文论存在方式的激活，但是本质上却直接导向对中国当代文论话语的建设。因此，其中存在的一些争论也是正常的，是学者对时代语境不同辨析的反映。陶水平先生通过对"中国古代文论现代转换"研究历程的回顾，将其主要内容归结于三个方面：其一，中国文化和文论现代性的反思是"古代文论现代转换"讨论的学术背景；其二，中国古代文论现代性价值的现代阐释是古代文论的"现代转换"的学术进路；其三，中国古代文论现代阐释的"语境研究"与"超语境研究"是古代文论的"现代转换"的具体方法。③ 这表明，中国古代文论现代转换命题具有现实的合理性，而不同的声音可以加强思考的力度，从而在更高的层面上去超越"转换"论的思维局限。本课题也试图对相关的问题进行积极的追问。

2. 西方文论中国化

除了"古代文论的现代转换"之外，西方文论中国化是重建中国文论话语的另一条重要路径。建设中国当代文论，西方文论已然是一个不可回避的维度，如何积极地看待西方文论就成为我

---

① 曹顺庆、付飞亮：《论中国古代文论的当代有效性——对"古代文论的现代转化"的反思》，载《甘肃社会科学》，2013 年第 1 期。

② 杨一铎：《论中国文论的西方化及其救赎之途》，载《社会科学家》，2011 年第 5 期。

③ 陶水平：《中国文论现代性的反思与重构——关于近十年"古代文论现代转换"学术讨论的思考》，载《东方丛刊》，2007 年第 1 期。

们必须思考的话题。随着 2006 年由王一川先生主持的教育部哲学社会科学研究重大课题攻关项目"西方文论中国化与中国文论建设"的展开，对西方文论的价值追问进入一个新的层面。此外，代迅先生曾主持教育部人文社会科学"十五"第一批规划基金项目"西方文论中国化研究"，由朱立元先生主持的教育部重大攻关项目"马克思主义文艺理论中国化研究"也是西方文论中国化的重要课题之一。从学界的研究现状来看，20 世纪 90 年代就有学者给予关注，例如，乐黛云先生指出："从理论上说，这些西方理论进入中国语境，受到中国文化框架的过滤和改造，又在中国的文艺实践中经过变形，已经中国化而不是原封不动的原来的西方理论。"① 陈厚诚和王宁先生在其主编的《西方当代文学批评在中国》一书的"绪论"中也对西方文论中国化提出了自己的见解。然而，自觉思考西方文论中国化问题的事实却在更早以前，例如，1982 年谌兆麟先生就发表文章《毛泽东文艺思想是中国化的马克思主义文艺理论体系》②，当然，这还不能说是最早的探究，我们只是想说明，西方文论中国化的实践研究比命题出现得更早。但是，西方文论中国化引起广泛讨论，却是在 20 世纪 90 年代之后。以往的探究，多数集中在马克思主义中国化及相关问题之上，而缺乏对西方文论的整体观照。20 世纪 90 年代之后，全球化视野愈发受到关注，促使中国学界更加积极思考中西文论关系。在这样的时代语境下，西方文论中国化作为解决中国文论"失语症"、重建中国文论话语的重要策略也就非常自然了。从现有的资料来看，曹顺庆先生最早完整地提出了"西方文论中国化"命题，使中西文论关系得到更深层的考辨。

---

① 乐黛云：《后殖民主义时期的比较文学》，载《社会科学战线》，1997 年第 1 期。

② 谌兆麟：《毛泽东文艺思想是中国化的马克思主义文艺理论体系》，载《湖南师院学报（哲学社会科学版）》，1982 年第 3 期。

对于西方文论中国化的探究，曹顺庆先生是将其置放在文学理论的"他国化"原则中进行考察的。这一观点最初体现在《"误读"与文论的"他国化"》①一文中，曹先生指出："在当代中国，要成功建构自己的文论话语，解决好西方文论在中国的创造性转化，创造性误读不失为一个好的通道。解决好这个问题，我们可以成功实现西方文论的中国化；否则，只可能导致西方文论'化中国'。"此后，曹顺庆先生发表了一系列的论文，对"西方文论中国化"命题展开探究。李夫生和曹顺庆先生在《重建中国文论话语的新视野——西方文论的中国化》中指出："要实现中国文论话语的重要转型，以避免中国文论话语的'失语'症状，除继承并发扬中国古代文论的优秀遗产，还应从西方文论话语中借鉴、吸收优秀的文论菁华……在此基础上，结合中国文学的具体实践，创造出既具有世界文学普适性，更具有中国文论自身特色的新的文论话语。因此，在重建中国文论话语的过程中，西方文论的中国化不失为一个新的理论生产场阈……"②西方文论中国化的具体途径表现在：一是因势利导，依异求同；二是相互"激发"，"点亮"自身；三是以西"切"中，再铸新声。在《重建中国文论的又一有效途径：西方文论的中国化》③一文中，曹顺庆、谭佳先生阐明：西方文论在中国，首先由于文化传播和语言译介的过滤、误读，在一定程度上必然具有"他国化"特征，这是"中国化"的初涉阶段。但是，只有当西方文论与中国自己独特的传统言说方式相结合，以中国的学术规则为主来加以

---

① 曹顺庆、周春：《"误读"与文论的"他国化"》，载《中国比较文学》，2004年第4期。

② 李夫生、曹顺庆：《重建中国文论话语的新视野——西方文论的中国化》，载《理论与创作》，2004年第4期。

③ 曹顺庆、谭佳：《重建中国文论的又一有效途径：西方文论的中国化》，载《外国文学研究》，2004年第5期。

创造性地吸收，并切实有效于中国当代的文学创作和批评实践中，才能推动中国文论话语体系的建设，也才能真正实现西方文论的中国化。在《文学理论的"他国化"与西方文论的中国化》中，曹顺庆先生根据对中国历史上佛教的发展历程，明确指出："中国当代文化、当代文论的重要任务，就是要利用'他国化'这一规律，实现'西方文论的中国化'，而要实现'中国化'，首要的不是处处紧追西方，而应处处以我为主，以中国文化为主，来'化西方'，而不是处处让西方'化中国'。"① 曹顺庆先生和邹涛在《从"失语症"到西方文论的中国化——重建中国文论话语的再思考》中指出：要改变追赶西方理论的现状，"我们必须从'套用'转向'化用'。实现西方文论中国化。'化用'的实质是要使西方文论中国化，即坚持以我为主来消化吸收西方文论，进行深层次的话语规则融合，以形成一种新的学术话语规则，让中国文化之树长出新枝来。"②

　　学界还有一些学者就西方文论中国化问题进行了积极探索。翻译是西方文论进入中国的第一步，黄立先生认为，在西方文论的翻译中，可以通过误读和文化过滤对各种术语、理论进行"创造性叛逆"，同时，"更强调中国文化和中国文论的学术规则和言说方式对西方文论中理论和术语的融合、改造和升华应用等作用"③。刘颖先生在对历史进行详细分析的基础上，以"阐释学"一词的翻译为例指出，术语的翻译是能否实现西方文论中国化的关键之一。④

① 曹顺庆：《文学理论的"他国化"与西方文论的中国化》，载《湘潭大学学报（哲学社会科学版）》，2005 年第 5 期。

② 曹顺庆、邹涛：《从"失语症"到西方文论的中国化——重建中国文论话语的再思考》，载《三峡大学学报（人文社会科学版）》，2005 年第 5 期。

③ 黄立：《西方文论翻译与中国化问题》，载《中国比较文学》，2004 年第 4 期。

④ 刘颖：《从术语翻译看西方文论的中国化》，载《中国比较文学》，2004 年第 4 期。

西方文论中国化，需要学界培养起建构的意识，总结出一些可行的方法。董学文先生明确了学界的一种意识："中国文学理论要想自立于世界文学理论之林，就必须发出属于自己的声音。总是跟在人家后面'鹦鹉学舌'，或当'推销商'，或当'二传手'，那是不行的。中国的文学理论要有科学的'原创'意识，要努力实现贴近文学现实的'中国化'，这是每位有责任感和使命感的中国文论家的唯一选择。"① 童真先生确认西方文论话语中国化是重建中国文论话语不可或缺的一环，"中国化"不是移植西方文论话语来替换中国的文论话语，而是立足于当代，以中国传统文论话语为本，借鉴、吸收、利用西方的文论话语来补充、丰富、更新中国传统的文论话语。人类共同的"文心""诗心"是西方文论话语"中国化"的基础。② 王富先生认为西方文论中国化的学理背景是文学的横向发展，这一观念与后殖民理论的旅行杂糅观念异曲同工，它为西方文论中国化提供了一种理解阐释文化身份建构的维度。但是，旅行杂糅理论并不是西方文论中国化的保证，它需要在坚持中国文化主体性的基础上积极接纳外来文化的漂移和杂交，才能实现西方文论中国化。③ 谢碧娥先生将两种"转化"作综合考察，认为："在外国文论的中国化过程当中，由于我们面对的是背景全然不同的异质文化，因此，如何以中国文论话语为母题，在与西方学术对话当中让传统话语成为普遍性的话语，于互补、互证、互识当中实现其传统的当代转化，同时也觅得西方话语的中国转化，乃是吾人需要不断探索的

---

① 董学文：《中国化：泥泞的坦途——试论中国当代文论与西方文论的关系》，载《巢湖学院学报》，2004年第4期。

② 童真：《西方文论话语的"中国化"——可能性与现实性》，载《湘潭大学学报（哲学社会科学版）》，2004年第3期。

③ 王富：《理论旅行、文化杂糅与西方文论中国化》，载《社会科学家》，2005年第6期。

课题。"① 谭好哲先生指出，对于西方文论的引进，应该转换片面接受的重心，"从简单地拿来、现成地取用转向拿来基础上的创造性转化与融通，转向本土化理论的创造性建构。"② 支宇和罗淑珍先生以具体的例子佐证西方文论中国化，他们从韦勒克的"内部研究"在汉语语境中的存在样态总结指出，随着语境的转换，西方文论必然产生"话语变异"，它的语义内涵和话语功能有的得以保存，有的却被扩张、压缩或者替换。所以，汉语经验中的西方文论可能产生其原来根本不具备的内涵与功能。并且，这提醒我们对"西方文论中国化"问题的研究不能简单化，应该将其放在具体的汉语语境中仔细辨析其话语变异情况。③

　　近年来，从变异学的角度研究"中国化"逐渐进入学界的视野。靳义增先生通过分析学界看待西方文论的两种基本角度，探究出西方文论"他国化"和"中国化"的利害得失，而从"他国化"走向"中国化"的基本路径有四条：一是异质文化交融，激发文论新质；二是异域文论相似，互相启发阐释；三是创造性误读异质文论；四是适应需要，促进转换。④ 郭云先生在梳理了西方文论中国化的历史经验基础上，提出需要从四个方面再加强：第一，向异质性回归，由此确立中国文论的学术主体性；第二，根据需要将西方文化与文论的思想与中国当下的文学实践结合起来进行转化；第三，通过文化过滤和创造性误读促进西方文论中国化；第四，"以我为主"地进行西方文论的转化，促进中国文

　　① 谢碧娥：《从中国古代文论的现代转化到西方文论的中国转化》，载《河北学刊》，2004 年第 5 期。

　　② 谭好哲：《文论引进：从"拿来"到"创构"》，载《文学评论》，2004 年第 2 期。

　　③ 支宇、罗淑珍：《西方文论在汉语经验中的话语变异——关于韦勒克"内部研究"的辨析》，载《外国文学研究》，2001 年第 4 期。

　　④ 靳义增：《从变异学视角看文学理论"中国化"的基本路径》，载《文艺理论研究》，2006 年第 5 期。

论的激活与创新。① 此外，相关的探究还体现在《论文学理论"中国化"的基本途径》② 和《从变异学视角看文学理论"中国化"的基本条件》③ 等论文中。

作为西方文论中国化课题的成果，代迅先生认为，"中国文论现代化的过程，看起来是采纳了西方的知识体系，但是隐藏在它身后的始终是与中国文学自身紧密关联的问题，是一种'中国中心'的问题意识与价值取向，其实质是将西方的文论知识中国化。其中包含着这样几个关键性环节，就是选择中的'文化过滤'，理解中的'文化误读'，接受中的'文化改写'。对于这样一些复杂和充满张力的重大理论问题，我们还缺乏系统的思考，也缺乏深入的研究。"④ 同样也是课题的阶段性成果，王一川先生梳理了西方文论历史上的五次"转向"，对西方文论的内涵与特质进行了深度挖掘，为西方文论中国化和中国文论建设提供了借鉴。在他看来，"在全球化浪潮愈演愈烈的当前，中国文论被卷入与西方文论的平行对话中，是一种不以个人意志为转移的客观宿命，同时也是一种加紧自身的现代性转向和现代性铸造的机遇。正是在这个意义上，加强对于与中国文论有着特殊关联的西方文论的深入认知，具有特殊的现实意义。"⑤ 从总体的研究倾向上来看，西方文论的价值正逐渐被重估，它不再是随意支离中国文论的规则。

---

① 郭云：《论西方文论的中国化》，载《温州大学学报（社会科学版）》，2011年第 4 期。

② 靳义增：《论文学理论"中国化"的基本途径》，载《江西社会科学》，2006年第 5 期。

③ 靳义增：《从变异学视角看文学理论"中国化"的基本条件》，载《南阳师范学院学报》，2007 年第 7 期。

④ 代迅：《去西方化与寻找中国性——90 年代中国文论的民族主义话语》，载《文艺评论》，2007 年第 3 期。

⑤ 王一川：《西方文论的知识型及其转向——兼谈中国文论的现代性转向》，载《当代文坛》，2007 年第 6 期。

　　2014 年起，对西方文论的反思进入新的阶段。张江先生先后在《中国社会科学》和《文学评论》上发表文章，并将当代西方文论的基本特征和根本缺陷概括为"强制阐释"。"强制阐释是指，背离文本话语，消解文学指征，以前在立场和模式，对文本和文学作符合论者主观意图和结论的阐释。"① 他认为，强制阐释有四种基本特征：一是场外征用；二是主观预设；三是非逻辑证明；四是混乱的认识路径。张江先生的观点迅速引起了学界的广泛讨论和持续关注，"反强制阐释论"成为中国文论建设的重要思维。张江先生在《当代西方文论若干问题辨识——兼及中国文论重建》中对西方文论进行了细致辨析，认为当代西方文论生长于西方文化土壤，与中国文化之间存在着语言差异、伦理差异和审美差异，这决定着其理论运用的有限性，基于现实考量，中国文论建设的基点，一是抛弃对外来理论的过分倚重，重归中国文学实践；二是坚持民族化方向，回到中国语境，充分吸纳中国传统文论遗产；三是认识、处理好外部研究与内部研究的关系问题，构建二者辩证统一的研究范式。② 围绕该理论视野，相继出现了一些成果，例如，王学谦先生的《用自己的眼光看西方文论——张江的"强制阐释论"与中国文论建设》、吴子林先生的《走向中西会通的中国文论——兼论张江教授"强制阐释论"》、毛宣国先生的《强制阐释批判与中国文论重建》、李自雄先生的《强制阐释、后现代主义与文论重建》和《论"强制阐释"之后的当代中国文论重建》、杨杰先生的《强制阐释论与中国文艺理论建构》、高岩先生的《当代西方文论的"强制阐释"与中国当代文论的重建》等。

---

　　① 张江：《强制阐释论》，载《文学评论》2014 年第 6 期。

　　② 张江：《当代西方文论若干问题辨识——兼及中国社会科学》，2014 年第 5 期。

（二）中国古代文论学科史

在中国古代文论学科史的研究方面，张海明先生的《回顾与反思——古代文论研究七十年》①是较早涉及这一领域的专著，对古代文论研究中的一些核心话题进行了总结和评析。韩经太先生的《中国文学批评史研究》②则是专门以中国文学批评史学科为线索的一部著作，用近50万字的篇幅，对中国文学批评史学科的萌芽到鼎盛，以及其中的低潮都做了较为完整的梳理。然而，韩经太先生并非只做了材料的梳理，在以学科发展为线索的观照之中，还把握住了每个时期的根本问题，由此，他对一些热点问题提出了自己的意见。蒋述卓先生等的《二十世纪中国古代文论学术研究史》③体系庞大，57万字，分上、中、下三编，对20世纪中国古代文论研究状况做了综合考察，以中国文学批评史为主线，同时对一些专题研究也进行了重点回顾。该书还有另外一大优点：书后设有附录一"20世纪香港地区中国古代文论研究鸟瞰"、附录二"20世纪中国古代文艺理论研究书目"，为后学的研究提供了资料入口。

学界对中国古代文论学科的确证给予积极关注。彭玉平和杨金文两位学者从"中国文学批评史"的学科称谓入手，认为它应该指涉三个层面的内容：学科门类、研究方向、研究对象。两位学者对整个学科进行了本体意义上的系统观照，廓清了一些研究思路。④ 赖力行先生在《古代文论的学科特点、研究思路与历史

---

① 张海明：《回顾与反思——古代文论研究七十年》，北京师范大学出版社，1997年版。

② 韩经太：《中国文学批评史研究》，福建人民出版社，2006年版。

③ 蒋述卓等：《二十世纪中国古代文论学术研究史》，北京大学出版社，2005年版。

④ 彭玉平、杨金文：《"中国文学批评史"称谓的多重指涉及相互关系》，载《中山大学学报（社会科学版）》，2001年第5期。

分期》中指出："1914 年，黄侃在北京大学开设《文心雕龙》课，标志着古代文论研究的开始。"① 栗永清先生完整地考察了黄侃在北京大学所授课程，进而勾勒出古代文论在中国现代大学教育中的变迁轨迹，以追寻古代文论作为一门学科进入现代学科体系的历史起点。② 李平先生认为 20 世纪中国文学批评史研究发端于 20 年代，其后可以视为经历了三个发展时期：三四十年代为第一期，并形成研究的高潮；五六十年代为第二期，处于低潮期；八九十年代为第三期，各种批评史著作纷纷出现，是批评史研究的第二个高潮期。③ 刘绍瑾先生将现代学科意义上的中国古代文论研究的兴盛归功于"整理国故"思潮，他认为"整理国故"思潮中凸显的"国故"地位及其所提倡的科学方法，在当时的古代文论研究中具有鲜明体现。④ 彭玉平先生认为传统目录学里对古代文学批评学术理念的逐步深化和细密是现代形态的中国文学批评史得以建立的重要基础，他考察了古代诗文评著作在目录学上的演进轨迹：从总集—文史—诗评、文评—诗文评，进而指出仅将中国文学批评史学科的起源追溯到 1927 年陈钟凡先生的《中国文学批评史》是难以令人信服的。⑤ 这一观点早在他与吴承学先生合作的文章《中国文学批评史研究的回顾与展望》⑥

---

① 赖力行：《古代文论的学科特点、研究思路与历史分期》，载《中国文学研究》，2001 年第 1 期。

② 栗永清：《学科史视野下的中国古代文论研究——从黄侃在北京大学开设的课程谈起》，载《东方丛刊》，2008 年第 3 期。

③ 李平：《20 世纪中国文学批评史研究综论》，载《文艺研究》，2003 年第 4 期。

④ 刘绍瑾：《"整理国故"与中国古代文论研究的兴盛》，载《学术研究》，2001 年第 8 期。

⑤ 彭玉平：《中国文学批评的学术理念与传统目录学之关系》，载《北京科技大学学报（社会科学版）》，2001 年第 3 期。

⑥ 彭玉平、吴承学：《中国文学批评史研究的回顾与展望》，载《中国社会科学》，1997 年第 5 期。

中，就已经论述得比较清楚，而且在该文中还对七卷本《中国文学批评通史》进行了分析和评价，以此来展望21世纪中国文学批评史研究的发展趋势。

中国古代文论学科的确认与西方话语之间的关系，也是学术探究的重点。代迅先生将中国文学批评史学科建立的前提和依据归于来自西方的文学观念及其理论批评体系，中国文学批评史学科的世纪行进主要就是调节中国文论与西方观念、系统之间的关系，这个过程艰难曲折，有积极的建构，也不乏经验和教训。[①]刘绍瑾先生在《中国文学批评史学科建构中的中西比较意识》[②]中，梳理了中国文学批评史学科建构过程中的中西比较意识，认为西方文学理论和学术思想直接催发或间接影响到中国传统文艺思想的阐释，以及中国文学批评史的学科建构。刘进才先生对1917—1927年中国对外国文学批评理论资源引进的状态进行了总结，认为这些译介为中国文学批评与文学研究突破传统的文艺理论框架，促进中国现代文学批评范式的多元格局，做了理论上的准备。[③]

在中国古代文论学科史的发展展望方面，汪春泓先生追溯了20世纪20年代到70年代中国文学批评史学科研究的发展轨迹，指出今后新一代学人的研究可以从这样几个方面展开：第一，仍然要重视文献的开发积累和利用；第二，要改变研究方法单调的现状；第三，注意文艺各门类之间的交互渗透关系，以观照文学理论批评的平行生长和演变；第四，注重加强历史文化背景研

① 代迅：《中西两套文论话语的龃龉与磨合——中国文学批评史的世纪行进》，载《文学遗产》，2001年第6期。

② 刘绍瑾：《中国文学批评史学科建构中的中西比较意识》，载《厦门大学学报（哲学社会科学版）》，2005年第4期。

③ 刘进才：《1917—1927：中国现代文学批评理论资源的引进》，载《中州学刊》，2002年第3期。

究，以深化对于文学理论批评的认识。① 陈伯海先生对 20 世纪中国古代文论研究的三阶段说表示赞同，并指出今后古代文论学科建设的新趋向，可能要从以往侧重"史"研究逐渐转向"论"意识的增强。② 陈昌恒先生在《古代文论的百年研究与世纪前瞻》③ 中，从中国文学批评史、古代小说理论研究、古代文论的多角度研究等六个方面回顾了百年来中国古代文论研究的基本现状，并以朱自清先生的观点"以文学批评还给文学批评，中国还给中国，一时代还给一时代"为核心对古文论研究的前景给予展望。黄霖先生回顾了近百年来中国古代文论研究的历史，概括指出，以往的研究多数体现为以今化古（以今释古、析古入今），而所谓"今"，实为"西"，所以实质上还是以西方的一套来消解和包容传统。那么，在 21 世纪，必须在承继和运用中来研究和发展中国古代文论。在承认传统文论有活力的基础上，立足中国，以我化人，复兴、光大中国传统文论，实现传统文论的完善化、现代化、实用化。④ 针对当前中国文学批评史研究的迟滞沉闷局面，汪涌豪先生指出应该从三个方面来突破：本位研究与整体研究同步、客观描述与理论推阐兼顾、观念突破与方法多样并进。⑤ 此外，他还提倡："今天的文学史、批评史研究应该从'观念史'（history of ideas）向'总体史'（histoire totale）转进，以一种'整合的历史观'由器物而制度而精神，由语言而习

①　汪春泓：《肇端既邃密　后来加深沉——中国文学批评史学科 70 年回顾与展望》，载《北京大学学报（哲学社会科学版）》，1996 年第 5 期。

②　陈伯海：《古文论研究的回顾与前瞻》，载《阴山学刊》，1999 年第 4 期。

③　陈昌恒：《古代文论的百年研究与世纪前瞻》，载《华中师范大学学报（人文社会科学版）》，1999 年第 4 期。

④　黄霖：《从消解走向重构——世纪之初古文论研究的回顾与展望》，载《社会科学战线》，2002 年第 1 期。

⑤　汪涌豪：《论中国文学批评史研究中当代意识的植入》，载《复旦学报（社会科学版）》，2004 年第 3 期。

尚而信仰，在社会结构、思维方式和文化传统等诸端联通的前提下，在全部历史与全部现实的关系中，对古人的文学创作与理论批评做出全面的网取，从而使之既契合古人的初心和本意，又呈示文心的本质，以及古代批评丰富而生动的原始景观。"① 黄卓越先生阐述了古代文论研究中具有模式转换意义的三种路径：对评论性资料的清理，观念史写法的引入，文化境域的视角。②

中国古代文论学科的发展，与一些学术大家的建树具有莫大的关系，学界对此也给予一些关注。周兴陆先生在《从〈讲义〉到〈大纲〉——朱东润早年研究文学批评史的一段经历》一文中，考察了朱东润先生《中国文学批评史大纲》出版前的来龙去脉，将《大纲》及其前身《讲义》进行了对比，发现《大纲》删除了很多《讲义》中引述的西人理论，其中的原因，周兴陆先生归纳为两个方面："一是随着研究的深入，朱先生反思'以西释中'的学术模式，抛弃了过去那种引西方理论来阐释中国理论的学术思路，而注重于发掘中国自己的文学理论。二是在外患日趋严峻的形势下，朱先生爱国情绪更加激越，这种爱国情绪在学术上则表现为不愿意仰洋人之鼻息。"③ 郭绍虞先生是中国古代文论学科发展的奠基人之一，对学科的发展做出了突出的贡献，有论者总结他的研究成果时指出，其一，在资料收集上，掌握丰富的史料，且注重"史"与"论"的结合；其二，在方法运用上，注重从思想背景切入分析，并贯之"以问题为纲"的编排体例；其三，融入文化革新的时代潮流，运用"进化论"的观点阐述中

---

① 汪涌豪：《作为"总体史"的中国文学史及其观念确立——兼论需要怎样的〈中国文学批评史〉》，载《重庆大学学报（社会科学版）》，2007年第5期。

② 黄卓越：《古代文论的模式变换：来自学术史视角的检索》，载《天津社会科学》，2001年第4期。

③ 周兴陆：《从〈讲义〉到〈大纲〉——朱东润早年研究文学批评史的一段经历》，载《古典文学知识》，2006年第6期。

国文学批评的演进过程。① 彭玉平先生则通过对 20 世纪 30 年代
几种批评史的对照，高度评价了方孝岳先生的中国文学批评史
研究。②

此外，还有一些学者对古代文论学科进行了深刻的反思。李
春青先生认为："将古代文论知识化是 20 世纪古代文论研究的最
大的失误。……我们的古代文论研究，从一开始就试图用'科学
的方法'来解释古代文论，借用外来的名词术语重新为古代文论
的范畴概念命名，以西方学术标准，为古代文论分类，这就使得
古代文论研究的结果与古代文论自身的固有形态与特性相去甚
远。"③ 李茂民先生通过回顾中国古代文论学科的产生背景，从
现代学科教育制度和"整理国故"思潮进行探究，认为古代文论
在这样的境遇下仅仅成为学科知识生成的工具，因此它需要转变
思想方法和研究范式，从单纯的知识生产中摆脱出来，担当起传
承祖国优秀传统文化的重任。④ 党圣元先生总结了中国古代文论
学科与西学模式之间的关系，并且指出，西学模式的引进导致了
古代文论学科中的批评史与文学史、批评史与批评观念、批评史
与文化语境的割裂。研究目的和文学观念的改变必然影响到古代
文论学科的研究范围和方法，在此基础上，古代文论研究中的回
应西学问题、学科内在的演化问题、体系构造问题以及书写体例
问题都应该重新思考。⑤ 此前，他在《学科意识与体系建构的学

---

① 陈亦桥：《论郭绍虞的中国文学批评史研究》，载《贵州教育学院学报（社会
科学版）》，2008 年第 5 期。

② 彭玉平：《方孝岳的中国文学批评研究》，载《文艺理论研究》，2008 年第 6
期。

③ 李春青：《20 世纪中国古代文论研究的意义与方法反思》，载《东岳论丛》，
2006 年第 1 期。

④ 李茂民：《从知识生产到价值承当——中国古代文论的当代意义》，载《东岳
论丛》，2006 年第 1 期。

⑤ 党圣元：《学科范围、体系建构与书写体例——古代文论研究中诸问题的思
考》，载《甘肃社会科学》，2007 年第 4 期。

术效应——关于古代文学批评史研究学科的一个反思》一文中对该问题进行过一些探索。党圣元先生认为现代学术视野造成中国文学批评史的研究产生了一些问题：一是批评史和文学史的隔离；二是文论史与宽泛意义上的批评意识的割裂；三是批评史与复杂的文化语境的割裂。因此，需要对批评史研究学科史进行必要的反思，"在文化诗学的视野中，对传统文学批评的话语及其体性、体貌、体式进行还原性质的研究，重新认识古代文论的真实、完整的形态，并且总结、归纳出其中所涵之思想和知识，对于批评史研究的学术推进意义重大。"① 黄念然先生回顾了 20 世纪古代文论体系研究的代表性看法，以及四种体系建构策略，进而指出，体系建构不能以"逻各斯中心主义"为"体系"话语的活动杠杆，而必须在"道"与"逻各斯"平等对话的基础上来进行。"道"与"逻各斯"如何在深层次上获得融通没有得到合理解决，过早的体系化必然导致观念与理路上的错位与失范。② 曹顺庆、王超先生也对中国古代文论的发展历程给予反思，认为五四以来的中国古代文论研究基本上受到西方思维模式的影响，经过了"学科化""体系化""范畴化"的西化之路，要改变这些状况，中国古代文论必须从多方面着手进行"中国化"的研究。③

由此可见，中国古代文论学科虽然为中国文论研究建构了一些研究领域，但是同样也留给学界很多的困惑。

---

① 党圣元：《学科意识与体系建构的学术效应——关于古代文学批评史研究学科的一个反思》，载《文学评论》，2004 年第 4 期。

② 黄念然：《20 世纪古代文论体系研究的现状与反思》，载《吉首大学学报（社会科学版）》，2007 年第 3 期。

③ 曹顺庆、王超：《论中国古代文论的中国化道路——对"中国文学批评"学科史的反思》，载《中州学刊》，2008 年第 2 期。

第一章　中国文论的西化历程

中国文论的中国化研究，顾名思义，就是要让中国文论的独立特色彰显出来，它直接回应的就是当前中国文论处于西化的现状。这就督促我们重新审视中国文论的构成，长期以来中国文论发展的关键问题之一就是无法融通各种构成部分。在中国文论整体的发展历程当中，中国古代文论历时久远，在现代以前，它实际上就是中国文论，体现出中国人的生存体验及对文学艺术的独特理解，然而"古代"一词的增加却透露出一种尴尬，即古今融通的缺失。面对这种状况，学界提出了一些疑问，陈伯海先生论述道："'古代文论'与'中国文论'的区别何在？打一个浅显的比方，有如中医，其植根于传统的中国医术是不言而喻的。但中医不称之谓'古医'，因为它不单存活于古代，即在当前的医疗系统里，也仍处于作诊疗、开处方的活跃状态；它是现代医学中与西医并列的一个派别，而非已经过去了的历史陈迹。相比之下，古文论的命运便有所不同。尽管目前高校的有关专业多设有古文论的课程，学术领域里的古文论研究亦仿佛搞得火旺，而究其实质，基本未越出清理历史遗产的层面，也就是不被或很少应用于当前文学理论批评的实践。不仅当代文学和外国文学的评论中罕见古文论应用的痕迹，就是今人从事中国古典文学的研究，亦未必常沿袭古文论的学理，反倒要时时参用现代文论乃至西方

文论的理念。"① 因此，要进行中国文论的中国化研究，首先必须变"中国古代文论"为"中国文论"，这就需要探寻原来"中国文论"变为"中国古代文论"的内在理路。换言之，即要分析中国古代文论的当下在场形态——中国古代文论学科。

"学科"一词，《辞源》通过对古代文献中相关用法的总结，解释为"学问的科目门类"②。而在《现代汉语词典》中，"学科"共有三个义项：1. 按照学问的性质而划分的门类，如自然科学中的物理学、化学。2. 学校教学的科目，如语文、数学。3. 军事训练或体育训练中的各种知识性的科目（区别于"术科"）。③ 由此可见，学科是对知识领域的一种划分，具有一套制度性的规范。在当代语境下，一种研究能够成为一门独立的学科，必须具备现代意味上的基本因素，比如，研究对象、研究方法、理论体系、学校教育等，它们共同组成了学科的基本框架。由于现代学科范式基本上来自西方，中国古代文论学科的演变在一定程度上就是中国文论西化的历程。自现代以来，中国古代文论学科正式的名称有"中国文学批评史"，又有"中国古代文学理论史""中国文学思想史""中国文学理论批评史"等名称。当我们将它视为一个独立学科时，其实是从现代的学科形态对它的重构。蔡镇楚先生表述说："文学批评史是以文学批评为研究对象，是对文学批评作系统的历史的考察。研究范围涉及'文学批评的历史'与'历史上的文学批评'，故其以'史'为纲，以文学批评为目。主要任务在于通过文学批评史料的调查、考证、分析、比较、综合、归纳，从纵的方面去探讨文学批评的发生、发展、演变的历史全过程及其规律性，并适当从横的方面进行批评

---

① 陈伯海：《从古代文论到中国文论——21 世纪古文论研究的断想》，载《文学遗产》，2006 年第 1 期。

② 《辞源》，商务印书馆，1988 年版，第 431 页。

③ 《现代汉语词典（第 6 版）》，商务印书馆，2012 年版，第 1479 页。

家、批评流派、批评理论以及中西文学批评实践的比较研究，以寻求各自之间不同的文化性格。"① 而"中国文学批评史"的称谓也呈现出多维度，它起码指涉三个层面的内涵：一是学科门类，二是研究方向，三是研究对象。"第三层面上的中国文学批评史是一种客观存在的过程，是一种本然意义上的东西……第二层面上的中国文学批评史是对第三层面上中国文学批评史进行研究的一种结果……第一层面上的中国文学批评史是出于学科类属划分而出现的称谓，用来作为一个学科的名号。"② 鉴于此，为了避免互相干扰，我们暂且以"中国古代文论学科史"来指称，也方便对百年来古代文论研究现状进行理论观照。

第一节　西学思维的初步铺垫

　　一个独立学科肯定不是瞬间产生的，它必然有一些历史的铺垫，这就是"前学科"时期。在追溯学科史的时候，也可将其视作学科的滥觞。而且，学界对中国古代文论学科形成的标志还存有一些争论，并且也言之成理。那么，如何确定这个时期呢？我们根据学科的基本元素来进行历史回顾，亦即以学科的范式来追寻学科前史。就学界的主流观点而言，一般都将 1927 年陈钟凡③出版《中国文学批评史》作为中国古代文论学科形成的标志。同时，学界在另一个问题上也形成了广泛的认同：中国古代文论学科的形成与西方理论、学术思想具有某种内在联系。朱自清明白地指出："中国文学批评史的出现，却得等到五四运动以

---

① 蔡镇楚：《中国古代文学批评史》（绪论），岳麓书社，1999 年版，第 37 页。

② 彭玉平、杨金文：《"中国文学批评史"称谓的多重指涉及相互关系》，载《中山大学学报（社会科学版）》，2001 年第 5 期。

③ 在观照中国古代文论学科史时，因所涉前辈学者名讳太多，为了方便行文，故省略"先生"二字，特此说明。

后，人们确求种种新意念新评价的时候。这时候人们对文学取了严肃的态度，因而对文学批评也取了郑重的态度，这就提高了在中国的文学批评——诗文评——的地位。"① 这种新意念、新评价一定程度上就是指来自西方的学术规则。有些现代文学批评史的研究者却认为以五四划线有失拘泥，温儒敏先生就曾指出："许多批评史研究者就将现代批评的起跑线划在'文学革命'发难的 1917 年，这倒符合一般文学通史对'现代'始点的界定。然而本书认为现代批评史的上限还可以提前十多年，即从本世纪初开始，理由就是当时已出现了大批评家王国维，他在从事现代批评的垦拓与奠基工作，并取得了不可忽视的成果。"② 诚然，五四运动是中国社会广泛接受西方话语范式的重要标志，但冰冻三尺，非一日之寒，在此之前，已经有一些铺垫，涓涓细流最终汇聚成江海。当我们梳理一个学科的进程时，不能忽视这些涓涓细流，因为他们具有开创之功。在这个意义上，我们认同温儒敏先生的观点，虽然他是从现代文学批评的角度切入，但是王国维引入西方理念解读中国文学的例子，无疑对中国古代文论学科的形成具有导流作用，即使是以朱自清认同的"新意念新评价"也可以得出相同的结论。所以，我们可以将王国维初引西方话语范式到 1927 年陈钟凡出版《中国文学批评史》的这段时间视为中国古代文论学科的滥觞期，这一时期的主要特征就是西学思维在中国文论研究中的初步铺垫。

---

① 朱自清：《诗文评的发展》，载《朱自清序跋书评集》，生活·读书·新知三联书店，1983 年版，第 240 页。

② 温儒敏：《中国现代文学批评史教程》，北京大学出版社，1993 年版，第 1 页。

一

王国维（1877—1927），字静安，号礼堂，晚年号观堂，浙江海宁人。在20世纪中国文化史上，王国维是一位开导风气的学者，他广泛涉猎哲学、美学、文学、文字学、考古学等学术领域，在诸多的研究领域中，他常常能够于中西文化交流中达成一些首创性的建树。王国维善于利用西方的科学方法及相关理论来研究中国文化史上的材料，并且取得了一些重要的学术成果。就中国文学批评方面的重要研究成果而言，他第一次用"悲剧"的观念评论了名著《红楼梦》，以中西观念结合的方式写就《人间词话》。他的《宋元戏曲史》也是我国在该领域的第一部著作，开拓了一个重要的学术研究领域，对现代文学观念的更新起到了助推作用。下面我们就其对中国古代文论学科形成具有开拓价值的两部著作——《〈红楼梦〉评论》和《人间词话》给予理论观照。

《〈红楼梦〉评论》发表于1904年6—8月，在《教育世界》杂志上连载，是一篇系统性的学术论文，也可以说是从哲学、美学角度对《红楼梦》进行解读的文学批评文章。《〈红楼梦〉评论》共分五章：第一章"人生及美术之概观"，论述了人生的目的及意义、生活的本质和艺术的社会功用；第二章"《红楼梦》之精神"，论证《红楼梦》的悲剧内质；第三章"《红楼梦》之美学上之价值"，指出《红楼梦》的价值在于它"大背于吾国人之精神"；第四章"《红楼梦》之伦理学上之价值"，认为拒绝"生活之欲"而达成"解脱"，是伦理学的最终目的，《红楼梦》的悲剧意义也正在于此；第五章"余论"，批评前人用烦琐的历史考证方法解读《红楼梦》。综观王国维的《〈红楼梦〉评论》，明显的一条线索是叔本华的悲剧理论，同时佐以庄子"超凡脱俗"的文化精神，并将其落实于对人生的感悟上。王国维在第一章就明

确指出："吾人且持此标准，以观我国之美术。而美术中以诗歌、戏曲、小说为其顶点，以其目的在描写人生。故吾人于是得一绝大著作曰《红楼梦》。"另外，王国维还尖锐地批评了考据式解读《红楼梦》的观点，提倡从美学的角度研究《红楼梦》。在"余论"一章中，王国维开宗明义写道："自我朝考证之学盛行，而读小说者，亦以考证之眼读之。于是评《红楼梦》者，纷然索此书之主人公之为谁，此又甚不可解者也。夫美术之所写者，非个人之性质，而人类全体之性质也。惟美术之特质，贵具体而不贵抽象。于是举人类全体之性质，置诸个人之名字之下。"应该说，他的评论在一定程度上突破了传统"原道""宗经"的主流模式，具有新意。而以"人生"为视角，则可以重新定位文学艺术的价值："美术之务，在描写人生之苦痛与其解脱之道，而使吾侪冯生之徒，于此桎梏之世界中，离此生活之欲之争斗，而得其暂时之平和，此一切美术之目的也。"

他将叔本华的哲学与《红楼梦》联系起来，的确别有一番意味。在写作《〈红楼梦〉评论》时，正是他对叔本华哲学思想沉迷的时候，他曾说："读叔本华之书而大好之，自癸卯（1903年）之夏，以至甲辰（1904年）之冬，皆与叔本华之书为伴侣之时代。……去夏所作《〈红楼梦〉评论》，其立论虽全在叔氏之立脚地，然于第四章内已提出绝大之疑问。"（《静庵文集·自序》）这在一定程度上表明，王国维在引用西学的时候，并非完全的信从，包含着超越中西维度的努力。然而，在《〈红楼梦〉评论》中，他的怀疑还显得很乏力，对叔本华哲学理念的盲目信从导致他将《红楼梦》作为一个哲学的例证，缺乏从作品本身出发的令人信服的分析，存在一些牵强之论。有论者曾举例说明："'生活之欲'的欲，本来叔本华是用德语写的一个概念，原来的读音显然不读作'欲'。王国维将它译成汉语后，'欲'的读音与主人公贾宝玉的'玉'正好同音，为了凑合到叔本华的理论上去，王国维就简单地说，玉者欲也。于是贾宝玉与'生活之欲'联系了起来。"① 从中，我们很容易发现《〈红楼梦〉评论》的瑕疵，而且还尚不限于此，因后文将另有论述，故在此不再详细指明。尽管存在诸多的不足，但王国维试图融汇中西话语的努力还是应该得到合理的历史评价，我们不如将《〈红楼梦〉评论》视作中西融汇的尝试之作。

如果说《〈红楼梦〉评论》时的王国维在运用西方话语方面，还稍显稚嫩的话，那么他的另一部作品《人间词话》就显得自觉而娴熟了。他在 1905 年发表的《论近年之学术界》中指出，西方学术思想的影响，正在冲击着"本朝思想之停滞"。可见，他已经从学术宏观（甚至学术转型）角度更加敏锐地把握到中西话语范式的关系。也有学者认为："王国维专门从事中国诗词的批评，是在他放弃了哲学研究之后，为解脱思想中的矛盾和苦痛而要到诗词文学中去找'慰藉'，这就是他写《人间词话》的根本动机。"②《人间词话》分三期发表于 1908 年 10 月至 1909 年 1 月的《国粹学报》上，共有 64 则，结集成书的最早单行本，于1926 年出版，由俞平伯标点。后来有学者从王国维未刊手稿中加以选择并发表，增加了研究的参考资料。但是，为了忠于王国维自身的学术思想，仍然应以 64 则为主，参考其他的删稿及未刊稿。《人间词话》以词为主要研究对象，它的中心是提出了文学以"境界为本"，在形式上，采用中国古代的话语方式——词话；"从内容上说，标出'人间'两字，在当时的含义有近似于今天习用的'人世间'或'创新'那样的含义。王国维将自己写

---

① 刘烜：《用现代科学方法研究中国文学的奠基人王国维》，参见王瑶主编：《中国文学研究现代化进程》，北京大学出版社，1998 年版，第 60～61 页。
② 聂振斌：《王国维美学思想述评》，辽宁大学出版社，1986 年版，第 138 页。

的词也称作'人间词'。"①《人间词话》以"境界"概念为中心，在结构上基本可以分为三个部分：1—9则从理论上阐明境界及相关概念，属于总纲性部分；10—52则通过具体的作品来论证境界理论，属于实证部分；53—64则集中讨论词创作中的具体问题，属于理论总结或梳理部分。在第1则中，王国维就说："词以境界为最上。有境界，则自成高格，自有名句。"第9则又强调："沧浪所谓'兴趣'，阮亭所谓'神韵'，犹不过道其面目，不若鄙人拈出'境界'二字为探其本也。"那么，什么是"境界"呢？他在第6则指出："境非独谓景物也，喜怒哀乐亦人心中之一境界。故能写真景物真感情者，谓之有境界。否则谓之无境界。"此为境界的内涵规定，在具体表现的分类上又有多种，"有我之境"和"无我之境"就是其中最具代表性的两种。王国维在《人间词话》第3则中说："有有我之境，有无我之境。'泪眼问花花不语，乱红飞过秋千去。''可堪孤馆闭春寒，杜鹃声里斜阳暮。'有我之境也；'采菊东篱下，悠然见南山。''寒波澹澹起，白鸟悠悠下。'无我之境也。有我之境，以我观物，故物皆著我之色彩。无我之境，以物观物，故不知何者为我，何者为物。古人为词，写有我之境者多。然未始不能写无我之境，此在豪杰之士能自树立耳。"王国维所论不止于此，他还将自己论"境界"的学术视野扩展到西方文艺理论体系中："有造境，有写境，此理想与写实二派所由分也。""无我之境，人惟静中得之。有我之境，于由动之静时得之。故一优美，一宏壮也。"无论是"理想""写实"，还是"优美""宏壮"，都来自西方的文论话语体系，王国维引入这些范畴，无疑在中西审美形态的比对、沟通上跨出了可贵的一步。

---

① 刘烜：《用现代科学方法研究中国文学的奠基人王国维》，参见王瑶主编：《中国文学研究现代化进程》，北京大学出版社，1998年版，第62页。

王国维对中西文论话语的理解和应用是逐步成熟的，经过他的努力，中国文论逐渐引入西方文艺理论体系。虽然在努力的过程中，由于历史的尘烟，不乏过激之处，但是王国维对中国文论的建树之功是显而易见的。尤其在《人间词话》中，他引入西方观念，加重结构性的论证，同时又继承中国传统诗话、词话感悟式的作品解读方式。有论者称："王国维之说'境界'，同时兼容了古今中西之间的对立观念：他在引进'科学'这一理念以凸显诗歌（文学）艺术之非科学理性的内在规定时，已经具有超越当时推崇科学之新学思潮的倾向。"① 是为确论，也正因为如此，王国维成为20世纪中国重要的学术大师之一。

二

与中国古代文论学科形成具有密切关系的，还包括另外一些重要事件。其中，黄侃在北京大学讲授《文心雕龙》以及由胡适领军的"整理国故"运动成为我们不可忽视的关注对象。20世纪初中国学术的重要特征，就是传统的知识体系与新兴的思想观念的交叉兼容，中国古代文论学科正是这一学术大潮的产物。王国维虽然在研究方法上导声于前，但是他只是限于方法观念的更新。相比之下，黄侃在中西文论话语交汇方面没有王国维一样的开创之功，可是他对一个学科的形成却具有重要的推动作用。

不可否认的是，有了现代意义上的大学，才可能充分展现现代"学科"的特征。在中国古代，并没有中国古代文论史、中国文学批评史等学科名称，而只有"诗文评"，隶属于集部。陈平原先生曾经指出："对于知识生产来说，体制化的力量是很大的。从晚清开始建立的这一套学术体制，包括教学、撰述、评价、奖励等，影响非常深远。我们在学校教书，深知若离开课程设计、

---

① 韩经太：《中国文学批评史研究》，福建人民出版社，2006年版，第41页。

学科建设、教师选拔，还有与学生的对话等，很难说清楚具体的学术潮流或著作体例。"① 诚然，陈先生是立足于当代学术，尤其是当代文学史的角度提出以上观点的，但是他对体制化力量的揭示在历史上具有普适性。中国古代文论学科之所以在现代语境下才能形成，最重要的因素就是文化、文学体制的变迁。中国传统学术，分为经、史、子、集，并不是现代意义上的学科分类，它属于另一个系统。而现代西式学科分类则将中国传统学术资源重组，经、史、子、集的内容被分化到不同的学科。那么，黄侃在新的学术体制下讲授《文心雕龙》无疑具有重要意义。无论是学科雏形的建构，还是学科经典的树立，甚至学术话语权的分布方面，黄侃在北京大学讲授《文心雕龙》要义，都是具有标志性的文化事件。与此紧密相连的，姚永朴也曾在北京大学讲授《文学研究法》，该书在写作上仿效《文心雕龙》。两位学术大师在北京大学讲课所涉及的学术公案，我们存而不论，但他们在现代大学讲堂上选取与《文心雕龙》相关的讲授内容，对中国古代文论史学科的形成具有一定程度的启示意义。

1919 年发起，极盛于 1923—1927 年的"整理国故"运动与中国古代文论学科的形成也具有不可忽视的联系，因为它在"方法"上体现出的现代意识，更加鲜明地标示着学术转型的特征。"整理国故的倡导，使得 20 世纪开初以来，特别是'五四'新文化运动所倡导的西方科学精神和富有现代色彩的文学观念，得以与作为'国故'的中国古代文学思想这一学术对象相结合。"② 1919 年 1 月，拥护和反对新文化运动的北京大学师生，分别组织成立新潮社和国故社。前者主张学术无国别，中国应该积极融

---

① 陈平原：《"当代学术"如何成"史"》，载《云梦学刊》，2005 年第 4 期。

② 刘绍瑾：《中国文学批评史学科建构中的中西比较意识》，载《厦门大学学报（哲学社会科学版）》，2005 年第 4 期。

入世界潮流；后者则认为应该以"昌明中国固有之学术"为原则。1919 年 5 月，毛子水在《新潮》上发表《国故和科学的精神》一文，对"国故"的含义进行界定，同时认为西学是"正在生长的东西"，是"有系统的学术"；相反，"国故"却是"过去已死的东西"，"是杂乱无章的零碎智识"。从而指出当时研究国故的学人缺乏科学观念，主张"欧化"。随后，《国故》刊发了张煊的《驳〈新潮〉〈国故和科学的精神〉篇》，认为国故是东洋文明的代表，欧化则是西洋文明的代表，两者之间处于对等地位，因此，整理国故，于世界有益。在诸多的争论中，胡适于 1919年 8 月写了《论国故学——答毛子水》，同年 11 月，又撰写了《新思潮的意义》，明确提出"研究问题，输入学理，整理国故，再造文明"的主张。"国故"作为一种研究对象被确立了起来，尽管在争论中歧见颇多，但是整理国故与科学的精神及方法之间的关系显然是问题的症结之一。20 世纪 20 年代初，"科学方法"是胡适积极关注的学术问题。在《论国故学——答毛子水》中，他提出"为真理而求真理"的学术境界；于《新思潮的意义》中提出"评判的态度，科学的精神"；又在《〈国学季刊〉发刊宣言》中提出"历史的眼光""系统的整理""比较的研究"。这些观点构建起他"科学方法"的基本视野，广泛影响着当时的青年。为了拓展"科学方法"的影响，胡适回望中国学术传统，力图借助清代"朴学"注重考据的精神与方法来充实自己的观点，以致招来诟病。"整理国故"运动所体现出来的新旧文化思维张力，其历史意义都有待后人继续评说。当我们站在中国古代文论学科史的角度审视这一运动时，需要挖掘它带来的历史后果。因为，中国古代文学、文论都是"国故"中的一部分，"整理国故"直接造成了它们"在场"的方式。陈平原指出："在新文化人把工作重点从文化批判转为学术研究这一自我调整过程中，胡适的

'整理国故'主张起了很大作用。"① 从文化批判到学术研究，消解了些许的文化偏激，虽然反对"整理国故"的声音不断，但是有些是策略性的。茅盾就曾这样表述自己的观点："我也知道'整理旧的'也是新文学运动题内应有之事，但是当白话文尚未在全社会内成为一类信仰的时候，我们必须十分顽固，发誓不看古书……"② 胡适作为新文学运动的主将，同时提倡"整理国故"，身份的尴尬也造成他强调自己钻进"故纸堆"是为了"捉妖""打鬼"，证明国故"不过如此"。种种的非议或摇摆，其实都是中国现代学术转型的表现，意识与策略之间的矛盾导致时人的多面性。然而，尽管"整理国故"有着"化腐朽为神奇"的直接目的，有时难以真正体会中国古代文学、文论的精神，但是实际的结果却是：它倡导的科学精神等现代意识推动了中国文学、文论的现代转型。刘绍瑾在《"整理国故"与中国古代文论研究的兴盛》一文中指出，"整理国故"思潮中所凸显的"国故"地位及其所提倡的科学方法，立即在当时的古代文论研究中体现了出来。无论是陈钟凡、朱自清，还是郭绍虞，对古代文论的研究或者《中国文学批评史》的写作，或是"用科学方法整理国故"的成果，或是与"重新估定或发现中国文学的价值"的"整理国故"思潮内在相连，甚至有些论述的腔调都与胡适相似。③

　　20世纪初，西式话语成为重要的视角，审视着中国传统文学观念。当时，虽然还缺乏本土系统研究中国古代文论的相关著作，但是观念的改造、方法的更新为下个阶段中国古代文论学科

---

① 陈平原：《胡适的文学史研究》，参见王瑶主编：《中国文学研究现代化进程》，北京大学出版社，1998年版，第220页。

② 茅盾：《进一步退两步》，载《茅盾全集》（第十八卷），人民文学出版社，1989年版，第445页。

③ 详见刘绍瑾：《"整理国故"与中国古代文论研究的兴盛》，载《学术研究》，2001年第8期。

的发展奠定了基础。西学思维的初步铺垫已然表现出成效，中国文论开始转型，进入现代文论时期，而原来的中国文论，则以"中国古代文论"的名义学科化，成为现代文论的组成部分。

第二节　学科范式的正式确立

经过20世纪初以来在文学观念、研究方法上的启蒙，到20年代，中国古代文论学科获得最重要的沉淀，成为一门独立的学科。从20年代后期开始，中国古代文论学科的建设取得了飞跃式的发展，这段时间是中国古代文论学科的自觉期，也是百年古文论研究的第一次高潮，这主要是指1927—1949年。1927年出现了中国人自己写作的第一部《中国文学批评史》，它标志着中国古代文论学科的正式形成（在学界有广泛的共识）。1949年则具有划分时代的明显特征，一个国家的独立，在主流思想、意识形态上会产生重大的变化，它直接影响着学术发展的方向和基本形态特征。

一

发生在19世纪末20世纪初的学术转型，已然为中国古代文论学科构建了一个模糊的发展方向，即以科学的方法来梳理传统的文学批评，但它仍然是模糊、混沌的，急切需要明确方向。这个过程来自当时众多学人的点滴积累，同时也多少受到日本学者的影响。因为在中国第一部《中国文学批评史》后附的"参考书"中，陈钟凡列了日本盐谷温的中国文学概论讲话、儿岛献吉的中国文学考以及铃木虎雄的中国诗论史等书籍。应该说，这表示陈钟凡在写作时，已经注意到了日本学者的研究成果。尤其是铃木虎雄的关于中国诗论史的书籍，对中国文学批评史的写作产生了重要影响。该书1925年由东京弘文堂出版，后来经孙俍工

翻译，改名《中国古代文艺论史》，1928年由北新书局印行（分上、下两册）。全书由"论周汉诸家对于诗的思想""论魏晋南北朝的文学论""论格调神韵性灵的三种诗说"三篇论文组成，虽未对中国文学批评进行全线综合研究，但对这三部分的论述仍然具有强烈的历史意识。正是在诸多历史因素共同推动之下，中国古代文论学科迎来了发展的春天。回顾历史，我们再次体会前辈学者的学术建树。由于学科化的成果最集中地沉淀于一些批评史著作中，所以我们主要以此为观照对象，追寻学科化的中国古代文论。

陈钟凡（1888—1981），又名中凡，号斠玄，江苏盐城人。他完成的《中国文学批评史》，是第一部由中国人写作的批评史，也标志着中国古代文论学科的正式形成。《中国文学批评史》最初由中华书局于1927年4月印行。全书共178页，约7万余字，分为十二章，以历史为线索勾勒了从孔子到章太炎关于中国历代文学批评的发展状况，因篇幅短小，涉及的内容既广又多，论述较为简略。并且由于陈钟凡写作的资料来源主要集中在《四库全书总目》中，对一些问题的论述在今天看来缺乏翔实的证据，所以还谈不上建立完整的中国文学批评史体系。朱自清曾这样评价这部著作："那似乎随手掇拾而成，并非精心结撰。取材只是人所熟知的一些东西，说解也只是顺文敷衍，毫无新意，所以不为人所重。"[①] 朱自清无疑对陈钟凡的《中国文学批评史》评价一般，我们回到他的出发点来看，就可以知晓这一结果内在的逻辑了。朱自清是在评估郭绍虞的《中国文学批评史》时审视陈钟凡的《中国文学批评史》，两者在资料的搜集上差距甚大，有此评价亦属当然。然而，我们却不能因此而否定陈氏《中国文学批评

---

① 朱自清：《评郭绍虞〈中国文学批评史〉上卷》，载《清华学报》，1934年第4期。

史》的历史价值，发凡之功，筚路蓝缕，在学科框架、线索勾勒、著作体例等方面都给此后的研究带来了重要的影响。该书1927年初版，到1940年已出六版，从出版量可见其影响力，同时也看出当时中国文学批评史研究的盛况。郭绍虞承认自己的研究受陈钟凡的启示，罗根泽、朱东润等学者也分别在自己的著作中谈到曾参阅陈氏《中国文学批评史》。"如果说，作为一名拓荒者，陈钟凡的贡献主要在于抢先划定学科研究的领域——一种类似于跑马占地，圈定版图的行为，还未来得及对学科领地作细致耕耘的话，那么后来的研究者则在这块地上进行了建设性的劳作。"① 也正是从陈著开始，中国传统的"诗文评"获得了独立的地位，并且确立了新的理论视野和方法。

　　作为中国本土第一部《中国文学批评史》的写作者，陈钟凡非常注意对学科的定义，从而有效地指明了研究对象。他明确指出："言学术者，必先陈其义界，方能识其旨归。"② 在这种自觉的学术意识下，陈钟凡对"文学""文学批评"的具体内涵进行了梳理。陈著开篇就以专章"文学之义界"来展开自己的探寻之路，他考察了"文"的本义和引申义，以及中国历史上"文学"义界的变迁，然而，他发现"文学"的内涵仍然复杂难定，"晚近学者，或以文为偶句韵语之局称，或以文为一切著竹帛者之达号，异议纷起，迄无定论。"面对现状，他引进了探究"文学"义界的新思维："以远西学说，持较诸夏。"以此为视角，他写道："以远西学说，持较诸夏，知彼之所言，感情、想象、思想、兴趣者，注重内涵；此之所谓采藻、声律者，注重法式。实则文贵情深而采丽，故感情、采藻二者，两方皆所并重。特中国鲜纯

---

　　① 张海明：《回顾与反思：古代文论研究七十年》，北京师范大学出版社，1997年版，第186页。

　　② 陈钟凡：《中国文学批评史》，中华书局，1927年版，第1页。

粹记事之诗歌，故不言及想象；远西非单节语，不能准声遣字，使其修短适宜，故声律非所专尚。此东西文学义界之所以殊科也。今以文章之内涵，莫要于想象、感情、思想，而其法式，则必借辞藻、声律以组纂之也。姑妄定文学之义界曰'文学者，抒写人类之想象、感情、思想、整之以辞藻、声律、使读者感其兴趣洋溢之作品也。'"① 由此可见，他对文学的定义，也是中西综合的结果。陈钟凡对学理义界的探究还更加深入，对"文学批评"的内涵也提出了自己的见解。诚然，"文学批评"术语来源于西方文论体系，中国古代虽有诗文评与其有近似之效，但仍有差异，陈钟凡分析说："对于'批评'一词，未能确认其意义也。考远西学者言'批评'之涵义有五：指正，一也；赞美，二也；判断，三也；比较及分类，四也；鉴赏，五也。若夫批评文学，则考验文学作品之性质及其形式之学术也。故其于批评也，必先由比较、分类、判断而及于鉴赏，赞美、指正特其余事耳。若专以讨论瑕瑜为能事，甚至引绳批根，任情标剥，则品藻之末流，不足与于言文事也。"② 由此，陈钟凡借重西方对"文学批评"的理解，确立起基本的研究对象，《中国文学批评史》的写作框架也因此得以建构。陈著重视厘定学科义界的洞见，对中国古代文论学科的发展具有不可忽视的影响，此后的学者对此也继续进行了探究。

陈氏《中国文学批评史》在内容的分布上，偏重于唐朝以前历史线索的描述，从而对唐以后有关历史资料着力不够。与同时代其他的中国文学批评史相比，陈著确实存在诸多的缺憾，无论是材料的搜集，还是对材料的组织、宏观把握、内涵挖掘，都显得不够卓著。但是，陈钟凡以7万余字，勾勒出中国文学批评史

---

① 陈钟凡：《中国文学批评史》，中华书局，1927年版，第5页。

② 陈钟凡：《中国文学批评史》，中华书局，1927年版，第6～7页。

的基本线索，为此后更加深入地研究开启了道路。

在中国古代文论学科的建构过程中，有一位被公认的开创者或奠基人，这个人就是郭绍虞。郭绍虞（1893—1984），原名郭希汾，江苏苏州人。他写作的《中国文学批评史》全书约75万字，是20世纪中国文学批评史影响最大的著作。郭绍虞的《中国文学批评史》分上下两卷，上卷由上海商务印书馆于1934年出版，由于战争的原因，下卷则由同一印刷机构推延到1947年印行。从严格意义上来讲，郭著才是一部完整的中国文学批评史，上卷自先秦至北宋，下卷则从南宋迄清代。与此前陈钟凡选材主要集中在《四库全书总目》不同，郭绍虞的视野更加开阔，材料丰富、翔实。朱自清评说郭著取材的范围广大：不限于诗文评，也不限于人所熟知的论文集要一类书，而是采用史书文苑传或文学传序、笔记、诗论等；也不限于文学方面，郭君相信"文学批评又常与学术思想发生相互联带的关系，因此中国的文学批评，即在陈陈相因的老生常谈中，也足以看出其社会思想的背景"，所以随时引证思想方面的事件。这已不止于取材而兼是方法了。用这个方法为基本，他建立起全书的系统来。① 广取博收的资料工作，是学科建立、发展必需的条件，尤其是对中国古代文论而言，它分布在经史子集的各种著作中，如果不广泛网罗，就难以建立其令人信服的学理体系。这个工作在中国古代文论学科的草创期，显得尤为重要，而郭绍虞在这方面显然起到了奠基作用。朱自清说过："第一个人大规模搜集材料来写中国文学批评史的，得推郭绍虞先生。他搜集的诗话，我曾见过目录，那丰富恐怕还很少有人赶得上的。"② 在这个基础上，他除了完成批

---

① 朱自清：《评郭绍虞〈中国文学批评史〉上卷》，载《清华大学学报（自然科学版）》，1934年第4期。

② 朱自清：《诗文评的发展》，载《朱自清古典文学论集》（下册），上海古籍出版社，1981年版，第544页。

评史的写作，还出版了《宋诗话考》《宋诗话辑佚》等。

郭绍虞写作文学批评史，具有强烈的目的意识和问题意识。他在回顾当时自己学术研究的状况时说："五四时期，我就开始研究中国古代文学了，我当时的想法，是要写一部中国文学史。后来在收集资料的过程中，发现有许多文艺理论的材料没有引起大家重视，我也就把注意力集中到这个方面而写起中国文学批评史来了。"① 而在《中国文学批评史》的自序中，他更直接点明："中国文学批评史的讲述，其效用最少足以解决中国文学史上问题的一部分。"这就促使他在写作批评史的过程中，非常重视文学问题的追问，对文学观念的历史演变做出了清晰的考察，并将中国文学批评的发展分为三个阶段：先秦两汉魏晋南北朝为文学观念的"演进期"；隋唐五代到北宋为文学观念的"复古期"；南宋以后直至清代，为文学批评的"完成期"。"演进"与"复古"是郭绍虞基于文学观念的演变而提出的概念，在具体的论述过程中，他始终围绕着文学观念来展开，从先秦时期"文学"兼有文章博学二义，到两汉"文学"和"文章"的分别，再到魏晋南北朝更加独立于其他学术之外，并有"文""笔"之分，与近代的纯文学、杂文学观念相似。而在"复古期"，文学观念又"以古昔圣贤之著作与思想为标准"②，"文以贯道"（隋唐五代）或"文以载道"（北宋）在一定程度上遮蔽了文学的独立价值，文学观念与周、秦时代没有多大的分别。当然，郭绍虞并不是随意地将中国文学批评史划分为几个时期，他从文学的发展和学术思想的变迁方面做出了解释（详见《中国文学批评史·总论》第四、第五章）。并且，他的分期方法也引入西方进化论的观念，这使

---

① 郭绍虞：《照隅室古典文学论集》（下编），上海古籍出版社，1983 年版，第 530 页。

② 郭绍虞：《中国文学批评史》（上卷），百花文艺出版社，1999 年版，第 6 页。

他能够较好地阐明"复古"在中国文学批评史中的地位："历史上的事实总是进化的，无论复古潮流怎样震荡一时，无论如何眷怀往古，取则前修，以成为逆流的进行，而此逆流的进行，也未尝不是进化历程中应有的步骤。盖在文学观念演进期中所讨论的问题，是以文学之外形为中心；而在文学观念复古期中所讨论的问题，则又以文学之内质为中心。此所以虽似复古，而实际则不过移转问题的中心而已。近人因反对此期文以载道的说法，遂且抹煞其在文学批评史上的地位，要亦未为公允也。"① 在郭绍虞看来，假如上卷的文学观念演进期为"正"，则复古期为"反"，那么下卷所述内容即为"合"。因此，在叙述体例上，"上卷所述，以问题为纲，而以批评家的理论纳于问题之中，即于刘勰、钟嵘诸人，犹且不为之特立一章。至本书下卷所述，恰恰相反，以批评家为纲而以当时的问题纳入批评家的论理体系之中，即因当时的批评家能自成一家言之故。"② 正是具有强烈的问题意识，郭绍虞才能够将那些纷繁复杂的材料前后融通，构建起中国古代文论学科体系的整体架构。

郭绍虞的批评史写作与西方理论存在一些联系，他引进了一些西方的理念，除了上文提到了进化思维，西方的一些科学方法也给他带来了重要启示。他在书中反映出来的对历代人们"文学"概念异同的敏感，并且以归纳的方法予以分析，清理出文学观念、思潮传承的历史线索，这在理论逻辑上与当时引入的西方科学方法有相似之处。他在《我怎样研究中国文学批评史》一文中也承认："当时人的治学态度，大都受西学影响，懂得一些科学方法，能把旧学讲得系统化，这对我治学就有很多帮助。"然

---

① 郭绍虞：《中国文学批评史》（上卷），百花文艺出版社，1999年版，第13页。

② 郭绍虞：《中国文学批评史》（下卷），百花文艺出版社，1999年版，第3页。

而，郭绍虞并没有走向以西方理论来曲解中国古代材料的道路，而是表现出了对中国文化、文学的尊重与认同，因此，郭著"直用西方的分类来安插中国材料，却很审慎"[①]。

当然，作为一部奠基之作，郭著也存在一些缺憾，它受儒家正统文学观的影响，将传统的诗文批评理论视为核心，而对小说、戏曲理论极少涉及。不过，这种缺憾具有一些时代局限，是20世纪早期中国古代文论研究的共同遗憾，我们不能以今天的价值标准来强求前辈学者。

二

在这个时期，除了以上两部开创、奠基之作，还有罗根泽、方孝岳、朱东润、傅庚生等学者的著述为中国古代文论学科的建设贡献着智慧。

罗根泽（1900—1960），字雨亭，河北深州市人。在原拟的批评史写作计划中，罗根泽打算分为四册，自周秦至六朝为第一册，唐宋为第二册，元明为第三册，清至现代为第四册。他在《中国文学批评史·重印序》中也说过："许多写书的同志大都计划着先由简略而后扩充到详赡，我最早却拟了一个相反的计划，打算'由博返约'，先写逢说就录的资料较详的分册出版的中国文学批评史，然后再根据这些资料写一本简明的中国文学批评史纲要。"但由于1960年作者去世，这一计划未得实现，实乃中国文学批评史研究一个莫大的遗憾。所以，现在我们看到的罗氏《中国文学批评史》实际上是未竟之作，一定程度上还是属于断代史。罗根泽《中国文学批评史》于1934年由（北平）人文书店出版，内容涉及周秦至六朝。到40年代，罗根泽又写至晚唐

---

① 朱自清：《评郭绍虞〈中国文学批评史〉上卷》，载《清华学报》，1934年第4期。

五代，同时对此前的著述进行了修改，先后由商务印书馆出版了《魏晋六朝文学批评史》（1943年）、《隋唐文学批评史》（1943年）、《周秦两汉文学批评史》（1944年）、《晚唐五代文学批评史》（1945年）。新中国成立后，古典文学出版社（上海古籍出版社的前身）把《周秦两汉文学批评史》和《魏晋南北朝文学批评史》合一，形成《中国文学批评史》的第一册，把《隋唐文学批评史》和《晚唐五代文学批评史》合为第二册。中华书局上海编辑所在1961年又印行了《中国文学批评史》第三册，这是罗根泽的遗著，内容指涉两宋的文学批评。1984年，上海古籍出版社重印了三个分册的内容，这就是现在我们看到的格局。

　　罗根泽本来想构建中国文学批评史体系，所以，在资料的搜集、罗列、分析上非常详细，这与郭绍虞的著作可以媲美，甚至在某些方面比郭著还要翔实。郭绍虞在为中华书局上海编辑所出版的罗氏《中国文学批评史》第三册作序时就指出："雨亭之书，以材料丰富著称。他不是先有了公式然后去搜集材料的，他更不是摭拾一些人习知的材料，稍加组织就算成书的。他必须先掌握了全部材料，然后加以整理分析，所以他的结论也是持之有故，而言之成理的。他搜罗材料之勤，真是出人意外，诗词中的片言只语，笔记中的零楮碎札，无不仔细搜罗，甚至佛道二氏之书也加浏览，即如本书中采及智圆的文论，就是我所没有注意到的。当文学批评史这门学问正在草创的时候，这部分工作是万万不可少的。而雨亭用力能这样勤，在筚路蓝缕之中，作披沙拣金之举，这功绩是不能抹煞的。"把浩如烟海的材料、纷繁复杂的内容书写成有规律的批评史体系，编写的体例非常重要。罗根泽《中国文学批评史》的写作体例，采取的是"综合体"："先依编年体的方法，分全部中国文学批评史为若干时期。如周秦为一期，两汉为一期，魏晋南北朝为一期，隋唐为一期，晚唐五代为一期，两宋为一期。再依纪事本末体的方法，就各期中之文学批

评，照事实的随文体而异及随文学上的各种问题而异，分为若干章。前者如隋唐的诗论分为两章，古文论分为两章，史传文论及史学家的批评合为一章。后者如魏晋南北朝的文体论为一章，文笔之辨为一章，音律说为一章。然后再依纪传体的方法，将各期中之随人而异的伟大批评家的批评，各设专章叙述。如东汉的王充自为一章，南朝的刘勰与钟嵘各为一章。遇有特殊的情形，则这种综合体的体例，也不必拘泥。"① 由此可见，罗著的"综合体"是非常灵活的，对材料的组织既融入"问题"意识，又顾及文学批评发展的基本历史面貌。

罗氏《中国文学批评史》的另一个重要价值是对"文学""文学批评""中国文学批评"概念、内涵的论析。在第一册的第一章"绪言"当中，罗根泽明晰了文学界说、文学批评界说、文学与文学批评、文学史与文学批评史、中国文学批评的特点等十三个方面的问题。这奠定了罗根泽写作的基本格局，对批评史体系的建构无疑是卓有成效的。在罗根泽看来，"欲研究'中国文学批评史'，必先确定'文学批评界说'；欲确定'文学批评界说'，必先确定'文学界说'。"② 他总结此前各种关于"文学"义界的认知，辨析了"广义的文学""狭义的文学"和"折中义的文学"，并结合中国文学的实际采取了"折中义"的文学界定，包括诗歌、乐府、词、戏曲、小说、辞赋、骈散文七种。在此基础上，罗根泽探究文学批评的界说，他指出："按'文学批评'是英文 Literary Criticism 的译语。Criticism 的原来意思是裁判，后来冠以 Literary 为文学裁判，又由文学裁判引申到文学裁判的理论及文学的理论。文学裁判的理论就是批评原理，或者说是批评理论。所以狭义的文学批评就是文学裁判；广义的文学批评，

---

① 罗根泽：《中国文学批评史一》，上海古籍出版社，1984年版，第34页。

② 罗根泽：《中国文学批评史一》，上海古籍出版社，1984年版，第3页。

则文学裁判以外，还有批评理论及文学理论。"① 他结合中国文学批评的现实情况，认为文学批评的义界应该采用广义上的。此外，他还就"批评"一词提出了自己的看法，认为它"既不概括，又不雅驯"，所以应该改名为"评论"。他注重西方的"Criticism"与中国相似词语内涵之间的直接对应，在考察了中国古代"论""评论"的发展之后，才提出以上观点，显得有理有据。在此基础上，他认为："西洋的文学批评偏于文学裁判及批评理论，中国的文学批评偏于文学理论，所以他们以原训'文学裁判'的 Literary Criticism 统括批评理论及文学理论，我们的文学批评，则依鄙见，应名为'文学评论'。"② 由此可见，罗根泽在写作过程中对各种概念、关系的处理是非常有逻辑性的。并且他既关注文学批评史与文学、文学史的内在联系，又意识到批评史的独立性："文学批评中的文学裁判既尾随创作，文学理论又领导创作，所以欲彻底的了解文学创作，必借助于文学批评；欲彻底的了解文学史，必借助于文学批评史。但文学批评不即是文学创作，文学批评史不即是文学史，所以文学史上的问题，文学批评史上非遇必要时，不必越俎代庖。叙述一个人的文学批评，不必批评他的文学创作，更不必胪举别人对他的文学创作的批评（自然如批评他的批评，可以举他的文学创作为证，也可以举他人的批评为证）。……文学史的目的之一是探述文学真象，文学批评史的目的之一是探述文学批评真象，文学批评真象不即是文学真象，所以文学史上不必采取甚或必需驳正的解说，文学批评史上却必需提叙，且不必驳正。"③ 罗根泽精心辨析的概念、揭示的问题，对中国古代文论学科的独立意识、学理框架

---

① 罗根泽：《中国文学批评史一》，上海古籍出版社，1984 年版，第 5 页。
② 罗根泽：《中国文学批评史一》，上海古籍出版社，1984 年版，第 13 页。
③ 罗根泽：《中国文学批评史一》，上海古籍出版社，1984 年版，第 11～12 页。

来说都是深刻的，虽然他的《中国文学批评史》是未竟之作，但是它所呈现出来的宽广视野、宏伟架构、学理层次为后学考察中国文学批评提供了诸多启示。

方孝岳（1897—1973），名时乔，又名乘，安徽桐城人。方孝岳的《中国文学批评》，1934年5月由世界书局出版（上海），是刘麟生主编的《中国文学丛书》八种（后改名《中国文学八论》）之一。该书并不称为《中国文学批评史》，舒芜在《中国文学批评》（重印缘起）中解释说："书名为什么不叫作《中国文学批评史》呢？我一直以为，它实在就是一本中国文学批评史，无非限于那一套《中国文艺丛书》的'合之则为文学大纲，分之则为各别的文体专论'的旨趣，书名上不标出'史'的字样罢了。这回才发现并非如此。书中的导言明明说：'我这本书，……大致是以史的线索为经，以横推各家的义蕴为纬。'卷下第四十三节又说：'本书的目的，是要从批评学方面，讨论各家的批评原理。'可见'史的线索'仅仅是一个线索，理论上的探讨才是此书的目的，而这个目的是达到了的。"[1] 然而，学界论述中国文学批评史著作时，多将其纳入考察的视野，是因为它具有研究的必要，也可视作习惯使然。毕竟，《中国文学批评》具有"史"的意识，在论述具体的文学问题和批评家的观点时，仍积极关注了前后发展的脉络，因此，虽不观以"史"之名，读者阅之却有"史"之感。

《中国文学批评》全书有三卷四十五节，所论及的批评家只有五六十家，似乎在广度上稍有欠缺，但方孝岳本来就无意于历史的完整，而是"从批评学方面，讨论各家的批评原理"，所以选取有特色、有影响的批评家也在情理之中。在论述的过程中，

---

① 方孝岳：《中国文学批评》（重印缘起），生活·读书·新知三联书店，1986年版，第2页。

每节专列题目，"立片言以居要"，点明内容的主旨所在。因此，这部著作虽然在材料的铺展上难以媲美同时期的一些作品，但是却可以集中笔触对核心问题做出精当之论。

探源中国文学批评，方孝岳从"诗文评"上溯到"总集"，他认为："我们如果再从势力影响上来讲，总集的势力，又远在诗文评专书之上。象《文心雕龙》、《诗品》这种括囊大典的论断，虽然是人人所推戴，但是事实上实在不曾推动某一时的作风。象《文选》，象《瀛奎律髓》，象《唐宋八家文钞》，这些书就不同了；他们都曾经各演出一番长远的势力，都曾经拿各人自己特殊的眼光，推动一时代的诗文风气。所以'总集'在批评学史中，实占着很重要的部分……"① 这种观点恰好表明了方孝岳并不是以"史"为写作目的，若写中国文学批评史，《文心雕龙》是难以逾越的经典，但方孝岳从批评学的角度，重新评价了总集和理论著作之间的价值对比，以一家之言，切入问题的另一个层面。方孝岳对方回诗学思想的评价也是《中国文学批评》的一个重要特点。方著全书不到18万字，却以1万多字来论述方回诗学。方孝岳极力推崇方回的《瀛奎律髓》，称"他这书是把有宋一代的'诗话之学'和'评点之学'两种体裁，综合起来，是很有规模的书"②。甚至认为："除了《瀛奎律髓》而外，我国文学批评界，恐怕还找不出传授师法有如此之真切如此之详密的第二部书。"③ 并进而将该书的瑕疵消融于诸多优点当中："方回的《（瀛奎）律髓》，并非全无流弊，引用故事，也偶有错误，但都

---

① 方孝岳：《中国文学批评》，生活·读书·新知三联书店，1986年版，第5页。

② 方孝岳：《中国文学批评》，生活·读书·新知三联书店，1986年版，第129页。

③ 方孝岳：《中国文学批评》，生活·读书·新知三联书店，1986年版，第142页。

是小疵，对于这部书的大体，没有妨碍。"①

　　方孝岳对新思维也给予了积极的关注，认为文学批评与批评家的眼界、眼光具有内在关联，从而指出："'五四'运动（民国八年）里的文学革命运动，当然也是起于思想上的借照。譬如因西人的文言一致，而提倡国语文学，因西人的阶级思想，而提倡平民社会文学，这种错综至赜的眼光，已经不是寻着一个国家的思想线索所能讨论。'比较文学批评学'，正是我们此后工作上应该转身的方向。"② 显然，方孝岳具有很强的学术感知能力，在《中国文学批评》的最后提出这个话题，开辟了文学批评研究的新领域，虽然他未有完整论述，但是先见之功，对学术发展开启了新的思路。

　　朱东润（1896—1988），原名朱世溱，江苏泰兴人。朱东润的《中国文学批评史大纲》于 1944 年由开明书店出版，是由作者 30 年代初在武汉大学讲授中国文学批评史的讲义修改而成的，本来 1937 年就已经排印，但是由于抗战爆发，一再拖延。该书约 27 万字，1944 年出版后，1946 年再版，1947 年出第三版，1957 年古典文学出版社重新印行，1983 年上海古籍出版社据古典文学版发行，2001 年上海古籍出版社又出版了由章培恒导读的版本。《中国文学批评史大纲》坚持以批评家为纲的写作体例，这在一定程度上与其脱胎于讲义有关。朱东润在自序中还指出了更深层的原因："我认为伟大的批评家不一定属于任何的时代和宗派。他们受时代的支配，同时他们也超越时代。"采取这样的写作方式，虽然对一个时代的学术风气的描述或有遗漏，但是却可以保证批评家关于文学批评思想的完整性。《中国文学批评史

---

　　① 方孝岳：《中国文学批评》，生活·读书·新知三联书店，1986 年版，第 141 页。

　　② 方孝岳：《中国文学批评》，生活·读书·新知三联书店，1986 年版，第 227 页。

大纲》在叙述的内容上，采用"远略近详"的方式，有志于改变多数著作只注重论述唐代及以前文学批评的状况，因此，他将小说、戏曲等批评纳入视野，这是当时其他的一些文学批评著作缺少的。由于《中国文学批评史大纲》出版于1944年，当时郭绍虞的《中国文学批评史》下册还没有印行，罗根泽的著作始终没有完成，陈钟凡的《中国文学批评史》因为是开篇之作，存在诸多的缺憾，因此，"《中国文学批评史大纲》实是我国最早提供严格意义上的中国文学批评史的较完整架构，对我国的文学批评的发展过程做出富有新意的探讨和概括的著作。"①

傅庚生（1910—1984），笔名肖岩、更生、齐争，辽宁辽阳人。傅庚生的《中国文学批评通论》于1946年由商务印书馆出版，全书分为三编，是一部将中国文论置放在中西诗学比较的视野下进行观照的研究著作。这就使《中国文学批评通论》具有同时代批评史著作所缺乏的特征，无论是郭著、方著，还是罗著、朱著，他们虽借鉴了一些西方的理念，但是在基本的体例上仍然是中国传统的史传结合模式。傅庚生则以20世纪前期在中国影响甚大的美国文艺理论家文切斯特（C. T. Winchester）的文学思想为框架，将中国古代文学批评的有关内容安插进去，划分为情感、想象、思想、形式四个方面来分析和论述。他先通过追溯中国对文学的界说，然后借鉴西学理论，将文学定义为："文学者，抒写作者之感情、思想，起之以想像，振之以辞藻与声律（形式），以诉诸读者之感情而资存在之文字也。"② 为了增加理论的说服力，傅庚生将白居易的观点与文学四要素进行对比，指出："'根情、苗言、华声、实义'，揭示文学上感情、思想、形

---

① 章培恒导读，见朱东润：《中国文学批评史大纲》，上海古籍出版社，2001年版，第2页。

② 傅庚生：《中国文学批评通论》，商务印书馆，1946年版，第9页。

式三要素也。……比，运用联想的想像以行文者也；兴，运用创造的想像以成章者也。"① 经过理论准备，傅庚生在"本论"部分，以四要素说，对中国文学批评展开全面论述。《中国文学批评通论》参考西学的理论，具有一定的历史价值，几十年之后，刘若愚的《中国的文学理论》也采用了相同的做法，来解读中国古代文论思想。但是，它同样走向了一条危险的道路，给中国古代文论学科的发展带来了很多的弊端。

第三节　苏联模式的泛化及曲折

1949 年，中华人民共和国成立，随着新政权的建立，意识形态的转换，人们的认识也发生了巨大改变。从理论上来说，社会政局的稳定，会促进学术研究的发展，但是，新中国成立后的 30 年时间里，受极左路线，尤其是 10 年"文化大革命"的影响，中国古代文论研究没有得到应有的发展。因此，新中国成立后的 30 年，我们将其视为中国古代文论研究的沉寂期。而这 30 年，其中有 10 年时间，学术活动基本处于停滞状态。然而，70 年代末的几年，在"拨乱反正"中已然孕育着新的时代气息。因此，20 世纪 70 年代末所涉及的主要学术建树应该与"新时期"的相关成果一起阐述。

一

从 1949 年到 1966 年，学界称为"十七年"，这 17 年是中国百废待兴的时代。有学者指出："从学术史的角度看去，整个'17 年'的历史，应该说是一部学术主体思维的规范化历程

---

① 傅庚生：《中国文学批评通论》，商务印书馆，1946 年版，第 10 页。

——改造历程。"① 是为确论，切中了这个时代学术的基本特征。新中国成立后，我们的理论界照搬苏联的文艺理论模式，注重社会历史研究，偏重阶级分析和文学的认识价值，同时高扬社会主义现实主义的创作方法和解释方式，更将"政治第一，艺术第二"上升到政策、纲领的地位，这些共同组成了新中国成立后学术研究的政治文化语境。"新中国成立后，曾有多次对文学理论的讨论，它的目标指向大多是文学如何更好地为政治服务，而并不是出于对具体的文学理论的兴趣。那些试图在专业的范畴内展开人生、体现自我价值的学者，怀着极大的热情参与进去，而得到的都是意想不到的结果。'一体化'的政治文化，对具体的专业知识是十分敏感和深怀戒备的。"② 而几次大的批判——对电影《武训传》及《〈红楼梦〉研究》、胡适思想和胡风的"三十万言书"的批判等，大都从学术讨论上升到思想改造的层面，无疑对知识分子的自我意识、学术主体性造成了极大伤害。一些学术讨论的焦点，在政治文化的语境下，往往会转化成"斗争"的场域，非此即彼的极端式反应，使真正的学术研究难以展开。回顾那段历史，如果说关于电影《武训传》的批判是新中国成立以来把学术讨论和政治思想运动联系起来的一个开端的话，那么1954年对俞平伯《〈红楼梦〉研究》的批判则是它的必然发展。由批判俞平伯到批判胡适，一时间形成了一场声势浩大的思想批判活动，接着是由1957年的"反右斗争"而引起的极左思潮，在学术界掀起了"拔白旗"运动，1962年以后又提出"越是精华越要批判"的口号，1963年以后又提出"反修防修""批判封资修"的口号，就这样，学术和政治扭合在一起，逐渐成为这一

---

① 韩经太：《中国文学批评史研究》，福建人民出版社，2006年版，第220页。
② 杜书瀛、钱竞主编，孟繁华著：《中国20世纪文艺学学术史（第三部）》，上海文艺出版社，2001年版，第5～6页。

时期文学乃至艺术、哲学、历史等各门社会科学研究讨论的突出特点。①

随着中苏两国关系的恶化，中国开始探究建立中国特色的社会主义文艺理论和批评。1958 年，在河北省文艺理论工作会议上，周扬提出了"建立中国自己的马克思主义的文艺理论和批评"。他主张要用科学的方法来研究我们本国的艺术创作经验，从中寻找规律和方法，实现我国艺术创作丰富经验的科学化和系统化。但是，其中许多的言说方式仍然深烙着苏联模式的影子。

在这 17 年的学术研究中，也有一些文艺政策。1956 年 4 月，在中央政治局扩大会议上，毛泽东做了《论十大关系》的报告，提出了在艺术问题上百花齐放，学术问题上百家争鸣的"双百"方针。同年 5 月，在最高国务会议第七次会议上，毛泽东重申了"双百"方针。之后，中共中央宣传部长陆定一为广大科学和文艺工作者做了《百花齐放，百家争鸣》的讲话。"双百"方针逐渐被确定为科学和文化工作的重要方针，给当时的艺术创作和学术讨论的自由发展营造了氛围。但是，我们可以发现，当时艺术创作和学术研究的发展，都以政府的文艺政策为风向，本质上仍然从属于政治文化的氛围。受时代因素的影响，中国古代文论研究虽然有一些活动展开，取得了一些成绩，但是多集中在资料的搜集、编纂方面，而批评史的写作明显处于沉寂状态，除去此前作品的重印之外，引起学界关注的有郭绍虞的两次改写，以及被称为"一部半"的新作，即黄海章的《中国文学批评简史》和刘大杰主编的《中国文学批评史》（上册）。无论是改写还是新作，都书写着那个时代的独特印迹。

郭绍虞的两次改写，分别是 1955 年由新文艺出版社出版的

---

① 赵敏俐、杨树增：《20 世纪中国古典文学研究史》，陕西人民教育出版社，1997 年版，第 96 页。

《中国文学批评史》和 1959 年由人民文学出版社出版并更名的
《中国古典文学理论批评史》。第一次的修改并不大，主要是对体
例、篇目做了一些调整，其目的是适应教学，删繁就简，以作大
学教材之用。从调整前后的对比来看，修改后，全书约 47 万字，
和原来的 75 万字相比，篇幅上显然少了很多，这与修改的目的
是一致的。在篇目的编排上，修改之后，主要以批评家为纲，没
有分章节排列，也不再以问题为纲。其材料经过重新取舍，结构
也有些许改动，虽然没有从根本上损害著作的价值，但是修改后
确实有逊色之处。王运熙在为郭著旧版重印写的前言中就指出：
"由于不少翔实的材料、细密的考订分析被删削，旧著的许多长
处失落了。从总体质量看，修改本较旧著逊色。"① 郭绍虞的另
一个改写本，是 1959 年的《中国古典文学理论批评史》，这次改
写，只完成了上册，到晚唐司空图止。与旧著和 1956 年改写本
不同，这次在书名上就见出分别，增加了"古典"和"理论"两
词，这与当时的时代风气具有莫大的关系。"古典"一词的增加，
与当时频提"古典文化遗产"之类的说法相关，与新社会建立之
后探究古代文化的致用也暗合。1958 年，周扬在河北省委宣传
部召开的全省文艺理论工作会议上，做了题为"建立中国自己的
马克思主义的文艺理论和批评"的讲话，首次公开批评了对苏联
文艺和理论片面崇拜的现象，进而倡导建立有中国民族特色的马
克思主义文艺学，要求继承和借鉴民族的文学遗产。而"理论"
提供的是审视古典文学批评的视角，是马克思主义文艺理论的实
际运用，因此，"古典"和"理论"在一定程度上是具有内在统
一性的。在 1956 年的改写本的"后记"中，郭绍虞曾这样写道：
"改写好像复雕，细细琢磨，理应更加完美一些；可是，改写又
好像校书，如扫落叶，总不易收拾净尽。尤以自己马克思列宁主

---

① 郭绍虞：《中国文学批评史》（上卷），百花文艺出版社，1999 年版。

义的文艺理论研究不够，旧观点不能廓清，对各家意见不能给以应有的评价，均属意料中事。更因在病中，工作起来，每有力不从心之感，虽然改写的态度自认是严肃的，但结果仍只能是一部资料性的作品。"因此，他需要在自己的著作当中，增加马克思主义文艺理论，这就促动了他第二次的修改，形成《中国古典文学理论批评史》。显然，郭绍虞的第二次改写具有强烈的思想转向意识。在这次的改写本中，郭绍虞"以诗代序"，可以看出他的思想历程：

> 我昔治学重隔隙，鼠目寸光矜一得。
> 坐井窥天天自小，迷方看朱朱成碧。
> 矮子观场随人云，局促徒知循往迹。
> 客观依样画葫芦，主观信口无腔笛。
>
> 自经批判认鹄的，能从阶级做分析。
> 如聋者聪瞽者明，如剜肠胃加漱涤。
> 又如觅路获明灯，红线条条遂历历。
> 心头旗帜从此变，永得新红易旧白。

郭绍虞如获重生般的喜悦，溢于言辞，这与当时的社会语境是一致的。"阶级分析""拔白旗"成了方向，郭绍虞"重隔隙"的治学精神被反思，知识分子的主体精神陷入困顿。庆幸的是郭绍虞后来在研究成果结集时，仍取名为"照隅室古典文学论集"，显然蕴含着对其治学精神回归的意味。综观《中国古典文学理论批评史》，有一条最为明显的线索，即用现实主义和反现实主义来贯串文学批评史的发展。与在旧版中将观点建立在资料的分析上不同，《中国古典文学理论批评史》显然是一部理论先行的作品。郭绍虞在第一章"绪论"中就专立"发展规律中的斗争问题"一节，指出："中国古典文学理论批评史可说是现实主义文学批评发生发展的历史，也就是现实主义文学批评和反现实主义文学批评斗争的历史。"以此为视角，书中的材料归于"二元"，彼此对立，而反现实主义又统摄唯心主义和形式主义。比如，他认为《诗经》的创作及其相关的理论批评，以及儒家的文学思想基本上都是现实主义的，而形式主义则萌芽于汉赋，极端体现在建安文学，至南朝时期，形式主义更是变本加厉，甚至出现了"黄色文学的理论"，幸而，刘勰等对该势头提出批评。凡此种种，所涉甚多，在今天看来，无疑是非常牵强的，但这恰恰就是历史真实的写照，郭绍虞只不过是当时知识分子追求思想进步的案例之一。跳出那个时代，其中的牵强之处就显现出来了。正如郭绍虞自己所说："庸俗唯物论运用在社会历史中的结果，可以否认人类社会的精神生活方面，可以否认社会意识在社会发展中的积极作用……我们不要陷于庸俗唯物论的看法。"[①] 在另外一段话中，他更加明确地指出，"我总觉得：所谓现实主义和形式主义、唯物主义和唯心主义这些术语，在中国古代的用语中间是很难找到这样绝对化的词汇的……这些术语并不是完全适合的帽子"[②]。所以，受一时风气影响的郭绍虞并没有在偏路上继续走远。1961 年，《中国文学批评史》需要再版时，他选择了 1955年的版本，由中华书局印行，这从一定程度上也可以表明，他对《中国古典文学理论批评史》是不满意的。在这次重印本的"后记"中，郭绍虞写了这样一段话，"我常想，研究文学批评史应当有两个标准：一是对于这些材料，至少要有一些比较深入的研究，能解决一些问题，决不是讲义式的仅仅组织一下、叙述一下

---

① 郭绍虞：《照隅室古典文学论集》（下编），上海古籍出版社，1983 年版，第8 页。

② 郭绍虞：《照隅室古典文学论集》（下编），上海古籍出版社，1983 年版，第162～163 页。

就可以了事的。为什么？因为以前文学理论批评上的术语，昔人并没有严格地规定它的含义，所以同样一词，甲可以这么用，乙又可以那么用，假使混而为一，就不免牛头不对马嘴了。而且，即使在同一书中，昔人用词也没有严格的科学性，往往前后所指，不是同一概念，若不加分析，也容易导致结论的错误。所以，不应该浮光掠影只作表面的论述。又一，是要求深刻掌握马克思列宁主义的文艺理论，看问题看到它的本质，才能运用新的观点得出新的结论。这新的结论必须是历史主义地对各人的理论作适当的评价，而不是简单化教条化的结论。这是另一种标准。而这两种标准又必须很好地结合起来，才成为更高的标准。"①从中我们可以发现，郭绍虞的思考进入更深刻的层面，不再认同单纯以某种理论贯串的做法，同时，他强调，即使是运用马克思列宁主义文艺理论，也要坚持历史主义原则，不能简单化、教条化。

二

除了郭绍虞对《中国文学批评史》的改写，"文化大革命"之前，学界也有新的批评史作品诞生。那就是黄海章的《中国文学批评简史》和刘大杰主编的《中国文学批评史》（上册），被学界称为"一部半"的新作。

黄海章（1897—1989），字挽波，又名黄叶，广东梅县人。他写作的《中国文学批评简史》于1962年由广东人民出版社出版，也是新中国成立之后，新编写的第一部文学批评史。写作体例方面，遵循常规模式，即以时代的更替为线索，在具体的时代编排上又以批评家为主，并佐以时代主流话题。因为是"简史"，所以篇幅不长。该书涉猎自先秦孔子至清末王国维的近50位文

① 郭绍虞：《中国文学批评史》（后记），上海古籍出版社，1979年版。

学批评家，约 15 万余字。虽然简史不需要过长的篇幅，但是写作一部优秀的简史并不容易，以短小的篇幅来包容久远的历史，如何选取资料是首要难题。罗根泽的文学批评史写作，也曾打算走"由博返约"之路，可惜最终因早逝而未能实现，实学界之一大损失。从这个层面上讲，黄海章的《中国文学批评简史》无疑是一部积极的尝试之作。全书分为十一个部分，一部分为概说；二、三部分则主论儒家文学观和道家思想对文学批评的影响；四至十一部分以时代为序，分论汉代至清代的文学批评。从整体的风格来看，这部著作同样是那个时代的典型产物，时代风气的影响异常清晰。黄海章在概说中明确指出："在古代文学理论和批评中，有些是含有现实主义文学的因素，可以推动文学向前发展的，有些是偏于唯美主义、形式主义，会把文学拉向后退的。文学史上进步的，向上的，和落后的，反动的，两种矛盾的斗争，在文学批评史上也同样的显现出来。"① 在他看来，刘勰的主张"情者，文之经。辞者，理之纬。经正而后纬成，理定而后辞畅"（《文心雕龙・情采》）就是以文学的内容决定了形式。而沈约、王融的提倡声病，颜延之、谢庄、任昉的提倡用典，却是使内容服务于形式。两者之间的关系，黄海章断定前者是进步的，向上的；后者是落后的，反动的。这样的分析在《中国文学批评简史》中比比皆是，再如，他这样阐述白居易的文学批评思想："白居易《秦中吟》、《新乐府》这一类的诗，完全是在当日社会现实影响之下，和以'讽喻说'为中心写出来的。它的诗歌所走的路向，就是文学上一种正确的路向，何况他还能够总结他诗歌的战斗经验，写成一篇《与元九书》，突出地显示文学的政治性，人民性，战斗性，在他以前的文学批评家，从来没有这样自觉

---

① 黄海章：《中国文学批评简史》，广东人民出版社，1962 年版，第 3 页。

地，鲜明地，来表示自己的文学见解的。这是很珍贵的文学遗产。"① 当然，《中国文学批评简史》也有一些突破，比如对刘熙载和王国维文学批评思想的论述，填补了此前文学批评史写作中的不足。另外，黄海章还不断地增加相关的内容，该书由同一出版社于1981年出版了修订本。修订本分上下两编，上编完全是旧稿中的内容，下编则除刘熙载和王国维部分为旧稿内容外，其他都是新写的，增加了龚自珍、魏源、李兆洛、黄遵宪、康有为、谭嗣同、梁启超、严复、章炳麟、刘师培、况周颐、黄侃，此外还另附了陈廷焯、林纾和陈衍。这种持续的学术追求，显然是值得我们学习的。

本时期批评史，还有刘大杰主编的《中国文学批评史》（上册）。刘大杰（1904—1977），湖南岳阳人，他主编文学批评史，是受周扬所托，以作教材之用，由复旦大学中文系古典文学教研室组成的编写组共同完成的，也是我国第一部集体合作的文学批评史。按原定计划，分上下两册，由七编组成，分别是：一、先秦两汉，二、魏晋南北朝，三、隋唐五代，四、宋元，五、明代，六、清代，七、近代。前三编为上册，后四编为下册，上册于1964年由中华书局上海编辑所出版，下册则因刘大杰去世而未能及时编写出版。后来，复旦大学编写组的有关人员继续完成了这一工作，并对原定的计划做了适当的调整。原来计划中的下册部分，被调整为两册，宋元明为中册，清代和近代组成下册。因此，这部集体合作的批评史最终以三册的形式呈现在读者面前。虽然完成于不同的时代，但是全套书前后的风格基本上保持一致。与同时期文学批评史改写、新著不同的是，刘大杰主编《中国文学批评史》教材是在周扬提出反思的情况下进行的。周扬针对一些极左思潮导向的教材，指出："1958年以后，教育革

---

① 黄海章：《中国文学批评简史》，广东人民出版社，1962年版，第105页。

命、解放思想，青年人编了不少教材，出现了一种新气象，但由于对旧遗产和老专家否定过多，青年人知识准备又很不足，加上当时一些浮夸作风，这批教材一般水平都低，大都不能继续采用。"① 因此，刘大杰以及相关的编写人员都会有意地遏制"左"倾浮夸风，对历史的评价也能够相对客观。

在编写的体例上，该书基本上采用了以史为线，兼顾各时代的文学批评家。具体到每编，都设有"绪论"，对该编所涉时代的主要背景作宏观呈现，从而使批评家的观点能够统摄于一定的主题之下，论述也更加清晰。刘大杰主编的《中国文学批评史》（上册），在材料搜集上也颇为翔实，并且借鉴了此前一些著作的经验，如郭绍虞的《中国文学批评史》等。面对繁杂的资料，刘大杰结合自己编写文学史的学术经验，在具体的论述过程中，有效结合了文学史，使理论与作品相映衬，读来不会感到过于空泛。中册和下册主要由王运熙、顾易生负责，分别印行于 1981年、1985 年。

同样是受周扬所托，郭绍虞主编的《中国历代文论选》作为中国古代文论学科建设的重要教材，是新中国成立后中国古代文论研究的一大亮点。《中国历代文论选》与刘大杰主编的《中国文学批评史》（上册）都是当时高校教材建设的成果，而新中国成立 30 年来，《中国历代文论选》前前后后实际上存在三个版本，分别是三卷本、四卷本和一卷本。在 1949 年至 1966 年的"十七年"中，主要是三卷本，于 1964 年由中华书局出版，主要编写者有郭绍虞、刘大杰、夏承焘、钱仲联、马茂元等，集合了多个院校的力量。随后，复旦大学中文系以这套三卷本《中国历代文论选》为教材，在高年级开设"中国文学批评史"课程。复

---

① 周扬：《关于高等学校文科教材编选情况和今后工作意见的报告》，载《周扬文集》（第 4 卷），人民文学出版社，1991 年版，第 143 页。

旦大学中国文学批评史专业也开始招收研究生，郭绍虞、朱东润、刘大杰先后开始担任导师。由此可见，中国古代文论学科无论是教材、教学，还是在人才培养、梯队建设方面都取得了重大突破。三卷本所涉内容非常丰富，上册自先秦至唐代，中册囊括宋元明，下册则专涉清代。全书以时代为序，选取历史上重要的文论篇章，并作适当的注释和解读，实际上也展现出文论发展的线索，对中国文学批评史史料学的发展起到了重要的推动作用。

　　随后是十年"文化大革命"时期，这十年是阶级斗争异常激烈的时期，更谈不上学术的自由讨论。因此，在中国古代文论学科的建设上，实为乏力。"文化大革命"结束，百业复苏，中国古代文论学科也重新回到发展的轨道，取得了一些有影响力的成绩。但是，这个时期非常短暂，因为随着"新时期"的到来，中国古代文论学科进入一个飞速发展的时期，我们将以独立篇幅论述，所以介绍"文化大革命"后中国古代文论学科成果时，实际上要择取。一方面是以时间为限定，另一方面还要考量学术建树的实质。"从七十年代末到八十年代初，理论界所要做的首先是'拨乱反正'，亦即回到文革之前理论研究的正轨上去。所以，即便完成于八十年代初的批评史，其基本思想倾向与六十年代实无质的差异。"① 因此，一些在"新时期"出版的论著，由于其写作时间以及论述风格的关系，我们将其置放到本时期，其实更为恰当。

　　从这个角度来看，除了上文已经提到的延续刘大杰主编《中国文学批评史》（上册）的另外两册，主要还有敏泽的《中国文学理论批评史》（上下册）。敏泽的《中国文学理论批评史》虽然由人民文学出版社出版于1981年，但是无论是搜集资料，还是

---

　　① 张海明：《回顾与反思：古代文论研究七十年》，北京师范大学出版社，1997年版，第189页。

实际的写作都在"文化大革命"之前就已经展开。更加值得一说的是，这套批评史，在思维方式上也深深地烙下了那个时代的印迹。该书上册包含从先秦至宋金元，下册则指涉明清及旧民主主义革命时期。全书近 80 万字，资料丰富，篇幅宏大，著者力图用马克思主义观点来分析、评价中国古代文学理论，注重文学理论与政治、哲学之间的关系，用辩证唯物主义的观点批判地继承古代文论遗产。这些特征无不体现着 20 世纪六七十年代的时代风气。当然，《中国文学理论批评史》在阐释的内容上，打破了传统上的重诗文理论，轻小说、戏曲理论的倾向，对明清以来的小说、戏曲理论给予了应有重视。在书中，敏泽坚持现实主义的美学原则，由此强调文学应该忠实地描写生活，并且应该有益于人类社会。

对新中国成立后 30 年中国古代文论研究的检阅，可以发现，这 30 年受政治文化的影响非常深刻，经历过苏联模式的直接移用，之后的清理也是政治意识多于学术探究的意识。然而无论清理的力度多大，苏联模式的一些思维仍然存在于中国文论研究的方法和角度中。

第四节　学科复建与广引西学

如果说，新中国成立后的 30 年，中国古代文论学科是在曲折中艰难发展，那么新时期以来，中国古代文论学科则取得了飞跃式的进步，在教材编写、学科建设、人才培养、梯队建设、研究方法等方面都超越了此前。学术讨论更加自由，研究的视野也更加开阔，但同时也伴随着诸多的困惑。新时期展开中国古代文论研究，首先要做的就是对此前研究经验的总结，探寻新的视野和领域。这个过程主要从体制和思想观念两个层面展开。

就体制上来说，1977 年高考的恢复无论是对于人才的培养，

还是营造学术探究的平台，都具有划时代的意义。"随着 1977 年大学恢复招生，古典文学重新被确定为大学中文系重要基础课程，古典文学教学队伍的恢复和扩充加紧进行。1979 年春中国社会科学院成立，其后各省市自治区也相继成立社会科学研究机构，古典文学研究也受到相当的重视，研究人员有所充实。"①除此之外，研究学会的建立也是学科建设的重要内容。1979 年 3 月 24 日至 4 月 4 日，复旦大学《中国历代文论选》编写组与云南大学中文系在昆明联合召开中国古代文学理论学术研讨会。在这次会议上，正式成立了中国古代文学理论学会，该学会此后相继召开了 15 次（至 2007 年）年会，对古代文论研究的阶段性热点和长期发展战略都给予积极的关注。并且，《古代文学理论研究丛刊》的印行也能有效地将学会讨论的主要问题在学界广泛传播开来，对广大学人把握学术热点、建构思路起到了积极的促动作用。

体制的建构其实与思想观念的更新是一体两面的关系，此前，一些学术追问没有展开，很大程度上就源于思想观念的钳制。因此，体制的建设无疑是观念转变的现实体现。1979 年秋，周扬在第四次全国文代会上做了题为"继往开来，繁荣社会主义新时期的文艺"的报告，在报告中，他"鸟瞰一百多年的社会主义文艺史，总结新中国成立以来三十年文艺工作的经验教训，就如何处理好攸关社会主义文艺兴衰成败的文艺与政治、文艺与生活、文艺的创新与革新三个关系，作了科学阐述，提出了新时期文艺的战斗任务"②。经过诸多类似的"拨乱反正"，总结经验，提出发展思路，中国当代学术研究迎来了一个崭新的时代。中国

---

① 徐公特：《四个时期的划分及其特征——二十世纪中国古代文学研究近代化进程论略》，载《百年学科沉思录》，人民文学出版社，1998 年版，第 25 页。
② 朱寨主编：《中国当代文学思潮史》，人民文学出版社，1987 年版，第 549 页。

古代文论学科逐渐走出政治标准的阴影，回归到学术探究的本位上来了，文学批评史的写作也取得了新的突破，达到一个更高的水平。

一

1987年北京出版社出版的由蔡钟翔、黄保真、成复旺三位学者撰写的《中国文学理论史》，全书共五册，第一册为先秦两汉魏晋南北朝部分，第二册为隋唐五代宋元部分，第三册为明代部分，第四册为清代部分，第五册为近代部分。各册又自有分编，每编都有概述，这些概述与第一册中的绪言共同组成了全书的大纲。在这部著作中，作者一改此前多数学者承继郭绍虞的《中国古典文学理论批评史》和敏泽的《中国文学理论批评史》的风潮，将书名定为"文学理论史"。在作者看来，书名的更换，实为"正名"，主要是因为"文学批评"一词来自西方，与中国传统文论的实际并不符合。在中国古代文论学科创建之初，陈钟凡已然有所察觉，到罗根泽，更是明确指出中国的文学批评偏向于文学理论，但考虑到"约定俗成"，仍然将自己的著作取名为《中国文学批评史》。从这个意义上来说，蔡钟翔等学者是在探究更符合中国的学科表述，当然，他们的研究路向体现了长期以来学界在不断加强自觉性的学术思考。这条探讨之路，当前的中国学界还在继续践履，其实质是更加深入地思索双面维度下中国古代文论学科建设，乃至中国文论体系的建构。

正如上文所言，新时期中国古代文论学科建设是伴随着"拨乱反正"展开的，这在《中国文学理论史》中也有着深深的印迹。作者在书中饱含宏观的历史意识，对主要时代的中国古代文论研究及批评史写作所存在的问题总能一针见血地总结出来，比如学科初建时，冷落了小说、戏曲批评等。在1949年至1966年的"十七年"时期，不仅批评史的写作数量不多，"而且由于

'左'的思潮的冲击和形而上学思想的流行，一些研究者偏离了正确的轨道，例如以中国古代文论的概念牵强附会西方的概念，用公式剪裁中国文学批评史，等等，这样既违背了历史唯物主义的原则，又丢弃了求真尚实的治史的优良传统。"[①] "文化大革命"，十年浩劫，十年荒芜。浩劫过后，万物复苏，古代文论学科的建设逐步步入正轨，"可以预计在不远的将来会有更多的中国文学批评的通史以至断代史、专题史、分体史陆续诞生；同时，我们也期待着在研究水平上将有新的突破。"[②] 在此后的十年，蔡钟翔等人的预计已经成为现实，研究水平也有了一定的提高，并持续地探寻突破之道。此外，著者还提出期待说，应该提供提高中国文学批评史研究水平的策略。他们认为关键是要完整地准确地掌握历史唯物主义的原理，可以说，这是关系到研究方向和研究方法的根本问题。正是从这个角度出发，他们提出要强调历史的真实，对以今人的观点"改铸古人"的做法进行反思，认为随意的"现代化"势必会"拔高"古人。因此，中国古代文论的研究，应该关注古今、中西之间的异同关系，以历史唯物主义为视角。蔡钟翔等还分别就关于经济基础的决定作用问题、关于阶级分析法问题、关于世界观问题提出看法，客观地评价了三者的价值，认为在运用这些方法时不能单一化，要注意历史的复杂性。凡此种种，最终归于中国古代文论研究，就是要正确地把握其内在的理路以及体系特征。这种体系因为语言文字和文学样式的特点而自具特色，当多种元素综合后，体现为中国古代文学理论的范畴体系时，它本质上以杂文学观念为基础，又是运用素朴的思维方法和逻辑手段建立起来的。由此可见，《中国文学理

---

① 蔡钟翔、黄保真、成复旺：《中国文学理论史》（第一册），北京出版社，1987年版，第4页。

② 蔡钟翔、黄保真、成复旺：《中国文学理论史》（第一册），北京出版社，1987年版，第5页。

论史》试图实现的是在总结、反思中超越，甚至可以说为此后中国古代文论研究的路向做出了预告。尽管在这部书中许多问题也是浅尝辄止，但也为后学揭示了思索的路向。

　　蔡钟翔等对中国批评史写作的预测，在后来得到了事实上的验证。新时期以来，学界出现了篇幅最为宏大的一部中国文学批评通史，那就是王运熙、顾易生主编的七卷本《中国文学批评通史》，主要包括顾易生、蒋凡撰写的《先秦两汉文学批评史》（1990年），王运熙、杨明撰写的《魏晋南北朝文学批评史》（1989年），王运熙、杨明撰写的《隋唐五代文学批评史》（1994年），顾易生、蒋凡、刘明今撰写的《宋金元文学批评史》（1996年），袁震宇、刘明今撰写的《明代文学批评史》（1991年），邬国平、王镇远撰写的《清代文学批评史》（1995年），黄霖撰写的《近代文学批评史》（1993年）。这部书在一定程度上可视作在此前研究成果基础上的超越之作，它综合多个角度对中国文学批评史给予呈现，编著者也明确指出："本书所谓'文学批评'，包括文学观念、理论、具体的文学批评、鉴赏以及其他有关文学理论批评的思想资料。其所以统称为'文学批评'，是根据约定俗成以求简括。"[①] 因此，该书最为明显的特征就是材料丰富，论述比较全面、完整。然而，这只是表面一观即明的特征，更深刻的是，本书不乏真知灼见。这与该书写作团体的构成方式或许有一些内在的联系，因为编写者在自己负责的领域中都是卓有建树的学者，所以在对材料的驾驭、分析中提出精当之论，亦在情理之中。在诸多的真知灼见中，著者关于"文学自觉时代"的看法，是经常为学界所提及的。按一般的看法，都将魏晋视为中国"文学的自觉时代"，而两汉则因为经学的鼎盛，往往被认为是思

---

　　① 顾易生、蒋凡：《中国文学批评通史》（第一卷），上海古籍出版社，1996年版，第1页。

想僵化的时代，扼杀了文学艺术的自由发展。因此，两汉时期无疑就成了中国古代文论发展的"断裂期"，先秦文论经过两汉的断裂，突然又在魏晋进入"自觉"时代，显然与历史发展规律不符。所以，"本书两汉编特从思想文化运动的客观史实出发，力矫'断裂'旧说，阐述汉代文论以其特有的形态循序渐进，分阶段地发展，终于不负历史使命，完成由先秦向魏晋南北朝的过渡。文学自觉的种子已经埋伏于两汉，汉人实开启文学批评新高潮来临之先河。"① 是论在学界得到了一些学者的认同，后来张少康在《先秦两汉文论选·前言》中，也再次提出"文学的独立和自觉非自魏晋始"的观点，表明了自己对该问题的学术立场。

新时期的另外一部宏伟篇章是罗宗强主编的八卷本《中国文学思想史》，只可惜，这部书还是未完成之作，正在陆续撰写中。目前，已经出版了三本，即罗宗强撰写的《魏晋南北朝文学思想史》（中华书局，1996 年）、《隋唐五代文学思想史》（上海古籍出版社，1986 年）；张毅撰写的《宋代文学思想史》（中华书局，1995 年）。该书虽然不以"批评史"为名，但是对中国古代文论学科的发展大有启迪。从已经出版的部分来看，著者一改"以朝断代，以人立章"的传统写作体例，而是以一种文学思潮来立章，从而追溯该思潮兴起、演变的基本风貌，注重历史文化背景的独特影响作用。罗宗强主编《中国文学思想史》的历史之眼是"还原"，他曾指出："古代文学思想史研究的第一位的工作，应该是古代文学思想的尽可能的复原。复原古代文学思想的面貌，才有可能进一步对它作出评价，论略是非。这一步如果做不好，那么一切议论都是毫无意义的。我把这一步的工作称之为历史还

---

① 顾易生、蒋凡：《先秦两汉文学批评史》，上海古籍出版社，1990 年版，第 1～2 页。

原。"① 他试图借助文学创作本身来演绎文学思想，并与文学批评相结合。这是一种更加全面的观照方式，也积极回应了古代文论研究历史的另外一种写作方式，此前就有一些相似的著作，如日本学者青木正儿的《中国文学思想史纲》（汪馥泉译，商务印书馆，1936 年）、朱维之的《中国文艺思潮史稿》（合作出版社，1939 年；1988 年南开大学出版社再版时有增补）、张仁青的《魏晋南北朝文学思想史》（上下册，台北文史哲出版社，1978 年）等。罗宗强的文学思想写作，除了将古代文论研究推向深入，还有一个更为直接的目的，就是反思新中国成立后 30 年的古代文学、文论研究状况。他说："我写这几本书（包括《隋唐五代文学思想史》《唐诗小史》《玄学与魏晋士人心态》，作者注）的时候，国内的古代文学研究在十年浩劫后刚刚恢复。'文革'之前的十七年，衡量古代文学作品好坏的标准基本上是三个性和两个主义，就是强调人民性、现实性、阶级性，还有现实主义、浪漫主义。用三性、两主义的标准去套古代的作家和作品，去衡量是非。现在看来，能够留下来的优秀的古代文学研究成果并不很多，由于有了一个固定的框框，就让人感到千篇一律，千人一面。研究古代文学、文学思想，我的想法是一切从实际出发，在史料清理的基础上，尽力地去还原历史，并且要有自己对文学、对历史的看法，去判断是非，不人云亦云。"② 应该说，罗宗强对文学思想史的理解是建立在现实之上的，而不是理念先行的产物，他正努力将"中国文学思想史"建成独立的学科。

---

① 罗宗强：《〈宋代文学思想史〉序》，引自张毅：《宋代文学思想史》，中华书局，1995 年版。
② 罗宗强、张毅：《"自强不息，易；任自然，难。心向往之，而力不能至"——罗宗强先生访谈录》，载《文艺研究》，2004 年第 3 期。

二

新时期以来，古代文论史的著作编写从多个层面展开，除了上面的几部大部头，也出现了一些篇幅稍小的作品，简编、小史自然成彩，古代文论教程的编写愈发多样，对中国古代文论展开体系探究的成果亦逐渐编写成文。

周勋初的《中国文学批评小史》，由长江文艺出版社于1981年出版，辽宁古籍出版社于1996年重版，作者做了些修改，"增添了一些新的研究成果，改正了一些不当之处"①，篇幅不大，但对中国古代文论中的一些重要问题都能粗线条地呈现出来。以短小的篇幅来概论中国古代文论发展历程，实为不易，周勋初也曾说过："目下有关中国文学批评史的著作已有一二十种之多，篇幅一般都很大，写大书固有难处，但也有容易的地方。篇幅小的批评史，至今为数很少，也可见其难处。"② 他对文学批评史也有自己的理解，"文学批评史是建立在历史、文学史、文学理论等多种学科之上的一门科学。由于中国古代文人往往兼作家与理论家于一身，专业的文学理论家很少，纯理论的著作也不多，因此批评史上的思潮起伏，流派纷争，都应放在当时的历史背景下，结合文学史而进行阐发，这样或许更切合中国的实际，写起来也有血有肉些。"③ 凭借这样的批评史理念，他写作的《中国文学批评小史》具有很强的可读性。出版八千册，几个月就售罄，此后几次重印，还译成韩语、日文，显然，"小史"虽小，

① 周勋初：《中国文学批评小史》（自序），辽宁古籍出版社，1996年版，第2页。

② 周勋初：《〈中国文学批评小史〉写作中的点滴心得》，载《古典文学知识》，1995年第5期。

③ 周勋初：《〈中国文学批评小史〉写作中的点滴心得》，载《古典文学知识》，1995年第5期。

却因广泛的影响力，推动了中国古代文论学科的发展。

张少康、刘三富的《中国文学理论批评发展史》（上、下），由北京大学出版社于 1995 年出版。这既是一部专著，也是一部教材，"从教材说，认真吸取了现有批评史的某些研究成果；从专著说，则本书所述与已出诸书在体例安排、内容取去、观点评价等方面，颇不相同，注重于对文学理论批评史上的重点部分提出自己的研究心得与看法，探讨各个不同历史时期的重要文学理论批评家对文学理论批评史发展所作的主要贡献，并进而研究一些文学理论批评史上带有规律性的问题。"① 并且第一次在书名中增加了"发展"一词，可以体现出作者的审视角度有些不太一样。这直接决定了《中国文学理论批评发展史》在历史分期上以"发展"作为主线，作者认为中国文学理论批评史可以分为古代和近代两个大阶段，其中关涉五个时期：其一，先秦——萌芽产生期；其二，汉魏六朝——发展成熟期；其三，唐宋金元——深入扩展期；其四，明清——繁荣鼎盛期；其五，近代——中西结合期。这五个时期是一个文学观念、文学思想发展的序列，《中国文学理论批评发展史》只包含了前四个部分，近代部分，作者拟单独写成一本中国近代文学理论批评发展史。在具体的写作中，作者善于把握文化背景与文艺思潮之间的互动关系，但又能入其内而出之，将背景聚焦于文学之上，对诗、文、小说、戏曲批判理论的来龙去脉进行深度分析。并且，他们对学界新的研究动向也给予了积极关注，比如 20 世纪 90 年代中期关于《二十四诗品》是否由司空图所作的争论，张少康能够立足客观，在分析既有材料的基础上，认为："目前既无证据说明《诗品》确是司空图所著，亦不能完全排除是司空图所著的可能性，对《诗品》

---

① 张少康、刘三富：《中国文学理论批评发展史（上册）》（前言），北京大学出版社，1995 年版，第 1 页。

的真伪只能存疑，有待于作进一步的研究。"① 其学术研究的严谨作风，卓然可见。1999 年，张少康将两卷本的批评史精缩成一册，定名为《中国文学理论批评史教程》，由北京大学出版社出版。教程当中的大体内容与原来的两卷本无异，只是增加了近代部分，论及梁启超和王国维的文学思想，使批评史更加完整。

蔡镇楚的《中国古代文学批评史》于 1999 年由岳麓书社出版，相比前面一些著作，由于写作时间较晚，既能有效借鉴其他成果，又能进行一些较为新颖的论述。由于作者对诗话深有研究，在书中对诗话的论述多有精当之论。同时，作者善于将批评史与古代的学术思潮相结合，比如"先秦诸子之学与文学批评之滥觞""两汉经学与文学批评""魏晋玄学与文学批评""宋明理学与文学批评""清代朴学与文学批评"等，对中国历史上重要的思潮与批评史之间的关系给予了充分关注。虽然此种研究不属首次，但是蔡镇楚的研究无疑更为集中、完整。另外，蔡镇楚在《中国古代文学批评史》中还开辟了批评史研究的几个新领域，例如"《史记》《汉书》与儒林文学批评""皇甫湜、司空图与意象批评""《唐才子传》与纪传体文学批评""《四库全书总目》与纪昀之文学批评"等，都是前人的未发之论。

王运熙、黄霖主编的《中国古代文学理论体系》由复旦大学出版社出版，分为三卷，包括黄霖、吴建民、吴兆路的《原人论》（2000 年），汪涌豪的《范畴论》（1999 年）以及刘明今的《方法论》（2000 年），分别从原理、范畴、方法三个不同方面研究中国古代文学理论的内在体系和精神。这三本书既可分别视为独立之作，又有内在的必然关联。《原人论》提出"人"是中国古代文学、文论的本源，对人的思考是传统文学理论的重要核

---

① 张少康、刘三富：《中国文学理论批评发展史（上册）》（前言），北京大学出版社，1995 年版，第 1 页。

心，同时也是古代文论与现代文论相沟通的契机。《原人论》起于对"原道"思维的追问，"道"大体上又以礼、心、天为基本内核，因此，作者以"原人论"代替"原道论"是更为深层的探究，读来让人具有耳目一新之感。在具体的论述上，作者从"心化""生命化"和"实用化"三个层面来对应文学的创作论、作品论、实用论，由此构建起人在中国古代文学理论体系中的本源意义。范畴是文论体系的外在表现，文学观念、批评理念最后大都积淀成一些重要的命题、范畴、概念，对范畴的考辨一直是批评史研究者的重要工作。探究中国古代文学理论体系，范畴成为不可忽视的对象，第二卷《范畴论》共分七章，作者对范畴的哲学定义、构成范式、主要特征及其与创作风尚和问题的关系、元范畴和范畴逻辑体系等问题展开细致而全面的分析，将范畴研究推向更深的层面。第三卷《方法论》分为"批评意识与方法""批评思维与方法""批评的具体方法"三编，对中国传统文学批评方法的总体特征和批评视界、类型、体制等展开深入分析，也对中国传统文学批评方法的历史演进以及与西方文论的差异性发表意见。在具体的分析过程中，作者不是停留在对各种批评方法的描述上，而是着力探讨这些方法形成的契机以及在具体批评中的作用。应该说，《中国古代文学理论体系》更加鲜明地体现了文学理论本土建构的决心以及学术自觉性，推动了学界从中国视角去考量中国传统文学批评。

　　复旦大学一直是中国古代文论研究的重镇，新时期以来，在多个方面取得突破。除了上面已经论述的中国古代文学理论体系建构之外，王运熙、顾易生主编的《中国文学批评史新编》（复旦大学出版社，2001年），对原来的《中国文学批评史》三卷本进行改编，清理了三卷本中一些僵化的思想，更加强调文学的审美特征与审美功能，对其中一些偏颇的文字也有所删减。在整体内容上，《中国文学批评史新编》充实了三卷本较弱的先秦到唐

代的部分，而对原来有些许冗长的近代部分进行了大量删减，使结构更加平衡，更加有利于教学的使用。另一种重要的简编是成复旺的《中国文学理论史简编》（中国人民大学出版社，2004年），这本著作是对《中国文学理论史》五卷本的缩编。

此外，新时期以来古代文论研究的繁荣，还表现在分类文学批评史和中国古代文论教程的编写方面。分类文学批评史主要有蔡镇楚的《中国诗话史》（湖南文艺出版社，1988年），袁行霈等的《中国诗学通论》（安徽教育出版社，1994年），陈良运的《中国诗学体系论》（中国社会科学出版社，1992年）和《中国诗学批评史》（江西人民出版社，1995年），萧华荣的《中国诗学思想史》（华东师范大学出版社，1996年），王先霈、周伟民的《明清小说理论批评史》（花城出版社，1988年），陈谦豫的《中国小说理论批评史》（华东师范大学出版社，1989年），陈洪的《中国小说理论史》（修订本，天津教育出版社，2005年），方智范等的《中国词学批评史》（中国社会科学出版社，1994年），谢桃坊的《中国词学史》（巴蜀书社，1993年），谭帆、陆炜的《中国古典戏剧理论史》（中国社会科学出版社，1993年），夏写时的《中国戏剧批评的产生和发展》（中国戏剧出版社，1982年），叶长海的《中国戏剧学史稿》（中国戏剧出版社，2005年）等。中国古代文论教程则包括彭会资主编的《中国古代文论教程》（广西师范大学出版社，1996年），李铎编写的《中国古代文论教程》（北京大学出版社，2000年），李壮鹰、李春青主编的《中国古代文论教程》（高等教育出版社，2005年），蒋凡、郁沅主编的《中国古代文论教程》（中国书籍出版社，1994年；中华书局，2005年），孙秋克主编的《中国古代文论新体系教程》（浙江大学出版社，2007年）等。

应该说，新时期以来，中国古代文论学科取得了飞跃性的发展。一些新的研究视域得以拓展，比如美学理念的普及等，这些新的研究视域在一定程度上与新时期以来广引西学是紧密相连的。"西方现代文化思潮从一开始就是中国现代性新启蒙的重要理论资源和话语参照。从萨特到海德格尔到胡塞尔（这里不是就他们在西方思想文化发展中的历史顺序，而是就他们在中国被接受的时间顺序而言），从自然科学的'老三论'、'新三论'到现代心理学、文化人类学、接受美学等等，中国知识分子、特别是人文知识分子在新时期国门打开之初，便急切地翘首西盼，现代西方的哲学观念、科学方法及文论成果随之源源不断地涌流而至。它们对于中国传统文论观念和方法的冲击是强烈和全方位的，它们启发着中国理论家争相提出新的范式设计和理论假说，催促着传统认识论的文艺旧范式受到怀疑甚至迅速失效。……当然，新观念与新方法的输入以'热潮'的大轰大嗡的方式，暴露了新时期之初中国文论的急功近利和非学术的浮躁，以及中国文论家对于新知识的焦渴和由此带来的矫枉过正的极端色彩。"①经过"拨乱反正"，中国在思想观念上逐步摆脱了政治文化一元独大的境况，需要生成新的观念，在这种情况下，西学的大量涌入也在情理之中。中国文论研究广引西学只是当时的社会镜像之一，尤其是在 20 世纪 80 年代，发生了要求改变方法的"方法论年"（1985），又有要求改变观念的"观念年"（1986）。在西学的影响下，中国文论研究呈现出多样化的态势，"有'文学主体性'问题的提出及其大讨论，有从认识论文艺学向价值论文艺学和本体论文艺学的偏移，有文艺心理学、文艺美学、文学人类学、文学语言学、文艺社会学、形式论文艺学、解构文论等等各种新兴的或以往被扼杀的学科异彩纷呈的研究和繁荣。"② 中国古代文

① 杜书瀛、钱竞主编，张婷婷著：《中国 20 世纪文艺学学术史（第四部）》（绪论），上海文艺出版社，2001 年版，第 6~7 页。

② 杜书瀛、钱竞主编：《中国 20 世纪文艺学学术史（第一部）》（全书序论），上海文艺出版社，2001 年版，第 48 页。

论受西方新方法、新观念的催化，产生了许多新的研究角度，阐释学就是其中之一。新时期以来，中国学界引入西方阐释学和接受美学的理论，对中国古代文论进行解读，进而产生了建构中国阐释学的构想。1998 年，汤一介率先提出了"能否创建中国的解释学"的意向①。相关的探究随之展开，李清良的《中国阐释学》（2001 年）、周光庆的《中国古典解释学导论》（2002 年）、周裕锴的《中国古代阐释学研究》（2003 年）等都对中国古代的阐释学思想进行了系统的研究。类似的研究还很多，它们的共同之处在于都是在西学尤其是现当代西方理论的启发和影响下进行的。然而当代西方文论的基本特征和根本缺陷之一是强制阐释，"强制阐释是指，背离文本话语，消解文学指征，以前在立场和模式，对文本和文学作符合论者主观意图和结论的阐释。"② 随着西方文论在中国文论建设中的广泛运用，其弊端日益显现。

第五节　中国文论西化的维度

作为中国文论的历史主体，中国古代文论在现当代的生存样态经历着一个西方化（包括苏化）的过程。"中国文学批评史"是中国古代文论当下存在的理论场域，学科化的规约看似赋予了中国古代文论独立的生存空间，但是由于这个学科范式是彻头彻尾的西方规则，因此中国古代文论进入学科视域的过程，恰恰也是一个不断西化的历程。"二十世纪以来的中国古代文论的现代阐释史和中国古代文学批评史的现代书写史，在一定程度上可以说是西方文论话语权规约下的'强制阐释史'……中国古代文论研究中的'强制阐释'现象，有的体现在对于古代文论的文本章

---

① 汤一介：《能否创建中国的"解释学"？》，载《学人》，1998 年第 13 辑。
② 张江：《强制阐释论》，载《文学评论》，2014 年第 6 期。

句解释方面，有的体现在对于古代文论的话语体系整合建构方面，有的体现在对于古代文论思想理论的价值评判方面。"① 要厘定中国文论的发展现状，必须对中国文论西化的维度进行观照，明晰其中的潜在叙事，以便为今后的发展理清思路。在中国学者看来，中国古代文论的西化之路，呈现为学科化、体系化、范畴化三个基本维度②，这确实切中了中国文论发展的要害所在，我们将结合具体的例子对此加以推衍，并阐明中国文论西化的内在理路。

一

中国古代文论的西化之路，其实就是中国文论西方化的缩影，学科化是最为显明的标志，相比之下，体系化和范畴化都是学科规训下的必然反应，这也是我们梳理中国古代文论学科史的原因之一，它可以更为集中地抓住问题的关键所在。而在中国文论的西化历程中，有一种最为根本的思维左右着中国文论的发展，那就是"科学"理念，它是中国文论在现当代演进的双刃剑，无论是学科化、体系化和范畴化，在本质上都是科学思维的延伸。因此，要透析中国文论的西化倾向，必须对科学思维进行观照。

从中国古代文论学科的发展史来看，可以发现中国文论进入现代是在西方科学观念的催化下产生的，中国古代文论学科区别于传统文论形态的主要特征就是"科学"。而科学思维又往往以西方为标尺，这就自然造成中西两种价值标准的冲突，在碰撞中，中国传统的价值体系逐渐被遮蔽，面临着被改写，以科学化

---

① 党圣元：《二十世纪早期中国文学批评史研究中"强制阐释"谈略》，载《文艺争鸣》，2015 年第 1 期。

② 曹顺庆、王超：《论中国古代文论的中国化道路——对"中国文学批评"学科史的反思》，载《中州学刊》，2008 年第 2 期。

为直接目标。1905 年，王国维在《论新学语之输入》一文中分析说："抑我国人之特质，实际的也，通俗的也；西洋人之特质，思辨的也，科学的也，长于抽象而精于分类，对世界一切有形无形之事物，无往而不用综括（Generalization）及分析（Specification）之二法，故言语之多，自然之理也。吾国人所长，宁在于实践方面，而于理论之方面则以具体的知识为满足。至分类之事，则除迫于实践之需要外，殆不欲穷究之也。"① 之后，王国维在《孔子之哲学》中又总结指出："泰西之伦理，皆出自科学，惟骛理论，不问实际之如何。泰东之伦理，则重修德之实行，不问理论之如何。此为实行的也，彼为思辨的也。是由于东西地理及人种关系之异，又其道德思想之根本与道德生活之状态亦异，故有此差别也。夫中国一切学问中，实以伦理学为最重，而其伦理又倾向于实践，故理论之一面不免索莫。"② 虽然王国维是从文化、哲学宏观的角度论述中西方思维方式的差异，但文化与文论之间存在着密切的关系，王国维的分析代表着近现代以来对中西文化、文论的主流观点。中国古代文论学科以"中国文学批评史"为在场方式，然而无论是"古"还是"史"都给中国传统文论穿上了落寞的外衣，它被视为与"今"衔接乏力的文论形态，被当作一种研究对象框入"史"的范畴之中，从而缺乏当下鲜活的生命力，断裂显然大于承继。究其原因，所涉甚多，而科学态度的泛化显然是其中不可忽略的重要原因。胡适曾发表感慨说："这三十年来，有一个名词在国内几乎做到了无上尊严的地位；无论懂与不懂的人，无论守旧和维新的人，都不敢公然对他表示轻视或戏侮的态度。那个名词就是'科学'。这样

---

① 王国维：《王国维遗书》（第五册），引自《静庵文集》，上海古籍出版社，1983 年影印本。

② 王国维：《王国维哲学美学论文辑佚》，佛雏校辑，华东师范大学出版社，1993 年版，第 24 页。

几乎全国一致的崇信，究竟有无价值，那是另一问题。我们至少可以说，自从中国讲变法维新以来，没有一个自命为新人物的人敢公然毁谤'科学'的。"① 由此可见，"科学"在中国已经成为时尚化的形态。在五四"科学""民主"口号的渲染下，科学成为中国文化需要补充的重要元素，中国文化原有的规则必须经过科学的检视。由于科学的观念来自西方，检视的过程就成了西化的历程，虽然一些有识之士做出了有力的辨析，但是"科玄论战"的结果也证明主流的西化仍然成为现实。

科学观念的巡礼，养成了现代以来中国知识分子重视逻辑分析的思维，而中国传统文化重综合的一面往往受到诸多诘难。科学以准确为准绳，试图达成"客观"的观照，重思辨而轻体验。中西在思辨逻辑上的分野，与各自的学术传统是紧密相连的，"西方的学术文化比较多是在自由论辩的空气里发展起来的，所以他们的学术著作一般很讲究谨严的逻辑论证和修辞方法，在文章结构上经常采用'始、叙、证、辩、结'的论证程式，甚或流于烦琐。西方在亚里士多德的时代就已建立了系统的逻辑学和修辞学，跟这也有关系。对比之下，我国古代的学术文化一般是在师友相传的条件下发展起来的，论辩风气不浓，从而形成了重了悟而不重论证的学风。"② 中国古代的这种学术文化进一步体现在文论建设上，往往表现出以日常生活化的形式来言说深邃的道理，而不着重于在概念、范畴的具体所指上做周密的考量。正因为如此，中国古代文论被界定为模糊、不科学，是前科学的形态，它要获得当下的理论身份认同，必须在科学的净化下改头换面。然而，正是这次改写，中国古代文论的文化身份、话语规则

---

① 胡适：《科学与人生观·序》，参见张君劢、丁文江：《科学与人生观》，山东人民出版社，1997年版，第10页。

② 陈伯海：《民族文化与古代文论》，载《文学评论》，1984年第3期。

进入西化的轨道，生硬地从我们民族文化的大视野中抽离了出来。就对文学艺术的评论方式而言，"我们的传统喜欢使用形象化的词语，对事物整体作概括性的把握，而很少进行逻辑上的具体分析和推理。例如用'清新'、'俊逸'、'雄放'、'沉郁'等形容词或者用'芙蓉出水'、'错采缕金'、'翡翠兰苕'、'碧海掣鲸'之类比喻语来评论作家的风格，用'采采流水，蓬蓬远春'、'落花无言，人淡如菊'这样的生动画面来摹写不同的艺术境界，用'横云断岭'、'曲径通幽'、'剥茧抽丝'、'草蛇灰线'这类成语来说明写作的方法和技巧，而不再加以更多的解释。即使是一些专门性的文学术语，如'风骨'、'滋味'、'气象'、'神韵'之类，也大多是从日常生活的用语引申、移用到文艺评论上来的，所以常带有某种程度的具象性和朦胧性。"① 这种具象性和朦胧性难以言表，它多有直观、经验的一面，诉诸书写者和接受者的生命体验来传达微妙之处。或许，它缺少了西方科学所高扬的清晰，但是对文学艺术的深刻洞见却可以更近于只可意会不可言传的精妙之义。因此，中国古代文论或许缺乏所谓"科学"的一面，却绝不缺乏深刻精义。

另外，中国古代文论一直有着属于自己的思辨方式，只是在西化的历程中被忽视了，其关键在于以西方的范式为衡量标准。李清良先生通过考定语义，指出："'思辨'（speculation）在西方哲学中，尤其在康德、黑格尔等人的哲学中，主要是指脱离经验对象的纯理智的逻辑推论，是从纯粹概念中推出现实（客体），所以常与面对现象的直觉感悟、在理论之前或之后的实践等概念相对。如果认为只有这样才算是思辨，那么我们确实可以说中国文化与文论很少有西方的这种思辨。但是，如果不是仅仅从外在的表现形态来把握，而是将思辨作为一种基本的思维方式来把

---

① 　陈伯海：《民族文化与古代文论》，载《文学评论》，1984 年第 3 期。

握，那么，思辨实指这样一种思维方式：用一个较抽象较根本、不言自明的原则（或观点）作为前提与根据，来解释说明众多较具体较次要、尚不明了的观点与现象，从而使所有这些观点与现象具有某种一致性，构成一个可以互相解释的体系或系统。"①在此基础上，李先生认为中国文化与文论除了直觉思维外，也有着与西方逻辑思辨不同的思辨思维形态——"本末思辨"，它在运思方式上主要"采取'原始要终'与'执本驭末'相结合的方式来进行思辨。所谓'原始要终'主要是指，通过历史源流、发展过程的考察来获取某一事物某一现象的本质或规律；'执本驭末'则指，在'原始要终'的基础之上，将所获之本质或规律作为思辨的前提，自上而下、从抽象至具体，进行思辨统摄，把握具体现象"②。类似的分辨其实是对西方科学观念泛化的反思及回应，对中国文论西方化的认知更趋理性化，有利于识别中西文论各自的价值定位与理论视野，当然这种思路还要在广度和深度上继续有所作为。

二

科学观念的浸透，造成中国文论西化的深度展开，首先表现为对现实主义理论视域的偏好，深深影响着中国文论的消解与重构。时人有论："近代西洋的文学是写实的，就是因为近代的时代精神是科学的。科学的精神重在求真，故文学亦以求真为唯一目的。科学家的态度重客观的观察，故文学也重客观的描写。"③俞兆平先生在分析五四时期的文学思潮时指出："'科玄论战'后，科学派取胜了，其科学的实证论，因果关系决定论渗

---

① 李清良：《中国文论思辨思维》，岳麓书社，2001年版，第19页。
② 李清良：《中国文论思辨思维》，岳麓书社，2001年版，第22～23页。
③ 茅盾：《茅盾全集》（第18卷），人民文学出版社，1989年版，第271页。

透进每一学科的思维领域……遵从科学实证的写实主义文学一再扩张，并压到了方兴未艾的'新浪漫主义'，成为那一时期的主题。"① 这一思路对中国文论的进程影响深刻，新中国成立后郭绍虞以现实主义和反现实主义为线索改写批评史其实就是表现之一。现实主义是一个含义丰富的论域，其牵涉的理论也非常复杂，但科学思维在中国的影响在一定程度上助推着现实主义的风行。现实主义与客观的紧密关系迎合了科学精神的诉求，因此反映论得以大肆铺展，文学艺术更多的是表现出"镜子"的功能效应，文学的价值必须得到客观现实的考量。在很长一段时间里，奇思妙想的文学书写是被贬斥的，尤其是在政治标准第一的时代里，真实性成为文学艺术的最大诉求，并且往往提高到政治觉悟的层面来言说。这一思维深深影响着我们对传统文学的诠释，同时也造成古代文论的严重缺失，其价值被重新估定。应用现实主义进入中国文学的关键处，"五四文人是从科学的角度来接受西方现实主义文学的，因此他们很容易把'自然科学'与外在世界的应合关系机械地移植到文学创作批评当中，并认为这就是中国文学的现代性。"② 虽然现实主义在历史的流变中，与中国文学发展相结合，呈现出一系列的中国特色，但是它从根本上的"求真"却是变而未动的。所以，中国文论一度跟风于西方，引入一些"科学"的方法来观照、分析文学艺术，比如 1985 年的"方法论年"就将信息论、系统论、控制论（"三论"）作为重要的文学研究手段，以深化探究的层次，然而时过境迁，科学与文学的内在规定终究无法获得完整的融汇，毕竟它们具有自身的规约。

中国文论在科学思维的影响下，文学观念的更新也呈现出西

---

① 俞兆平：《现代性与五四文学思潮》，厦门大学出版社，2002 年版，第 38 页。

② 唐东堰、李欣仪：《"赛先生"与五四现实主义文学理论》，载《广州广播电视大学学报》，2008 年第 6 期。

化倾向，对"文学性"的追问成为文学科学化研究的重要内容。这一思路，在西方文论中从俄国形式主义到结构主义，对文本形式的关注愈行愈远，甚至对文学进行重构。一路下来，中国文论对西方理论一直存有依附性，从中可以获得新奇感。周勋初先生在回忆教学经历时对比了他与一位冯先生的遭遇，冯先生"是出名的四川才子。他不但能大段大段地背诵汉赋，自己也能作赋。诗文水平更不用说了，字也写得好"。然而，就是这样一位功底深厚的学者却难以获得学生的认同，分析其中的缘由，周先生指出："我一直感到纳闷，找不到一个合适的理由来说明何以会比老先生更受学生欢迎。直到改革开放以后，传入了很多新名词，这才发现其中有一个常用的词颇能说明问题，那就是'包装'。我突然感到，我之受到欢迎，是我会包装；冯先生之所以不受欢迎，是因为他不会包装。那我又是用什么手段包装的呢？只是因为学了文艺理论，学会了用新的词语来包装古代文学作品，这就显得新鲜和精彩，可以吸引年轻的学生。那我用的又是什么理论呢？分析起来，主要内容为苏联式的文艺理论。"① 其中虽有周先生的谦虚之意，但确实一语中的地指明了中国学界对西式理论的依附性。中国文学研究在 20 世纪长期沉迷于西方理论的新奇变幻当中，常常以理论的新奇感来达成理论的独自高扬，却忽视了中国古代文学自身的特殊意蕴。因此，很多的研究成果实际上往往是新奇有余而建树不足，看似实现了中国古代文学研究的国际化，实质上很多只是理论的游戏，虽然验证了理论本身的可行性，但是殊不知理论往往是建立在一定的适用度之上的，随意地应用会导致一些不太恰当的结果。台湾曾有学者运用结构主义的相关方法强制阐释《公无渡河》："公无渡河，公竟渡河，渡河公

① 周勋初：《西学东渐下中国古代文学研究的艰难处境》，载《社会科学论坛》，2006 年第 2 期（上）。

死，可奈公何。"在结构主义方法的视野下，"公"可表示人类，"河"则可代表大自然，根据中国古代的行文习惯，是竖排版的，所以，第一二两句呈现出来的意思是人在大自然之上，而一旦大自然在人之上，就会出问题（即公死）。结构主义注重挖掘语言组合所形成的"隐秘意义"，类似的分析对于方法本身来说是例证，但是就中国的文学作品而言，却没有任何的意义，扭曲了中国文学意蕴的构成，显然是一个不成功的案例。类似的作为在中国文学研究中还有很多，中国文学作品往往成为西方科学方法的试验场，被严重西化了。

言及中国文论的西化历程，学科化、体系化和范畴化是不可回避的三个维度，由于曹顺庆先生在《论中国古代文论的中国化道路——对"中国文学批评"学科史的反思》一文中已经有所论述，我们在此根据本书的需要，结合具体的情况稍加论述即可。前文我们已经提过，中国文论西化的维度与西方科学思维的传播具有直接的关联，事实上，中国文论的学科化、体系化和范畴化也不例外，它们在一定程度上都是西方科学思维的要求和表现，相比之下，它们显得更加具体，是从实际的体制建构上对西方理论的认同。学科化是本书一直关注的问题，它一方面赋予中国古代文论（诗文评）以独立的学科范式，并且还将小说、戏剧理论正式地纳入视野，弥补了中国古代文论的一些缺陷；但另一方面又恰恰是这种学科范式给中国文论的发展制定了一个模仿的框架，中国古代文论越融入这个框架，一定程度上就越背离其本身的价值和规则。陈伯海先生对此深有感触："且莫论传统理论批评的繁杂而散漫，归纳、整理绝非易事，更其要加小心的，是我们这辈学人一般都经受过现代文论和西方文论的熏陶，眼界为其拘限，一出手便容易借取现成的模子为套式，将古文论的各种事象纳入这个套式里去，于是后者自身的特色便泯灭而不彰，只剩下一个'放之四海而皆准'的西方文论的范型。"① 其实，这种现象并不单存在于陈先生这一辈学者身上，年轻一辈的学人同样未能很好地解决相关的困惑，毕竟学科化所形成的体制力量是长期的，它规训着该学科研究者的思维习惯和理论创新标准等一系列问题。我们每年在这样的学科体制下进行学术探讨，发表大量的学术论文，出版数量可观的专著，拓展了中国文论建设的理论空间，然而西化的学术规则抑制着中国文论研究的腾飞。就论文写作而言，我们过于依附西方理论，常常以西方文论为标的，"相沿成习，成为一种固定的、多数人下意识接受了的理论陈述模式，即'论点＋西方理论论据＋西方作品论据＋中国传统理论及作品点缀'。当这种模式成为数十年乃至上百年间国人撰写文艺理论专著、教科书的共同约定之后，它就成了一种范式，一种文化成规，影响达于一代又一代学人，使之产生这样一种印象：似乎该问题只有西方人才论述到了，或者只有西方人才论述得如此深入而充分。"② 这显然造成中国文论本身的创见缺乏理论认同的担保，许多卓越的理论建树往往被视为西方理论的推衍，失去了创新的根本动力和评价标准。由此，中国文论的自我思考能力被低估，当中国文论的言说必须依附于西方文论的认可时，事实上已经进入西方的逻辑当中，西化成为难以避免的结果，而学科化所导致的体制具有相当的稳固性和持续性，能够同化体制内多数人的思维方式和言说方式。

学科化还直接影响着中国古代文论的体系化和范畴化两个方面，因为西方学科范式对逻辑、体系的要求使得体系的梳理和发掘成为中国文论必须面对的研究课题。体系化在源头上是西方科学思维催化的反映，而中国文论之所以要进入体系化进程就在于

---

① 陈伯海：《古文论研究的回顾与前瞻》，载《阴山学刊》，1999 年第 4 期。

② 熊沐清：《从文论写作范式看"失语"》，载《求索》，2004 年第 9 期。

在西方理论看来它是缺乏体系的，所以，多种因素促动着中国学者不断追问中国古代文论的体系。朱光潜先生在《诗论·抗战版序》中有这样一段论述："中国向来只有诗话而无诗学，刘彦和的《文心雕龙》条理虽缜密，所谈的不限于诗。诗话大半是偶感随笔，信手拈来，片言中肯，简练亲切，是其所长；但是它的短处是零乱琐碎，不成系统，有时偏重主观，有时过信传统，缺乏科学的精神和方法。诗学在中国不甚发达的原因大概不外两种。一般诗人与读诗人常存一种偏见，以为诗的精微奥妙可意会而不可言传，如经科学分析，则如七宝楼台，拆碎不成片段。其次，中国人的心理偏向重综合而不喜分析，长于直觉而短于逻辑的思考，谨严的分析与逻辑的归纳恰是治诗学者所需要的方法。"[①]朱先生的分析其实代表着中国学界对古代文论的主流观点，那就是中国古代文论是缺乏体系和科学精神的，因此在科学精神的引导下塑造中国古代文论体系也就在情理之中了。而范畴化则是体系化进程的重要步骤，体系的演进以及最后的落实依托于概念、范畴清晰的界定，一般来说，"特定理论形态就其整个体系而言，好比是一张网络；体系所赖以建构的各个范畴，则好比网络上的点眼。点眼的纵横交错纽结成网络，有如各个范围之间的张力支撑起体系，而体系的主导精神和内在结构也就具体落实到它的一些基本范畴及其互涵互动的关系之上了。"[②] 中国古代文论西化的诸多维度在复旦大学出版社出版的《中国古代文学理论体系》中就有明显的体现，《中国古代文学理论体系》由《原人论》《范畴论》《方法论》三本书组成，其中既有本体论的奠定，又有范畴的细致剖析，再加上科学方法的提炼，中国古代文论的"体

---

① 朱光潜：《诗论·抗战版序》，生活·读书·新知三联书店，1984年版，第1页。

② 陈伯海：《古文论研究的回顾与前瞻》，载《阴山学刊》，1999年第4期。

系"也逐渐显明了起来。中国文论西化的事实摆在眼前，面对这样的现实，我们应该给予怎样的评价，其意义和缺失又主要体现在哪些方面，今后的发展路向又应趋于何处？这些都将成为我们必须思考、分析的问题，并希望提出一些应对的策略。

第二章　中国文论的现代性变异

自 20 世纪初以来，中国古代文论学科走过了百年的历程，所取得的成就有目共睹。中间虽然有些曲折，但是从总体上来看，中国古代文论学科在研究队伍、教材编写、人才培养等方面，都在不断完善。然而，单纯地沉浸在取得成果的喜悦中往往会失去学术探究的敏锐。因此，思考、探寻当前中国古代文论学科研究中的不足才是当务之急，相关研究才能推向深入。通过第一章对古代文论学科发展历程的梳理，我们可以发现，中国古代文论学科的建立与西学存在密切的关系，从一定程度上讲，正是西方话语的传入，促动了古代文论的学科自觉，并提供了学科发展的范式，在中国古代文论学科百年发展史中，西方话语在每个阶段都有影响，并致使中国文论进入西化的历程。探究中国古代文论学科与西方话语之间的关系，是古代文论研究不可回避的问题，往往能够揭示一些症结所在，这也可视为中国古代文论学科史的一部分。我们应该先回到学科建立之初，从当时的文化发展状态来揭示存在的问题，并进一步把握中国古代文论学科发展的整体态势，厘清中国文论西化历程的利害得失。

第一节　文化转型与文论失语

中国古代文论学科建立之初的时代语境，是文化现代转型的结果。"……所谓的文论现代转型，实际上就是经过现代学术分科对文化领域的重新划分以后，文论从一般文化理论中独立出来，成为研究语言艺术的专门学科……"① 因此，文论的现代形态从属于文化的整体转型。这次文化转型以五四新文化运动为最鲜明的标志，但在源头上可以直接追溯到晚清以来中国的社会变迁。中国古代文论学科表面上看只是一个教育现象，但是这个学科的建立以及发展却是 19 世纪末以来中国社会、文化发展的直接关系者。社会、文化语境在一定程度上决定着中国古代文论学科的性质以及此后发展的方向，乃至学科的价值定位。所以，当我们研究中国古代文论学科史时，其实在本质上是一个当代文论的话题，是要通过对学科发展历史的分析来总结其中价值观念的变换，从而为该学科此后的发展，以及古代文学、文艺学等相关学科的进路提供借鉴。同时，这种带着学科自觉意识的研究，也可视作中国古代文论学科的延续。

一

文化转型是中国近现代以来的重大历史进程，从晚清开始，中国在经济、政治、社会、文化等方面受到西方的强烈冲击，"天朝上国"之梦逐渐破灭，与西方世界的差距成为时人切身的生存感受。原本较为稳定的社会、文化结构在外力的作用下逐渐解体，必须寻求重建之路。在寻找出路的过程中，经历了洋务运动、戊戌变法、辛亥革命等阶段，这些运动都是中国人在面对中西差距时，提出的解决之道，这个过程往往被视为中国社会走向现代化的开始。中国迈向现代化并不是出于自身社会、文化的更新，而是在西方列强的经济、政治、军事倾轧下的被迫行为。以往的"天朝上国"却被西方列强凌辱，残酷的现实造成时人对传

---

① 马睿：《从经学到美学——中国近代文论知识话语的嬗变》（绪论），四川民族出版社，2002 年版，第 8 页。

统社会结构、文化理念的极大怀疑，以华夏为中心的思维开始动摇，西方文明的长处得以承认。清朝政府以及一些士人试图挽救原来的社会结构，先从物质文化上寻求出路，以洋务运动为手段。虽然洋务运动为中国带来了一些科技理念，建造起一定的工业基础，但是由于缺乏体制的保障，终究导致西方的物质文化无法在中国生根繁荣。中日甲午战争，中国战败，宣告洋务运动失败。下一步，中国走向了政治变革，戊戌变法和辛亥革命就是中国人试图突破的重要变革。然而，它们毫无例外地都失败了，但是它们一定程度上为中国开辟了新的道路，特别是辛亥革命废除帝制，引入西方民主制度，使传统政治制度没有合法性，为此后中国的现代化提供了思想基础和体制空间。

洋务运动、戊戌变法、辛亥革命以失败告终，有识之士总结教训，寻找原因，最终他们将问题的症结归于中国传统文化理念，他们认为传统文化造就了中国人的诸多"劣根性"。因此，要改造中国，必须批判传统文化，引入西方文化新理念。西方文化的精粹在于民主与科学，它迥异于中国传统的专制与迷信。所以，当时一批受西方文化熏陶的知识分子以《新青年》为核心，发动了批判传统文化，宣传、倡导西方文化的五四新文化运动，中国的现代化转型进入一个新的阶段，以更加激进的方式动摇着传统文化的根基。"中国第一次文化转型就由引进西方物质文化和制度文化，发展到引进西方精神文化的阶段，这标志着中国文化转型进入更加全面、更自觉、更深入的阶段。只是在五四新文化运动之后，中国思想界才对中国传统文化有了自觉的认识。"①五四新文化运动高举科学、民主的旗帜，大刀阔斧地对传统文化展开批判，传统文化逐渐成了现代化的对立面，现代化的潜在叙事就要求彻底地清理传统文化理念。在西方进化论思维的影响

---

① 杨春时：《中国文化转型》，黑龙江教育出版社，1990年版，第35页。

下，关于新旧的二元对立模式被确立，传统文化与现代化进程之间的矛盾愈发不可调和。从晚清到五四，传统与现代之间的关系，一直是中国的主要社会问题，也是文化演变过程中的主要话题。正如上文所指出的，由于现代的范式主要来自西方，而不是中国社会、文化自身发展逻辑的产物，所以，中国的现代化在一定程度上就表现为西方化，以西方化为主要表现形式的中国现代化进程，与传统文化在范式构成上存在隔阂。并且，当时的现代化还以救亡图存为目的，在时人急切情绪的促使下，难免有所偏颇，无法在精心梳理传统文化理念的基础上实现现代化。

　　思索中国的现代化进程，有学者通过考察中国的社会结构和文化传统，得出中国文化不能自行现代化的结论，认为必须在西方文化的冲击下才能得以启动。他论证指出："有一种曾经被普遍接受的说法，即如果没有外国资本主义的入侵，中国也会缓慢地走向资本主义。这种说法的前提是每一种文明都会独立地走向现代化。而事实上，每一种文明仅只适应特定的历史发展阶段，其潜力（或生命力）是有一定限度的。有的文明（如玛雅文化）没有发展到阶级社会就湮灭了，有的文明（如希伯来文化）则不能成为近代社会的动力。中国传统文化不具有现代文明的品格，如果没有外来文化的改造，它不会自行转化为现代化，中国社会也不会自行进入近代资本主义社会。中国要进入近现代社会，只有引进外来文化即西方文化，舍此别无他途。"① 这一观点是否能够为世人广泛接受，还需要进一步的论证，但是它从一个层面指出了中国传统文化与现代化（西化）之间复杂的关系。历史不相信假设，事实表明，中国的现代化确实源自西方范式，伴随着中西文化范式的整体切换。五四时期中西文化论战，激进主义、保守主义各守阵营，但是他们却有一个共同的倾向，即将中西文

---

① 杨春时：《中国文化转型》，黑龙江教育出版社，1990 年版，第 21~22 页。

化"本质化"。陈独秀的意见具有一定的代表性，他认为："东西洋民族不同，而根本思想亦各成一系，若南北之不相并，水火之不相容也。"① 诚然，中西文化的差异应该引起关注，陈独秀的观点虽具有合理成分，但是他提出该观点的时代语境并不是中西文化正常、和平交流的年代，而是面临试图通过文化启蒙乃至革命实现救亡图存的民族境遇。特殊的境遇，佐以进化论的思维，中国传统文化被冠以落后、愚昧的称号，西方则是科学、进步的代名词，所以强调中西差异，并没有警醒当时的主流去关注中西磨合融汇，而是助推着以西代中的进程。可以说，五四时期，西方文化在中国是具有想象性的存在，今天看来，多有误读之嫌，而"中国人对西方文化的想象性阅读和误读本身有其历史真实性，从中可以建立起一个内在的知识谱系，因为这种误读和中国经验有相关性。……历次革新的失败，使国人对传统文化丧失了信心，迫切需要改革，恰巧西方文化提供了参照的模式"②。由此，中西文化的切换就具有内在的历史必然性。

在这样的切换过程中，中国传统文化根基开始动摇，中国文化的逻辑思维方式、知识谱系、学术规则等都被改写。这次改写无论是在知识体系的构成，还是在生存意义的营造，都为中国在此后的发展中留下不可磨灭的印迹。中国的现代化取自西方范式，所以中国的文化转型必然会从反传统开始。但是西方文化范式的输入并不是单纯的以文化发展规律为形式的传播，而是伴随着武力入侵和经济掠夺，因此，中国的现代化必然与民族主义产生激烈的冲突。这就造成中国现代化的复杂性，它不是纯然的学理推衍，而与民族的生存话语权具有密切的关系，深深影响着此

---

① 陈独秀：《东西民族根本思想之差异》，载《青年杂志》，第 1 卷第 4 号，1915 年 12 月。

② 许剑铭：《"五四"东西文化论战再反思》，载《中央民族大学学报（哲学社会科学版）》，2006 年第 2 期。

后学界对中国现代化的解读，五四新文化运动从文化启蒙走向文化革命也就有历史的必然性。由此可见，中国传统文化的现代转型是从两种不同范式的磨合开始的，仓促的磨合，加上时人对传统文化的偏激态度，传统文化范式和西方现代范式之间的差异被严重扭曲，传统文化的价值被低估，最终不是良性磨合，而是出现以西代中的结果。体现在学术层面，有学者指出："……在20世纪初的十几年时间里发生了一些历史性的变化，使我们与伟大的古典传统断然划开了一道鸿沟，而在这个断层的此岸，现代学术体制及其规范已然出场。由此我们形成了一套关于历史合理性、关于现代性、关于知识的合法性、科学方法论等等观念体系，形成了我们观察问题、思考问题的认识论框架。"① 以西学为标尺，中国的传统知识除了清代的实学，几乎都不被视作科学知识，最起码不是严格意义上的。西方近代以来的学术，大致可分为自然科学和社会科学两大门类。自然科学涉及数、理、化、生物、生理、地质、地理、天文等学科，社会科学则包括文、史、哲、政、法、经、社会学、逻辑学等。以此为准绳，中国传统的学术门类显然属于另一种体系。中国传统学术体系中，主要有经学、史学、小学、算学、舆地学和"儒家四学"（包括义理、考据、辞章、经世）等。从西方和中国传统的学术分类上看，有相同之处，但是不同的地方更加明显。从晚清开始，中国逐步直接或间接（通过日本）接受西方的学术范式，"值得强调的是，中国人所接受的这些西方学术门类，体现出明显的'移植'色彩。无论是这些学科的内容，还是这些学科的形式，无一例外都是从西方'移植'而来的。"② 1903 年，张之洞在《奏定大学堂

---

① 靳大成：《研究文学理论，为什么要反思学术思想史?》，载《中外文化与文论》（第 8 辑），四川教育出版社，2001 年版，第 100 页。

② 左玉河：《西学移植与中国现代学术门类的初建》，载《史学月刊》，2001 年第 4 期。

章程》中，将大学分为经学、政法、文学、医科、格致、农科、工科、商科等八科，已经基本确立起现代学术规范，并将中国传统学术体系肢解到这个规范当中。在这个体系中，中国文学包括中国文学研究法、说文学、音韵学、历代文章流别等具体科目。学术范式的变换、内容重组，最终导致两个结果：一是知识质态的变化；二是知识谱系背景的切换。[①] 在西学标准之下，中国传统知识的合法性被重新裁定，科学成为衡量和检验一切知识的权威，即使是一些难以凭借科学划定的人文领域也毫无例外。科学思维的泛化，某种程度上即宣告了中国传统知识的失效。"因为Science 的知识是这样一种知识：它以理性为人性基础，以逻辑实证为论证手段，以精确的分析性概念为知识内涵，并以逻各斯座架下的论域划分为谱系背景。"[②] 显然，它与中国传统知识形态具有根本性的差别。

总而言之，中国文化的现代转型，具体表现为中国传统文化理念、学术范式在西学范式强势下的逐渐退场、缺席，以致栖身于西方的学术范式和学科体系之中，处于西化状态。

二

中国文化的现代转型，导致中西学术范式的切换和知识谱系的重构，而这种学理机制的改变恰恰又是中国古代文论学科建立的重要基础。因为，中国古代文论学科的建立是以西方现代学科体系为框架，并接受了科学观念而逐步展开的。在前文我们梳理中国古代文论学科史时，从多个方面揭示了这种特征。那么，文化现代转型下的中国学术，尤其是中国文论又是怎样一种存在样

① 参见曹顺庆、吴兴明：《替换中的失落——从文化转型看古文论转换的学理背景》，载《文学评论》，1999年第4期。

② 曹顺庆、吴兴明：《替换中的失落——从文化转型看古文论转换的学理背景》，载《文学评论》，1999年第4期。

态呢？本书的第一章已经论证，就是西化。这种西化在一定程度上是病态的。

曹顺庆先生通过事实的考察、学理上的分析，在 20 世纪 90 年代提出自己的观点，揭示了中国文化现代转型的病态所在。在文化病态的影响下，中国文论患上了"失语症"。在曹先生看来，"失语症"是中国现当代文论内在发展的结果，"所谓'失语'，并非指现当代文论没有一套话语规则，而是指她没有一套自己的而非别人的话语规则。当文坛上到处泛滥着现实主义、浪漫主义、表现主义、唯美主义、象征、颓废、感伤等等西方文论话语时，中国现当代文论就已经失去了自我。她并没有一套属于自己的独特话语系统，而仅仅是承袭了西方文论的话语系统。"[①] 这里明确指出，中国现当代文论缺乏自己的理论话语，虽然表面上一片繁荣，但在思想上是寄生的。王春云先生认为："在我看来，中国文论遭遇强势的西方学术时的严重失语并不等于失声，乍一看去，文坛及文艺学界众语喧哗、热闹非凡，失语其实是我们丧失了以自己的话语、方式及规范独立言说的能力，是在趋新若鹜、猎奇炫异中自我的迷失与消亡。"[②] 显然，话语与日常说话并不是一回事，所以才会产生"失语"与"失声"的分别。中国文论西化的结果就是"失语症"。那么，究竟什么是"失语症"的话语呢？"所谓话语（discourse），并非指一般意义上的语言或谈话，而是借用当代的话语分析理论（discourse analysis theory），专指文化意义建构的法则，这些法则是指在一定文化传统、社会历史和文化背景下所形成的思维、表达、沟通与解读等方面的基本规则，是意义的建构方式（to determine how

---

[①] 曹顺庆：《文论失语症与文化病态》，载《文艺争鸣》，1996 年第 2 期。
[②] 王春云：《中国文学理论的失语与拯救》，载《南通师范学院学报（哲学社会科学版）》，2001 年第 4 期。

meaning is constructed）和交流与创立知识的方式（The way we both communicate with each other and create knowledge）。这种话语，大致可分为话语解读方式、意义建构方式、话语表述方式和交流方式等等。"① 所以，"所谓'失语症'并不是说我们的学者都不会讲汉语了，而是说我们失去了自己特有的思维和言说方式，失去了我们自己的基本理论范畴和运思方式，因而难以完成建构本民族生存意义的文化任务。"② 造成中国现当代文论"失语症"的根本病因"在于文化大破坏，在于对传统文化的彻底否定，在于与传统文化的巨大断裂，在于长期而持久的文化偏激心态和民族文化的虚无主义"③。

曹顺庆先生的"失语症"观点，在学界也有相似之论。季羡林先生就满怀忧患地指出："我们东方国家，在文艺理论方面噤若寒蝉，在近现代没有一个人创立出什么比较有影响的文艺理论体系，……没有一本文艺理论著作传入西方，起了影响，引起轰动。"④ 黄维梁先生也由衷感慨："在当今的世界文论中，完全没有我们中国的声音，20 世纪是文评理论风起云涌的时代，各种主张和主义，争妍斗丽，却没有一种是中国的。"⑤ 孙津先生则近似于无情地指出："……（中国没有理论，这是我说的，至少现在是这样。）当我们要用理论来讲话时，想一想罢，举凡能够有真实含义的或者说能够通行使用的概念和范畴，到底有几多不

---

① 曹顺庆：《中外比较文论史（上古时期）》，山东教育出版社，1998 年版，第335 页。

② 曹顺庆：《中外比较文论史（上古时期）》，山东教育出版社，1998 年版，第263 页。

③ 曹顺庆：《文论失语症与文化病态》，载《文艺争鸣》，1996 年第 2 期。

④ 季羡林：《东方文论选·序》，引自曹顺庆：《东方文论选》，四川人民出版社，1996 年版。

⑤ 黄维梁：《〈文心雕龙〉"六观"说和文学作品的评析》，载《中外文化与文论》（第 1 辑），四川大学出版社，1996 年版。

是充分洋化了的（就算不是直接抄过来）。如果用人家的语言来言语，什么东西可以算得上'中国自己的'呢?"① 另外，几乎是与曹先生同时，杨乃乔先生也使用了"失语症"一词来分析中国文论的发展现状。他指出："新时期文艺批评理论在操作中所使用的有效理论话语和有效使用概念，几乎都是西方舶来品。这些舶来品带着浓烈的后殖民主义倾向，为新时期文艺理论设置了一个潜在的道德价值参照系和审美价值参照系。于是，无论是文艺理论体系的建构、文艺理论思潮的兴起，还是对文学艺术作品文本的批评，几乎都是在这两个参照系下运作和定位的。后殖民主义语境的形成在一定程度上铸就了新时期文艺理论批评的失语状态，这种后殖民主义语境下的理论失语症，在新时期文化的深层结构中昭示了本民族文化在某种程度上的再度断裂，反映了我们对中国传统的文艺理论的继承和弘扬严重的不足。"②

"失语症"命题在学界引起了广泛的讨论，有不同角度的观点，但是多数争鸣都集中在失语的程度上，以及此后的建设策略方面。一个基本的共识还是存在的，那就是对当前中国文论建设表示不满，尤其对缺乏传统文论的参与感到惋惜。"失语症"作为 20 世纪末引起学界关注的理论视域，本根上是中国文化、文论发展百年困惑的反思。具体到中国古代文论研究，更是其学科发展、建设在新时期的调整和反思，所以将"失语症"视为中国古代文论学科内在理论的体现是恰当的，这也是在第一章中我们梳理中国古代文论学科史到 20 世纪 90 年代就戛然而止的重要原因。历史的书写，依托于弥久更新的问题意识，中国古代文论学科史发展到世纪之交，它的问题就是"失语"，而"失语"的源

---

　① 孙津：《世纪末的隆重话题》，载《文艺争鸣》，1995 年第 1 期。

　② 杨乃乔：《新时期文艺理论的后殖民主义现象及理论失语症》，载《徐州师范大学学报（哲学社会科学版）》，1996 年第 3 期。

头又是 19 与 20 世纪之交就铺垫好了的。无论是五四时期的文化革命，还是新中国成立后的苏联模式、"文化大革命"，新时期的广引西学，都呈现出将中国传统文化、文论逼上边缘的特征。或许有人会问："失语症"揭示的是中国现当代文论的病症，这里不就偷换了逻辑，变成中国古代文论"失语症"了吗？高文强先生为这个疑问提供了精妙的解释："中国现当代文论是在西方文论的示范和影响下形成的，遵循严密的形式逻辑推理，构建宏大的概念范畴体系，这些构成了现当代文论的基本特征；而中国古代文论则主要以重体悟、轻体系，概念范畴具有模糊和不确定性为主要特点，这为古代文论的对接造成较大困难，因此可以说现当代文论'失语'的原因造成了古代文论'失语'的结果。"[①]我们也指出，中国古代文论学科本身就是一个现当代文论的问题，古代文论思想被学科化之后，它还能是一个纯然古代的问题吗？中国文论的"失语症"被揭示出来，古今中西的多维视野纠葛之下，它成为中国古代文论学科内在发展的重要问题，关乎中国文论建设宏伟蓝图的理路。

第二节　文论"失语症"的研究进路

文论"失语症"是曹顺庆先生于 1995 年提出的理论观点[②]，之后在《文论失语症与文化病态》一文中，曹先生将观点明确化。该观点一经提出，十几年来引起了学界的广泛讨论，赞成、商榷的意见都很多。随着曹顺庆先生在《文学评论》2007 年第 6 期发表论文《论"失语症"》，该理论话题再次引发学界的思考。

---

① 高文强：《失语·转换·正名——对古代文论十年转换之路的回顾与追问》，载《长江学术》，2008 年第 2 期。

② 曹顺庆：《21 世纪中国文化发展战略与重建中国文论话语》，载《东方丛刊》，1995 年第 3 辑。

"失语症"是对中国文论西化历程的总括，而争论在一定程度上体现出对中国文论发展现状的不同认知。我们试图对学界的主要观点作一梳理，以呈现该理论视域所涉及的主要问题。

一

商榷意见的"多声部"。文论"失语症"提出之后，在学界得到了广泛的关注，但是详细地论证"失语症"的却不是很多，许多学者只是默认这一理论视域，并以它为视角来研究相关的文论问题。因此，反而是一些反对、商榷的声音，引起了大家的注意，这些声音与以曹顺庆先生为代表的学术群体共同推动着文论"失语症"问题的讨论。在诸多对"失语症"命题提出不同意见的学术讨论中，角度也颇为不同，主要体现为以下几个方面。

本土——他者关系。周宪先生基于曹先生阐述的观点，将"失语症"概括为"文化原教旨主义"，并认为其失误在于"以传统来解释、定义和捍卫传统，而不把传统本身看作一个发展的变化的范畴"①。陶东风先生是反对"失语症"的主要代表之一，在多篇论文中对该问题提出不同意见。他将"失语"论视作"文化本真的幻觉与迷误"②。他在《"后"学与民族主义的融构——中国后殖民批评中一个值得警惕的倾向》一文中明确地指出，"失语"论是以寻求纯粹的族性为标志的"本真性"诉求，"失语"论的迷误在于把"他者化"本质化、绝对化，而没有认识到绝对的"他者化"是根本不可能的（除非彻底消灭这个民族），全盘西方化绝对不可能是一个社会历史或文化上的事实。③在《关于中国文论"失语"与"重建"问题的再思考》中，他更

① 周宪：《当代中国审美文化研究》，北京大学出版社，1997年版，第258页。
② 陶东风：《解构本真性的幻觉与迷误》，载《文艺报》，1999年3月11日。
③ 陶东风：《"后"学与民族主义的融构——中国后殖民批评中一个值得警惕的倾向》，载《河北学刊》，1999年第6期。

加系统地分析了以曹顺庆先生为代表的"失语症"论者的理论观点，认为其中存在内在的矛盾，体现着现代性与民族性的紧张关系。[①] 周宪先生也认为："'失语症'说抵制西方术语概念，提倡古代文论语汇，均可视为维护文化本真性的理论诉求，视为经由语言来保持文化认同本真性的策略。"[②] 熊六良先生提出，"失语症"论是在西方后殖民主义影响下形成的"一种文化复仇情绪"[③]。

中国化马克思文艺学的发展。董学文先生在《中国现代文学理论进程思考》一文中指出："'文论失语症'的说法，眼下很流行，但这种说法只是一种偏激的义愤之论……认为现当代中国文学界根本'没有自己的理论，没有自己的声音'，因而主张要'重建中国文论话语'，却是严重片面的、失真的。……用'失语'一词武断地抹杀本已存在并仍在发挥作用的包括中国化马克思主义文艺学在内的整个现代中国文学理论的功能和意义，无论怎么说也是不够实事求是的。"[④] 蒋述卓先生也持相似观点："不要片面地认为，我们现在已经完全'失语'，一点儿也没有自己的理论与批评方法。别的不说，仅就对马克思主义文艺理论的吸收与运用来说，在许多方面与80年代以来对西方马克思主义引进有一致之处，是可以会通的。"[⑤]

文化转型之根的延续。高楠先生认为中国文艺学在20世纪

---

① 陶东风：《关于中国文论"失语"与"重建"问题的再思考》，载《云南大学学报（社会科学版）》，2004年第5期。

② 周宪：《"合法化"论争与认同焦虑——以文论"失语症"和新诗"西化"说为个案》，载《南京大学学报（哲学·人文科学·社会科学）》，2006年第5期。

③ 熊六良：《90年代文学理论热点评述——"失语症"论的历史错位与理论迷误》，载《文艺评论》，2002年第4期。

④ 董学文：《中国现代文学理论进程思考》，载《北京大学学报（哲学社会科学版）》，1998年第2期。

⑤ 蒋述卓：《解放思想，认真反思，开拓创新》，见《20世纪中国文论笔谈》，载《文学评论》，1998年第3期，第46页。

的三次转换保留了其特有的学科定性即"根"，而"根即传统即历史定性，这是民族的、社会的历史产物"。因此，"中国文艺学始终在说着历史要求它说的话，时代要求它说的话，它说出了自己的思想理论，它并未'失语'。"① 周一飞先生在《如何返回母语？——从"失语症"争论看中国现代文论的失落与重建》中，对"失语症"争论的一些观点进行评析，并对"失语症"的文化断裂说、重建说提出了商榷意见，但对西方文论中国化和中国文论的现代化表示赞同。②

就"失语"内涵本身提出异议。蒋寅先生直接地指出中国文论的"失语"是个地地道道的伪命题，并将"失语症"的病因归结于"先天知识不足，后天学术训练不够，体质虚弱，抵抗力差，易被流行思潮感染。又，脱离文学研究活动，缺乏艺术感受力与文学批评经验，于文学本身殊无知解，故随波逐流，略无定见"③。几年之后，他稍微修正了自己的观点，视"失语症"为"不能成立的命题"，并通过钱钟书、饶宗颐、杨周翰的例子指出："所谓'失语'就绝不是什么有没有自己的话语，用不用西方话语的问题，而是没有学问，能不能提出新理论、产生新知识的问题，一言以蔽之，'失语'就是'失学'，失文学，失中国文学，失所有的文学。什么时候，真正的文学研究专家多了，举世钦佩的学者多了，中国学术界就不'失语'了。"④

"失语"与西方文论无关。古风先生认为"失语症"不应该记在西方文论话语的账上，"按我们的理解，所谓'失语'就是

①　高楠：《中国文艺学的转换之根及话语现实》，载《社会科学辑刊》，1999年第1期。

②　周一飞：《如何返回母语？——从"失语症"争论看中国现代文论的失落与重建》，载《文艺评论》，2007年第2期。

③　蒋寅：《文学医学："失语症"诊断》，载《粤海风》，1998年第5期。

④　蒋寅：《对"失语症"的一点反思》，载《文学评论》，2005年第2期。

丧失了说话的权力。它是指我们没有能够创造出代表中国文学和文化传统（或曰特色）的新话语，去参与世界文论的对话。在这层意思上说'失语'，说'缺席'，都是对的。但是，这与我们引进西方文论话语似乎没有多大关系。"[①] 余习惠和刘中阳两位先生指出，"失语症"将现当代文学理论的病态归责于中西文化的碰撞与替换，而将出路寄托于对传统的回归，这是与客观的历史情理相违背的。"失语症"论缺乏表述的准确性，又缺乏判断的确切性，更缺乏医治的疗效性。从而，他们认为中国现当代文学理论患的是"失创症"，医治的良方是创新。[②] 肖翠云先生论证说，借用西方文论话语来阐释中国的文学文本，并不意味着中国当代文论的全面失语，而古代文论的现代转换与失语没有必然的因果关系。[③]

"失语症"论与后殖民理论。章辉先生认为："文论失语症把后殖民理论的'对抗'即对一切权力话语的批判转化为中西文化的对抗，认为西方文化的入侵导致了中国文论的失语，后殖民理论的精神要旨在此被改写，东西文化的矛盾被误认为是中国当代文化的主要矛盾，从而忽视了当下中国文化自身的问题。"[④]

"失语症"论者操持的西方话语。熊元良先生指出："……岂不知自己的'失语症'与'话语重建'又正是西方后殖民主义理论冲击下的产物，当'失语症'论者指责现当代文论界'除却洋腔非话语、除却洋调不能言'时，自己却时时操持着如'意义生

---

① 古风：《从关键词看我国现代文论的发展》，载《文学评论》，2001 年第 5 期。

② 余习惠、刘中阳：《从王国维到"失语症"》，载《南华大学学报（社会科学版）》，2004 年第 4 期。

③ 肖翠云：《对"失语症"的几点反思》，载《安徽师范大学学报》，2004 年第 4 期。

④ 章辉：《后殖民主义与文论失语症命题审理》，载《学术界》，2007 年第 4 期。

成方式、话语表达方式、异质性'等等西方概念……并且，'失语症'论者极力倡导重建'感悟型'知识传统，那么，在表述'失语'主张时，他们又为何不身体力行地去使用传统感悟式的评点方法，而是继续沿用现当代以来为他们所不屑的'理念型'知识样态呢?"[1] 李克和、陈恩维先生认为："'失语症'论者操西方文论话语来反对完全西化，其以己之矛攻己之盾的悖论，使具有民族特色文论话语的建立始终是一个乌托邦。"[2]

"失语症"的适用度。刘小新先生指出当代"失语"论存在两个明显误区：一是它把当代文论乃至整个20世纪的中国文论与变化了的本土现实割裂开来；二是"失语"论把文论和文学创作实践分裂开来，从而总结出"当代文论乃至整个20世纪文论失语说是一种总体性命题，印象式的评论与概观性成分显然多于具体的辩证的分析。其否定性与批判性的冲击力有余而具体性、深入性的实证研究明显不足，而且总体性命题往往以牺牲个体性、特殊性为代价"[3]。

二

"失语"论的多层次。学界对"失语症"的研究是逐渐深入的，展开的角度也比较多，而主要的理论建树体现在"失语"症状的由来、表现、程度等方面。另外，在论证"失语"的过程中，以曹顺庆先生为代表的学术群体对一些反对意见进行了有力的反驳。

---

[1] 熊元良：《文论"失语症"：历史的错位与理论的迷误》，载《中国比较文学》，2003年第2期。

[2] 李克和、陈恩维：《中国传统文论的现代重构——评万伟成〈观人诗学〉》，载《中国韵文学刊》，2007年第3期。

[3] 刘小新：《也谈当代文学批评中的"失语"命题》，载《烟台师范学院学报（哲学社会科学版）》，2003年第3期。

揭示病症。杨乃乔先生认为："后殖民主义语境的形成在一定程度上铸就了新时期文艺理论批评的失语状态。这种后殖民主义语境下的理论失语症，在新时期文化的深层结构中昭示了本民族文化在某种程度上的再度断裂，反映了我们对中国传统的文艺理论的继承和弘扬严重的不足。"① 陈炎先生认为，中国文论在20世纪的发展中遇到两个问题：一个是"失范"，一个是"失语"②。王树人先生指出："西方话语霸权和中国'失语症'都是中国人自己酿成的，而且是在20世纪初同时发生的。"找回"失语"就是要在理性思维之外找回久违的"象思维"③。高文强先生认为："'失语'一词所描绘的景象在当代文学理论研究中确实是存在的，而且也正如许多学者指出的，这种景象在某种程度上也是整个二十世纪中国现代文论研究的一种'通病'。"④

"失语"病因。郭昭第先生对形成失语症的原因展开了探析："中国20世纪文论话语建构的失语症归根结底是由轻视文学事实造成的，而轻视文学事实的极端表现就是学院化和玄学化。"⑤杨飏先生认为："20世纪中国文论依然保留着经学的某些品格，这正是导致20世纪中国学术及文论依然停留于经学时代，从而丧失了应有的原创性的重要原因之一。"在经学思想影响下，西

---

① 杨乃乔：《新时期文艺理论的后殖民主义现象及理论失语症》，载《徐州师范大学学报（哲学社会科学版）》，1996年第3期。

② 陈炎：《走出"失范"与"失语"的中国美学与文论》，载《文学评论》，2004年第2期。

③ 王树人：《关于西学东渐的经验教训——兼论话语霸权与"失语症"问题》，载《文史哲》，2007年第4期。

④ 高文强：《失语·转换·正名——对古代文论十年转换之路的回顾与追问》，载《长江学术》，2008年第2期。

⑤ 郭昭第：《中国20世纪文论话语建构的症结》，载《洛阳师范学院学报》，2001年第6期。

方文论在中国逐渐"经"化，它是中国文论"失语"的内因。①

理论回应。文论"失语症"的研究走过了 13 个年头，从初提的震撼到理论争鸣再到反思，我们听到了许多商榷的声音，而以曹顺庆先生为代表的学术群体，作为该理论视域的积极提倡者，也继续推进着相关的研究。这些研究不仅要面对学界质疑的声音，而且还要更有效地阐明核心问题。

支宇先生于 2001 年发表《对近年关于"失语症"讨论的再讨论》②，对此前针对"失语症"的不同意见给予回应，并从知识学、生存论的角度再次论证"失语"论的意义。此后，肖薇、支宇先生在《从"知识学"高度再论中国文论的"失语"与"重建"——兼及所谓"后殖民主义"批评者》一文中，对学界只看到"失语症"的表层含义进行反思，并从"知识学"的高度对"失语症"再度说明，认为"失语症"来自"知识质态"的整体切换，具有"话语学"和"存在论"两个层面的含义。③ 而"失语症"的双重内涵具体表现为："第一，它是中国自身传统话语的失落，文化身份的失落；第二，在存在论的意义上，当汉语走向逻辑分析和认知理性时，作为原初语言的'母语'——汉语失去了对存在真相的揭示和内在诗性的通达，我们的'母语'——汉语在当代无法言说我们的生存样式和诗性意义。"④ 王富先生针对学界将"失语症"理论与后殖民理论进行比附的观点，从后殖民理论传入的时间、两者的理论内涵等方面论证，指

---

　　① 杨飏：《西方文论在中国的"经"化——20 世纪中国文论失语症的内因》，载《中国文学研究》，2007 年第 2 期。

　　② 支宇：《对近年关于"失语症"讨论的再讨论》，载《中外文化与文论》（第8 辑），2001 年 5 月。

　　③ 肖薇、支宇：《从"知识学"高度再论中国文论的"失语"与"重建"——兼及所谓"后殖民主义"批评者》，载《社会科学研究》，2001 年第 6 期。

　　④ 曹顺庆、谭佳：《重建中国文论的又一有效途径：西方文论的中国化》，载《外国文学研究》，2004 年第 5 期。

出二者并无渊源关系，但是都抓住了学术界的要害问题——关注东西文化关系，竭力消除西方中心主义，因而二者具有对话基础。① 针对学界提出的不同意见，曹顺庆先生也"打破对此问题基本不回应的习惯，将十年前的旧话重提，再谈'失语症'"。曹顺庆先生针对蒋寅先生将"失语"理解为"失学""不学无术"的现象，再次重申"失语"与学术水平的高低并没有必然关系，"笔者讲的'失语'，实际上指的是失去了中国文化与文论的学术规则。"而"古代文论范畴并不是笔者所说的'话语'或'学术规则'。范畴只是话语表层的东西，而学术规则是支配范畴的深层的、潜在的东西；范畴是有时代局限性的，而学术规则是贯穿于相当长的历史长河之中的"。因此，曹先生指出："强调意义的不可言说性，始终是中国文化的一个潜在的、深层的学术规则"②。在《论"失语症"》一文中更是系统地对多年来学界误解"失语症"论的几种代表意见进行了梳理，并抓住种种不同意见"误解"的症结，再次强调"失语"的"语"是"话语"，本质上就是学术规则或文化规则。而中国固有的文化规则主要有两个：一是以"道"为核心的意义生成和话语言说方式；二是儒家"依经立义"的意义建构方式和"解经"话语模式。③

"失语症"的意义。罗宗强先生认为"失语症"的提出，"确实反映了面对现状寻求出路的一个很好的愿望。因它接触到当前文学理论界的要害，因此引起了热烈的响应，一时间成了热门话题"④。曹顺庆先生也曾指出："从某种意义上说，'失语症'的

① 王富：《浅议"失语症"理论与后殖民理论的关系》，载《学术界》，2006年第2期。

② 曹顺庆：《再说"失语症"》，载《浙江大学学报（人文社会科学版）》，2006年第1期。

③ 曹顺庆：《论"失语症"》，载《文学评论》，2007年第6期。

④ 罗宗强：《古文论研究杂识》，载《文艺研究》，1999年第3期。

提法是一个策略性的口号。因为我们痛感学术界缺乏学术创新，一味追随西方话语，没有自己的理论话语，因而提出'失语症'以警醒学界。……综观当今世界的学术界，当一种理论或学术局面出现严重危机的时候，往往必须以矫枉过正，下的药量比平时猛得多，才有可能警醒世人，从而摆脱困境。"① 正如李春青先生所说："'失语症'这个提法本身即具有极为重要的象征意义——它表征着 20 世纪以来几代中国学人的一种'基本焦虑'。"② 胡晓明先生更是将曹顺庆先生的相关观点概括为"曹顺庆焦虑"③。

"失语症"的研究并不仅限于"策略""焦虑"，否则该话题不会得到学界的持续关注，并成为新时期的理论热点问题。④ 对"失语症"的讨论，往往是与"重建中国文论话语"命题联系在一起的，相比而言，前者是对问题的揭示，后者则建构解决问题的策略。从这个层面上来说，"失语症"的提出，具有建设中国文论的宏观意识。当然，学界对此话题的追问，产生了不同的意见，实乃学术研究的正常表现。理论的产生及运用来自一定的问题意识或语境，一定程度上是"有限性"的，"失语症"理论也一样。它的理论视野广涉古今中外多个维度，所论必有偏重，因此，各种商榷的意见也是从另一个侧面充实着理论对现实解读的完整性。重新审视双方的理论观点，"失语症"是对主流、宏观

---

① 曹顺庆、邹涛：《从"失语症"到西方文论的中国化——重建中国文论话语的再思考》，载《三峡大学学报（人文社会科学版）》，2005 年第 5 期。

② 李春青：《在文本与历史之间——中国古代诗学意义生成模式探微》，北京大学出版社，2005 年版，第 2 页。

③ （记者）陈香：《中国文论研究的"学科史"怎么变成了"学科死"——"曹顺庆焦虑"在"文论遗产继承与重构高端论坛"引发争议》，载《中华读书报》，2008 年 6 月 18 日第 002 版。

④ 详见盖生：《价值焦虑：新时期以来文学理论热点反思》第五章"'失语'与'转换'的价值焦虑"，上海三联书店，2008 年版。

状态的概括而对一些微观问题缺乏深刻的思考，但是学界对"失语症"的理论实质也存有误解之处，曹顺庆先生在《论"失语症"》中对一些误解做出了回答。但是，我们不能奢望通过一篇论文澄清所有的误解，毕竟"失语症"和"重建中国文论话语"是战略性的，需要在实践中不断地推进，各种意见的争鸣都是不断推进该话题继续深入的动力。所以，在我们看来，对"失语症"理论的研究是一个持续的、不断深入的动态过程。不同的智慧火花互相碰撞，推动着"失语症"理论的适用度更加合理化，揭示的问题更加深层化。回首这十多年来"失语症"研究的进路，我们可以发现，它经历了一个从"策略"到理性思考的过程。这个过程包含多种文化冲突，由此也造成"失语症"理论具有一些先天的悖论，比如用西方的概念、术语去反对"西方化"等，但是这些是中国近现代以来的产物。如果仅仅停留在表面概念、范畴的悖论，而否认"失语"论的理论价值，那么学术探究委实难以展开，因为我们以"死范畴"掩盖了对"活规则"的追问。通过对"失语症"研究进路的简要梳理，可以看出争论的焦点在于中国文论应该走什么路，事关多种文论资源的组合形态，也是对中国文论今后走向的深层追问。

第三节　"失语症"与现代性变异

文化转型最终导致中国文论"失语症"，造成文化病态的现象。而"失语症"产生的症结由来，以及怎样评价"失语症"，都是我们应该仔细考量的问题，因为它将直接影响我们展开中国文论研究的基本视野。既然"失语症"来源于文化转型时传统文化理念与现代范式之间的失调，那么我们应该寻本探源，去揭示问题的关键所在。出于这样的考虑，文化转型的"范式"必须得到重新考察，由此从现代性的视野去探究"失语症"的本质也就理所应当了。

20 世纪初，中国文化转型，亦即中国文化现代化的发端，也是西方现代性范式的展开。那么，"失语症"与现代性范式究竟有怎样的内在关联呢？在我们看来，"失语症"就是一种现代性变异，是现代性范式在中国文化旅行的结果。正如上文所述，自从曹顺庆先生于 1995 年提出中国文论"失语症"以及"重建中国文论话语"以来，引起学界广泛的关注和讨论，其中有些误解，有学者认为"失语症"是"文化原教旨主义""文化复古主义"等，其实恰恰相反，"失语症"的提出是对中国现代性追求现象的关注，"失语"更是一个中国文化与文学现代性变异的症候。

一

"失语症"是近现代以来中国历史演变的产物，实际上它是一种中国现代性变异，是为了追赶西方，努力追寻现代性的一个症状，是对中国文论西化倾向的理论概括。"现代性"同许多当代文化（诗学）范畴一样，是完全的西式话语，一般来讲，它描述的是现代与传统之间的差异，因此，现代性的展开伴随着激进的反传统倾向。中国的现代性则由于独特的现代化进程呈现出一些新的景象，毕竟中国的现代性不是完全的自我建构，而是晚清时期复杂社会转型语境的直接体现。晚清时期是中国百年来诸多问题的源头，中国的现代性也不例外。西方列强以坚船利炮的方式摧毁了清朝在闭关锁国政策中构建的"天朝上国"之梦，急剧的时代变迁让时人在"无可奈何花落去"中感叹传统观念的脆弱，并促使他们被动地追寻现代性。"中学为体，西学为用"的方式虽然表明清政府力图挣扎，但是严峻的形势逼迫他们不断让步，最终造成中国传统理念的愈发远去。可以说，中国的现代性决然不同于西方原汁原味的现代性，由其导致的中国传统与现代

之间的张力不是中国自我反思的内在必然，而是武力秩序下的被动选择。因此，中国的现代性反映出中国人更加焦虑、盲目的生存危机感。

现代性的建构包含政治、经济、文化等多层面，表现出非文化现代性和文化现代性两个基本维度，"失语症"则是中国文化、文论在现代性进程中的必然体现。我们以"失语症"来概括中国现当代文化、文论的基本态势，并不是对现状的单面考察，而是把现状置入纵横交错的文化发展语境中进行考量后得出的结论。我们所说的"失语症"描述的是这样一种现象："长期以来，中国现当代文艺理论基本上是借用西方的一整套话语，长期处于文论表达、沟通和解读的'失语'状态。自'五四''打倒孔家店'（传统文化）以来，中国传统文论就基本上被遗弃了，只在少数学者的案头作为'秦砖汉瓦'来研究，而参与现代文学大厦建构的，是五光十色的西方文论；建国后，我们又一头扑在俄苏文论的怀中，自新时期（1980年）以来，各种各样的新老西方文论纷纷涌入，在中国文坛大显身手，几乎令饥不择食的中国当代文坛'消化不良'。"① 正是这种不断向外追寻使中国文论缺乏必要的反思，焦虑、彷徨的急切情绪造成饥不择食的后果。焦虑、彷徨是社会转型时期的精神现象，也是中国追寻现代性的侧面反映。追寻现代性彰显出传统与现代的巨大差异，使我们对中国传统文化采取否定的态度，一次次寄望于西方范式。在这过程中，学界没有解决好中西文化各自内在理路的问题，以西方文论为放诸四海而皆准的通则，硬套中国文化与文论，以中西的通约性遮蔽了中西的不可通约性，"失语症"也由此产生。"失语症"作为当前文化、文论的基本症状，是中国追寻现代性的变异，而中国文论的现代性变异具体表现在以下几个方面。

① 曹顺庆：《文论失语症与文化病态》，载《文艺争鸣》，1996年第2期。

　　首先，古代文论的现代化包括古文论的科学化、体系化、学科化及现代转换。在中国文论百年的现代性建构中，始终伴随着传统文论与现代性的矛盾纠葛。传统文论的范式、内涵在现代观念面前往往难以沟通，失却了其表达意义的途径。在这样的社会文化语境之下，古代文论的现代化似乎就成了必然的趋势，关键在于这一过程是古代文论在西方现代性中的被动转化还是学界立足现实的积极建构。当然，被动转化同样是一种现代性变异，在被动的转化中，主要是文学理论的学科规范来自西方，中国古代文论被嵌入其中，它的言说方式已然受到西方范式科学化、体系化、学科化的考量。童庆炳先生就指出："今天仍然有许多学者认为西方文论是'先进'的、'科学'的，而中国古代文论则是'落后'的，非'科学'的，于是在建设中国当代文学理论新形态的过程中，热烈拥抱西方文论，尤其是当代西方文论，而对于中国古代文论则弃之如敝屣，不屑一顾。为什么会产生这种亲外而疏内的态度呢？我认为其重要原因就在于这些学者误以为西方文论的价值根据是'人'与'自然'的，考察的是规律，构成了真理；而中国古代文论的价值根据仅仅是政治'教化'，不考察规律，当然也就缺乏真理性可言。"[1] 审美主客体论、创作论、作品论、鉴赏论等共同组成文学理论的学科体系，它们在这个体系中各司其职，同时都发展起一些相对应的学科理论。这些理论被作为基本的学科规范和方法论参与到中国古代文论的现代性建构当中，对其进行了极其严重的切割重组。这一系列的行为，都是中国古代文论现代转换的事实，其中不乏理论贡献，但是更严重的则是导致中国古代文论的全面失语。"中国文学批评史"自从学科建立开始，中国古代文论就基本上退出了现当代文学创作

---

　　[1]　童庆炳：《试论中国古代文论的价值根据》，载《文艺理论研究》，2006年第5期。

与文学批评实践，从这个意义上说，学科史（中国文学批评史）的发轫，就是学科（古代文论）封闭的开始。古代文论中的一些范畴、洞见因与西方理论的相似性而成为其进入西方文论话语的敲门砖。中国古代文论在现代转换过程中，它与西方范式的通约性得到极度彰显，例如，《文心雕龙》由于体系性、系统性而在现当代获得至高评价，其中除了《文心雕龙》本身所具有的理论价值外，其与西方话语的可通约性较大是一个不可否认的重要原因。大量的诗话、词话却因不可通约性而遭到冷落，处于理论观照的缺席状态。古代文论被动的现代化过程最终导致其在中国当代文论中的缺失，中国本土的意义建构方式和言说方式受到遮蔽。

近年来，学界对古代文论被动现代化的进程所造成的不良后果已然有所察觉，并提高了警惕，提出"古代文论的现代转换"命题，从而开始了积极的现代性更新。学界曾多次对中国古代文论的现代转换进行了深层次的考察，试图在保留其本土价值的基础上进行积极的现代性建构，而不是在西方文论范式中去寻找中国古代文论的影子，将中国古代文论沦为西方文论的注脚。站在这样的角度，钱中文先生认为："现代转换就是一种理性的分析，目的在于使那些具有生命力的古代文论部分，获得现代的阐述，成为当代文学理论的组成部分。古代文论话语极为丰富，可以构成自己的话语系统和理论体系。"① 由此可见，中国古代文论现代转换被视为历史的趋势。但是，以往的现代化是建基于西方范式的，因此才会认定中国古代文论缺乏科学性和体系，甚至不足以成为学科，这就造成中国古代文论的"失语"。其实，中国古代文论具有一套自己的完整的话语体系，以此为基础进行现代化才更符合中国文化、文论的现实状况。这证明，中国古代文论的

---

① 钱中文：《再谈文学理论现代性问题》，载《文艺研究》，1999年第3期。

现代化需要学界的积极努力，而不应在西方范式中继续沉沦。然而，无论是被动的现代化，或是主动的现代化，中国古代文论皆在现代性追求中产生了变异。

其次，现当代文学艺术创作对古代文论的整体切换，对西方文论的整体接受。在中国的现代性进程中，现当代文学艺术是一个失语与现代性变异的最明显的领域。现当代文学艺术在传统与现代之间游离、挣扎，从古代文论的意义建构方式全面走向了西方文论的整体范式。现当代文学艺术创作的这种趋势实质上是现代性的变异，它主要基于两个方面：一是现代性的理论内涵；二是中国现当代的具体语境。

西方现代性的范式极度渲染了现代与传统的紧张关系，现代性的建设直接表现出对传统经验的否定或超越，周宪先生从其中的一个侧面指出："现代主义的意义范式彻底抛弃了古典范式那种意义解释的'元叙述'——日常经验的参照，伴随着知识的增长，正像科学知识越来越远离日常经验一样，艺术与日常经验的距离也越来越大，以至于两者之间出现了鸿沟。"① 现代性所彰显出的意义建构方式影响至深，传统的经验被束之高阁，西方的文学艺术观念乃至宗教观念影响了中国现当代艺术的审美形态。表现主义、意象派理论、意识流、现象学等西方文论思想在中国现当代文学艺术的创作和评论当中随处可见，古代文论的以言去言、以少总多、虚实相生、立象尽意等深层意蕴却被远远抛开，扔进了故纸堆。中国现当代的语境不是自为的规律发展，而是被动与主动共在的结果。因此，中国现当代的文学艺术创作都以不同的主题方式表现出西方文论影响下的现代性问题。并且，当中更多的是体现出中国文人在传统与现代之间的生存体验。从鲁迅

---

① 周宪：《古典的、现代的和后现代的——关于话语的意义形态学》，引自《现代性的张力》，首都师范大学出版社，2001年版，第73页。

的小说一直到当代的身体写作，都深受西方文论的影响，书写出现代性进程中的矛盾、焦虑以及探索。可以说，中国现当代文学艺术的创作是在现代性的框架中发展起来的，尽管它发生于中国的现实语境，但现代性的来源和范式决定了传统与现代之间的必然张力，所以中国现当代文学艺术的创作基本上遮蔽了古代文论的言说方式而以西方文论作为言说依凭。

再次，中国古代文学对西方文论的全面套用。现代性变异造成的中国文论"失语"现象不仅反映在现当代文学艺术的创作上，而且还影响了中国古代文学的解读和研究。中国古代文学是中国文化话语的重要体现，古代文论的体系正是对其言说方式及特征的揭示，它们共同组成一个意蕴深邃的文学世界，反映了中国人对生存、文学的独立理解。然而，在现代性的进程中，中国古代文学的价值也被扭曲。学界并不否认古代文学的价值与魅力，它是今人可资骄傲的内容，正是古代文学的成就为中国文学在世界上赢得了声誉。因此，在现当代文学成就不高的现实之下，古代文学无疑成了中国文学在世界上的音符。但是，对古代文学进行研究时，一些学者无视中国文化的内在构成，以西方文论范式展开了切割。在这种研究之下，古代文学现代特征异常明显，我们在其中体验到中国与西方的种种同质洞见，中国和西方在文学世界似乎很早就达成共识。但是通过审视当前学界的一些古代文学研究成果，我们可以发现其中多有牵强之处，并且也造成了对古代文学本身的误读和曲解，真实的意蕴反而被遮蔽了。

在中国古代文学研究套用西方文论模式中，浪漫主义与现实主义是比较典型的，并且影响广泛。《诗经》和《楚辞》分别被冠以中国文学现实主义和浪漫主义的源头，杜甫和李白也成了现实主义、浪漫主义的代表。就古代文学与浪漫主义而言，潘啸龙先生在对屈原展开研究时指出："把浪漫主义带进文学领域，屈原并不是第一个人。在他之前的古代神话，以及同时代的《庄子》散文，都已有了'荒唐'、'谲怪'的浪漫主义艺术表现。但是，作为我国诗歌的浪漫主义，却是由屈原所开创的。"① 中国文学似乎在先秦甚至更早的时期就已经确立起了浪漫主义的创作原则。白居易也被视为身披现实主义战袍："唐朝后期，我国诗坛上出现了一位名叫白居易的伟大的现实主义诗人，他所作诗歌纯朴自然，形象生动，通俗易懂，具有很高的艺术性，为古今中外的人们所喜爱。"② 这种套用西方文论的研究模式成为许多中国古代文学史划分诗人及风格的标准，在中学课文的阅读中也明显表现出该现象。事实上，以西方文论范式为基础来研究中国古代文学，表面上好像成绩斐然，但是经不起深层的考究。因为浪漫主义与现实主义的思潮来源于西方，生成于西方具体历史文化语境，以它们为范式，容易误读中国古代文学的意蕴，并产生一些不必要的矛盾。白居易的诗论事实上呈现出多元化，现实主义远不能涵盖其理论及创作的成就，因为他也强调情感的重要性："感人心者，莫先乎情，莫切乎声，莫深乎义。诗者：根情，苗言，华声，实义。"③ 由此可见，在白居易看来，创作是情、言、声、义的综合组成，现实主义的"帽子"遮蔽了这些丰富性。

　　中国古代文学套用西方文学话语的现象还远远不止"浪漫"与"现实"，套用西方话语的现代化，实际上对中国古代文学的意蕴造成了很深的曲解，我们需要反思。史忠义先生就展开过有关的思考："中国古代不曾发生过浪漫主义文学运动。断言庄子是中国古代浪漫主义的理论家、屈原和李白是中国古代浪漫主义

　　① 潘啸龙：《论〈离骚〉的浪漫主义表现及其精神特色》，载《中州学刊》，1984年第1期。

　　② 陆沁园、倪新宇：《杰出的现实主义诗人白居易》，载《苏州教育学院学报（社会科学版）》，1992年第2期。

　　③ 白居易：《与元九书》，参见郭绍虞主编：《中国历代文论选（第二卷）》，上海古籍出版社，2001年版。

诗人的观点其实是一种牵强附会。既然庄学、屈赋和李诗在发生史、题材内容和诗学主张等方面与浪漫主义运动有着巨大的差异，人们为什么还一定要给他们戴上浪漫主义的桂冠并且乐此而不疲呢？一个很大的原因，就是人们误以为这样庄子、屈原和李白才能拥有世界性。另外，贴标签行为的背后也许还有西方中心主义的潜意识思想在作祟。"[1] 其实，现实主义的套用也存在这样的理论尴尬和表现。

最后，社会对中国传统经典的陌生化。中国对现代性追求所造成的"失语症"导致社会忽视传统文化，它们大多数只能成为学界研究的对象。其中，语言的变革成了最直接的表现，语言是一种文化的呈现方式，一定程度上也是民族思维方式的体现。经过 20 世纪初的变革，白话文逐渐代替文言文成为人们交流、创作的基本形式。这使中国古代的以少总多、言有尽而意无穷等言说方式趋于淡化，传统文化的一些理念也愈发难以理解。语言只是其中的一个方面，背后是我们文化自信心的缺失，在试图与西方接轨的过程中，不断放弃自身的文化范式，桎梏于西方的文化理念。

这种对传统经典的陌生化已然达到相当惊人的地步，即使是学界也存在这样的现象，言必称西方，让很多人不愿意探究中国本土的传统文化。文化的娱乐化使真实的探究成了少数人的工作，图像化的运作掩盖了历史文化的真实面貌，当前的历史剧就明显表现出社会对中国传统文化的陌生。陌生化很容易走向新奇化，因为人们不了解传统经典的真实意蕴。

① 史忠义：《道家文学与浪漫主义刍议》，载《上海师范大学学报（哲学社会科学版）》，2002 年第 4 期。

二

　　"失语症"并非个别现象，大多数东方国家都在现代性的追求中出现了"失语"现象，"失语"是追赶西方的必然，是现代性追求的变异现象。现代性展现的是现代社会的特征，它成为人类社会发展的一系列重要标识，在政治、经济、文化等方面都展现出强于传统的实力。东方国家虽然在过去的岁月中创造了辉煌的人类文明，但是近现代西方社会在经过产业革命之后，走向了工业化社会，政治上也积极建构资产阶级民主政体。工业经济的发展增强了西方国家的国力，并且也需要广阔的资源地和国外市场。在相当长的时期，东方国家仍然相对落后，尤其是经济、军事方面难以与西方相抗衡。西方向东方展开入侵，并很快将包括中国在内的大多数国家占据为半殖民地甚至是完全殖民地。东方国家原本相对稳定的社会结构遭到严重破坏，缺乏必要的自主性，发展的规律基本纳入西方的范式中。现代性的一个重要后果就是全球化，或称全球西化，它表现为西方制度向世界的蔓延，并造成其他国家和地区在政治、经济、文化等方面的毁灭和重建。因此，在这个层面上来讲，东方国家的"失语症"直接产生于西方世界的殖民运动，是经济、军事霸权之下的现代性变异。

　　当然，在经历近现代苦难的同时，东方国家真实感受到传统与现代之间的巨大差距，西方国家的强大国力显得异常诱人，要改变国家、民族的命运就必然要先让自身壮大起来，追求现代性成了东方国家共同的选择。这一现象在中国、日本、韩国、印度等国家里都曾经发生过，并且到今天仍然有后遗症。独特的生存语境使"东方现代知识分子对待西方文化的态度已逐渐由被动变为主动、由消极变为积极，指导思想也由最初的'师技'上升到了'取法'。但是，无论'技'还是'法'只要带上'夷'字

'洋'性'西'味就必然触及东方人最敏感的意识神经"①。这根意识神经就是东方国家传统之根，它属于东方文化理念范畴。而向西方的"师技"和"取法"都是追求现代性的行为，"师技"着眼于技术手段的获得和利用，但是其背后是科技理性的现代性思维；"取法"则更深入社会进步的内在运行规则，可以说将追求现代性的努力进行得更加彻底。向西方现代性靠得越近，东方国家就越沉浸于西方的思维方式之中，在"失语"的症状上也更加明显。

现代性所造成的全球化运动使西方的话语具有世界性的效应，通过殖民行为彰显的现代性特征导致东方的沦陷，东方国家的失语现象乃是历史进程中的一环，只不过这一环是以牺牲东方国家的利益和价值观等为代价的。而经过多年的现代性追求之后，东方国家的反思又将使"失语"现象得到深层探究。

但是，"失语"也并非完全是负面的，它具有文化演变的两面性。从现代性变异的角度看，失语的变异往往是西方文化与文论中国化的必然历程。"失语"的主要原因在于我们失去了属于自己的言说方式和建构意义的方式，表现为以西方的话语为建构意义的内在规定。"失语"不是指我们丢弃了自己的语言，而是失去了话语，话语是指在一定文化传统和社会历史中形成的思维、言说的基本范畴和基本法则，是一种文化对自身的意义建构方式的基本设定。"失语"使我们失去了自我独立表达的能力，对中国文化的意义建构、解读方式造成了极大的危害，是学界需要深入反思的。然而，一个国家或民族的发展始终不是在封闭状态之下的孤立发展，她要接受来自不同国家或民族的冲击，同时历史的发展规律将推动国家或民族之间的交流、碰撞。现代性彰

---

① 龚勋：《文化选择与人格制约——印度尼西亚30年代"文化论战"得失论》，载《解放军外语学院学报》，1991年第5期。

显的是世界从传统走向现代的一系列特征，代表的是社会发展的一种趋势。现代性造成传统与现代的冲突，并展现出启蒙精神、民主、自由等特征，召唤着社会进入新的发展阶段。并且现代性的展开，也为中国古代文论提供了学科范式，加快了中国古代文论建立现代体系的进度。

中国虽然在晚明时期就有启蒙思潮出现，但是由于稳定的封建君主专政政体抹杀了社会进步的元素，在传统向现代发展的过程中，我们的国家进展缓慢，远远落后于西方国家。西方国家凭借现代性进程积聚了强大的力量，展开了世界性的侵略运动，这给中国造成了强烈的冲击，从"天朝上国"沦为半殖民地半封建社会。追求现代性成为历史的必然，但是在这个过程中，我们没有客观地处理好传统与现代之间既碰撞又相互依存的关系，片面地强调了现代性的理想价值，"失语"也就成了必然的结果。然而，中国激进的追求现代性过程所造成的"失语"并非完全负面。激进可以唤醒更多国民的"天朝上国"之梦，中华民族不可能在祖先的辉煌成就中自我陶醉，传统思想的桎梏产生了诸如"中国发明了火药却用来放鞭炮，发明了指南针却用来看风水"的现象，从某种程度上来讲，缺乏进一步创新的欲望。西方的现代性恰恰是不断变革、进取的结果，它在人类社会发展的整体历史中具有世界性的意义。它作为社会或文化、文论的范式尽管对中国的传统冲击甚大，但正是它在中国的"旅行"使我们有了参照系，能够进行对传统文化的反思，并且进入一些现代性问题的意义场。由于中国在近现代转换时期没有获得与西方平等对话的权力，在文化与文论的范式上西方占据了强势的地位，它们的中国化过程必然是建立在中西不平等基础上的，由此造成的中国文化病态、文论"失语症"也就具有一定的必然性。但是，我们不能毫无自主意识地跟风，西方文化与文论所造成的失语变异也不是历史的总体趋势，它是中国近现代具体历史语境的反映，任其

发展就容易走向彻底的中国文化、文论虚无主义。

第四节　中国文论话语的现代性重建

中国文论的"失语症"是异常复杂的，学界对西方现代性范式的态度也充满矛盾。然而，"失语症"的严重后果，已经不容我们继续沉醉于西方文论话语，去盲目追寻西方文论形态，重建中国文论话语作为中国文论建设的重要战略势在必行。而如何理解重建中国文论话语的必要性、基本定位，以及重建的路径，又是我们继续深入探究的前提。

一

重建中国文论话语与文论"失语症"两个命题是同时被提出，并得以在学界引起广泛关注的，曹顺庆先生在 1995 年提出文论"失语症"的同时，重建中国文论话语作为"失语症"的治疗策略就被提上了议程。之后，曹顺庆先生与其他一些学者专门著文，讨论重建中国文论话语，构建具体的重建途径。这些文章主要体现为曹顺庆先生的《重建中国文论话语》[①]、曹顺庆和李思屈两位先生合著的《重建中国文论话语的基本路径及其方法》[②] 和《再论重建中国文论话语》[③]、曹顺庆先生和笔者的《重建中国文论话语的三条路径》[④] 等。学界对重建中国文论话语命

---

① 曹顺庆：《重建中国文论话语》，载《中外文化与文论》（第 1 辑），四川大学出版社，1996 年版。

② 曹顺庆、李思屈：《重建中国文论话语的基本路径及其方法》，载《文艺研究》，1996 年第 2 期。

③ 曹顺庆、李思屈：《再论重建中国文论话语》，载《文学评论》，1997 年第 4 期。

④ 曹顺庆、邱明丰：《重建中国文论话语的三条路径》，载《思想战线》，2009 年第 6 期。

题展开了多角度的探究，在本书的绪论部分，我们总结了主要观点，可视作参考。然而，一个更为根本的问题困扰着我们的研究。那就是，重建中国文论话语是否为一个真命题，它在什么层面上才是可以获得认同的？对于这个问题，有研究者指出："与'失语症'同时出现的便是'中国文论的话语重建'，这不得不让人认为提出者将'失语症'的危机先抛出来，是否就是为了进行中国古代文论的话语重建的企图。而在这个意义上，'失语'就失去了其普遍阐释的有效性，因为这就如同对后殖民主义理论的解构一般，只有将对象假设为'扭曲的东方'才能构建东方主义，但这个'对象'本身是泛指的，如同许多学者提出的，失语的提出并非是对社会政治、文化、经济转型等方面的考察中得出，也没有从文学理论与文学创作实践的关系角度来反思，而是就在文论内部的逻辑上推导出一个具有形而上色彩的'失语'，'失语'说面对的对象就模糊了起来，或者说根本就没有对象考察。因此，'失语'是一种策略，一种取得'重建中国文论'合法性的策略。提出'失语'的人都被赋予了'重建'的权力，因为他们认识到中国文论无法言说，所以就顺理成章地构建一个新的话语系统。"[1] 对于其中的一些观点，我们不能苟同，关于"失语"的对象，学界已多有指明，前文我们也引用相关学者的观点，论证了现当代文论"失语"及其与古代文论"失语"之间的关系。而且，将重建中国文论话语视为学界一部分人的"权力"，显然是对文论"失语症"及重建中国文论话语命题的极大误解，作为一种理论视域被提出，需要学界展开讨论，共同为中国文论话语的建设出谋划策，而并不是以命题形式来为学界划分范围，设置禁区。但是，由此引发的关于重建中国文论话语命题

---

[1]　葛卉：《话语权力理论与90年代后中国文论的转型》，华东师范大学博士学位论文，2007年，第116页。

的思考，却是至关重要的，它直接影响着后文重建之方的探究以及本书的理论价值。

文论"失语症"与重建中国文论话语，一个是揭示问题的角度，一个是解决问题的策略，两者存在内在的关联性。文论"失语症"的内涵在学界的多方研讨之下，逐步明确，重建的路径就植根在"失语症"所呈现的症状上，"失语症"的研究程度往往会影响到重建路径的完满。换句话说，重建中国文论话语的必要性其实就是"失语症"需求治疗的迫切性。治疗"失语"的迫切，随着我们对"失语症"的梳理，可以获得佐证。在中西"知识学"转型基础上，中国文化与文论的"失语症"主要具有两个方面的内涵："第一，从'话语学'层面讲，所谓'失语'，是指自身'传统话语'的失落，'文化身份'的失落，进而在中西文化对话中，也就表现为'话语权力'的失落。……第二，从'存在论'上讲，汉语文化与诗学的'失语'不仅仅是'文化身份'和'话语权力'的失落，更重要的是作为我们'母语'的汉语无法言说我们的生存样式和诗性意义。"[1] 那么，重建中国文论话语就具有构建文化身份、增强言说生存能力的双重必要性。张荣翼先生在论及重建中国文论话语的必要性时，从两个方面给予解释："第一个方面是加强各民族的理解和交流。这种交流的重要性不只是有利于世界的和谐发展，更为重要的是，它有助于消除不同民族和文化之间的误解，实现相互理解和宽容。……第二个方面是文艺自身的需求。中国文艺有着几千年悠久的历史，也有着光辉的成就。中国文艺在近代以来发生了很大变化，有一个根本性的转向……20世纪以来，中国文学艺术的创作由前代传统的纵向影响变为了西方文化的横向影响，这种转变使得中国文学

---

① 支字：《对近年关于"失语症"讨论的再讨论》，载《中外文化与文论》（第8辑），四川教育出版社，2001年版。

便于传达新的思想，也给中国文学带来了新的空气，但是也有一些缺乏根基的弊端。"① 综合学界的相关论述，重建中国文论话语的必要性主要可以从三个方面得以体现：第一，中国人生存感悟言说之必须；第二，文艺发展之理论建构；第三，文化身份之确立。

二

重建中国文论话语的必要性已然显明，那么它的基本路径是什么，或者说，主要在什么层面上来重建？恰当地回答这个问题，可以增强理论的针对性，更能彰显重建论的真实理论旨归。重建并不是简单地回到过去，我们并不主张推倒一切现有的文艺价值标准和话语评判体系，用既往的中国文论话语标准衡量今天的一切，更不是重新制定一套规则，那样既不可能，更无必要。我们认为："任何理论话语的重建都不是否定一切从头再来，而是以承认理论的连贯性为前提。一方面要寻思原有话语的合理成分，一方面又要找到它的断裂与缺陷，重建工作就是要弥补断裂和删除原有话语的错误结论和思维方式。"② 因此我们高扬重建，是立足当前文论发展现实，以问题意识为切入点的，而这种问题意识主要来自学界对"失语症"由来的理论认知。"失语"·指的是我们缺乏一套属于自己的关于文学、艺术的言说方式，重建导向复语，本质上在于提倡一种立足当下的建构意识。在分析中，我们可以清晰地体会到，中国文论的"失语"主要产生于近现代以来社会转型的横向切割代替了纵向发展，文化自信心的缺失等多方因素促成了西方话语的霸权，西方话语成为衡量中国理论价

---

① 张荣翼：《冲突与重建：全球化语境中的中国文学理论问题》，武汉大学出版社，2005 年版，第 157～158 页。

② 李振明：《本体的缺失与重建——对 20 世纪中国文论话语的反思》，载《江苏教育学院学报（社会科学版）》，2001 年第 3 期。

值的标尺，由此，我们的理论界言必称西方，尴尬的是，我们现在反对西方话语霸权的时候，很多的理论启示和论点仍然受到西方的影响。更为严重的是，我们在使用西方理论的时候，往往出现"消化不良"的现象，缺乏对许多理论是否具有普适性的考量，而是以仰视、聆听的姿态，首先在心理上就臣服于西方话语，从学界关于文论研究的时尚话题就可以看出。针对这些"失语"现象，重建的指向主要是力图改变西方话语在中国泛滥的现状，及由此产生的一系列弊端。所以，重建中国文论话语无异于制定一套全新的理论体系，那种缺乏现实观照的理论建构犹如天外飞仙一般，虽然优美、纯洁，但是不食人间烟火。在这个意义上，重建中国文论话语其实就是建构中国当代文论话语，以治疗"失语症"，从而能够更加有效地解读当下中国人的生存感念、艺术之思，而不是将中国的现实沦为西方话语的注脚。

作为重建中国文论话语的积极倡导者，曹顺庆先生曾经这样规划重建的途径与方法："通过中外文论的比较研究，来进行传统话语的发掘整理，使中国传统话语的言说方式和文化精神得以彰明；然后使之在当代的对话运用中实现其现代化的转型，最后在对中外文论的广取博收中实现中国文论话语的重建。"① 应该说，这一规划是比较宏观的，在具体的操作中需要不断地深化、调整。但曹先生所确立起来的重建方向，无疑具有现实针对性，那就是要在中外、古今的坐标上来做工作。再具体一点，这个由中外、古今构成的坐标系上，那一个交接的场域又是什么呢？值得一提的是，通过分析，我们已然体会到中国文论"失语症"及文化病态与现代性范式存在着明显的暧昧关系，拿中国古代文论学科来说，现代性范式赋予它学科的生存权，但是又在很大程度

---

① 曹顺庆：《中外比较文论史（上古时期）》，山东教育出版社，1998年版，第262页。

上遮蔽了中国古代文论的本然存在形态。这就使我们的重建之路不能回避中国文论的现代性问题，它成为中外古今多维空间交接下的关键所在。因此，我们认为，从"失语"走向中西融汇，走向现代性重建，是我们今后努力的方向。中国当代文化、文论的"失语"现象产生于现代性变异，如何对待现代性问题成为我们解决"失语症"的关键。"失语"表现为中国传统言说方式的缺失，现代性变异使西方话语成为我们建构意义的基本方式。现代性的话语来自西方，它在中国的"理论旅行"产生变异，导致中国当代文化、文论的西化（"失语"）。上文分析已经说明，这是过分追求和套用的结果，也是没有实现本土与他者良好结合的结果。要解决"失语症"，我们必须在中国的本土价值观念上，结合现代性的具体理论内涵，走符合中国的现代性之路，亦即现代性重建。

在现代性重建方面，我们认为应该注意中国本土价值观念与西方现代性范式的通约性与不可通约性。过去，我们的文化及文论建构就是过于相信西方现代性范式的理论普适性，造成了中国本土价值观念的失落。西方的现代性范式在理论上代表的是人类社会发展的趋势，但它是产生于西方文明圈当中的，中西方属于不同的文明圈，西方现代性范式中就缺乏对中国本土价值观念的关注。因此，现代性的重建应该以跨文明的视角来切入，重视对中国文化与文论的异质性研究。中国文化、文论应形成独特的言说和解读方式及范畴，比如：道、气、言、象、韵等。脱离这一套系统，中国传统文化、文论的许多精彩内容将在当代退场，我们也将难以承传中国的文化理念。所以，现代性重建必须注重中国本土价值观念的开发，实现传统文论现代价值的再现。

跨文明的视野之下，不仅要关注中国本土异质性的研究，也要重视对其他文明圈中的价值观念进行借鉴。现代性的进程和中国当代的"失语症"已经从一个层面说明，我们不应该片面固守

传统观念，而是要以开放的眼光和世界性胸怀来审视中国的现代性重建，就文论而言，如何评估西方文论的价值是关键之一。西方文论在中国的"旅行"，从文化传播和语言译介就开始产生理论的变异，展现出一种独特的存在样态。但是，中国在近现代社会转型时期"久病乱投医"，往往在没有搞清楚西方话语的真正内涵之下就将其简单套用在中国社会文化建设上，在"失语"的路途上越走越远。因此，探究西方文论在中国文论话语现代性重建中的积极意义是异常迫切的任务。

由此可见，"失语"是当代中国文化、文论的基本症状，是中国文论的现代性变异，解决的途径必须立足于"失语"产生的根源，进行现代性的重建。在重建的过程中，我们要借鉴历史得失，重塑中国文论的学术主体性。只有这样，我们才不至于在"失语"的道路上走得更远，才能在本根上实现中华文明的复兴，全球化也就不是西方文化范式的一体化，而是世界文化多元化的全球性互补。其实，"失语"与重建就是针对中国文论话语建设的两种态度或抉择，"失语"遮蔽了中国文论话语（尤其是中国古代文论话语）的价值，重建则力图恢复中国文论话语的言说能力。两者之间，有一个巨大的差别在于学术主体性的向度。中国文论的现代转型，虽然是未竟的事业，但是它又是一个历史的趋势，必然还将继续下去。经过百年的现代化，我们积累了一些经验，已经意识到以西代中式的横向切割不能再持续下去，而应该积极调整战略，结合中国的本土经验，高扬学术主体的自觉意识，建构具有中国特色的理论体系。具体到中国文论话语的建构，结合学界的有关成果，我们认为应该走中国文论中国化的道路。中国文论中国化，就是要让中国文论成为中国化的文论，彰显出自身的主体特征，发掘其在世界文论体系中具有不可替代的特性，增强它对人类生存体验、文学艺术世界的言说能力和解读能力。那么，具体的可以从后文的三个方面来展开。

第三章　中国古代文论的直接有效性

　　重建中国文论话语，必须面对当前中国文论的三股力量：中国古代文论、中国现当代文论、西方文论。重建就是要对这三股力量进行调整，并落实于文学艺术实践，以建构中国文论具有自身创生能力的话语系统。既然文论"失语症"在很大程度上来自我们对西方文论的过分依赖，以西方的现代性范式为基准，从而导致中国现当代文论陷入对西方文论范式的依附境地，那么我们首先必须转变观念，努力地接上中国传统文化、文论的血脉，这也是我们要研究中国古代文论学科史的根本原因。学界在这方面已经做了大量的工作，并取得了一些重要的成果。在很长时间里，"古为今用"成为我们探究古代文化、文论当下在场的重要方式，但是由于强烈的"致用"意识使然，反而在一定程度上加重了对古代文论的误解。另一个直接以重建中国文论话语为目的的命题——古代文论的现代转换，则引起了学界广泛的讨论，促动学界去重新审视古代文论的存在价值，主动去追问它融入现代的路径。然而，在现在看来，虽然这两种对待中国古代文论的方式似乎是一种趋势，并能够起一定的作用，但是，却存在一些关键的缺陷，难以引导中国文论真正走上中国化的道路。本章以反思学界现有成果为切入点，试图寻找更有效的接上中国传统文化、文论血脉的重建路径。

第一节　从"古为今用"到
"古代文论的现代转换"

要接上中国传统文化、文论的血脉，首先必须端正对传统的态度。在中国的现代性进程中，由于是理论的横向移植，缺乏纵向的合理变通，所以传统与现代之间的衔接出现了问题，同时又因为中国现代性的初期发展，带着浓重的"救亡图存"色彩，传统与现代之间的张力异常紧张，对立的一面被夸大。虽然这个过程中，也有一些极力挽留传统文化的行动，但是多数都被划归保守主义阵营，被视为是阻碍社会进步的逆流。然而文化失根之痛，又时时警醒着许多有识之士，并且那些一度被我们视作落后、愚昧的传统文化，其实已然化作一种民族性格，沉淀为我们共同的文化心理结构，于是在传统与现代之间的两难愈发明显。解决的方式，自然就是要达成传统与现代的调和，探究传统的现代意义，或者说，用现代的理论去解读传统成了重要的课题。所以，"古为今用"和"古代文论的现代转换"才可以引起广泛的认同。下面，就让我们来重新审视这两个原则或命题，以探寻当前学界对传统的主流态度。

一

作为一个命题来说，"古为今用"盛行于 20 世纪 50 年代至 70 年代。"古为今用"在本质上是一种历史观，其中自然包括如何看待中国古代文化的问题。"古为今用"其实源于中国传统史学的"经世致用"精神，章学诚在《文史通义》中就指出："史学所以经世，固非空言著述也。"魏源也曾强调："书各有旨归，道存乎实用。"所以说，"古为今用"的原则，本质上是中国传统学术思想"经世致用"的现代表述。一般来说，"古为今用"是毛泽东对待历史遗产的代表性观点，据查证，毛泽东于 1964 年明确提出该原则。①但是，"古为今用"的原则及相关内涵，在 20 世纪 50 年代已经在学界得到了较为广泛的讨论，尤其是在历史研究以及历史剧的创作等方面。虽然毛泽东一生并没有对"古为今用"的含义加以特别阐明，但是通过对毛泽东一系列相关论述的分析和研究，有学者仍然揭示出了这一命题的基本含义："即：批判地继承（毛泽东先后使用过的表述有'批判的总结'、'承继'和'批判地接受'、'批判地利用'等。）历史遗产，为今天的现实服务。"②自 20 世纪 50 年代以来，"古为今用"成为我们看待历史、传统文化的重要原则。这个原则具有历史价值，但是我们无意重复过去讨论甚多的视角，而是从中国文论建设的角度反思该原则的一些缺陷。

"古为今用"涉及两个最基本的问题：为什么要"古为今用"？怎样"古为今用"？既然强调"古为今用"，其潜在叙事就是"古"不能在"今"直接运用，需要重新整理、审视、转换。自五四以来，随着文化转型的出现，中国文化的古今传承出现了断裂，西方话语范式逐渐替换了中国本土话语。在进化论思维的影响下，文化偏激心态泛滥，对中国传统文化的批判超过了继承。中国传统文化被视为"旧的"、"封建的"，难以适应社会发展"新的"语境。新中国成立之后，社会局面趋于稳定，建设新社会的核心价值体系显得尤为重要，以此为进阶，怎样利用中国古代历史文化遗产自然就被提上议事日程。因此，50 年代后，在政治话语的助推下，"古为今用"的学术活动更加活跃，从历史研究到历史剧创作，甚至广延到整个文艺界、学术界。从文艺

---

①　详见毛泽东：《毛泽东书信选集》，人民出版社，1983 年版，第 598 页。

②　王君：《"古为今用"与毛泽东军事思想的创立》，载《佳木斯大学社会科学学报》，2008 年第 1 期。

界方面来看，针对历史剧的创作，张真先生是这样阐述的："古来国家的盛衰兴亡，已经成为历史的陈迹，但是他山之石，可以攻玉，这些历史上的事情发生、发展、灭亡和复兴的过程，古来一些政治家、军事家怎样从失败的教训中，揣摩事物发展的规律，因势利导，而济之以主动能力，使国家臻于富强，这些历史经验就增进了今天我们对历史辩证法的了解，有助于我们在今天的斗争中掌握自己的命运和推进今天的历史。古为今用，我以为这就是其'用'。"① 在另一封信中，张真先生扩展了范围，指出："我们还都同意下一点，即不止是写历史剧要古为今用，其他一切题材的戏其实也都要'为今用'。也就是说，要有目的地来选题材，写作品，为今天的工农兵服务。因此，作者总是抱着教育群众的目的，力求发掘题材和人物形象所包含的思想意义，用艺术的笔调渲染得鲜明动人，以便群众看来印象深刻。所以，这个'用'的问题并不单是写历史剧的特殊的问题，应该说，任何文艺创作中都有这一个'为今用'的问题。"② 当时谈及古代文学的研究，袁世硕先生认为："我们研究古典文学的目的，是通过科学的分析、批判，从中吸取对我们现实社会有益的东西，作为我们社会主义文学创作的借鉴，促进我国社会主义文学的繁荣和发展，并在当前的文化思想领域的阶级斗争中，在对群众所进行的思想教育中，起一定的辅助作用。古为今用，这就是我们研究古代的一切文学艺术遗产的根本原则。"③ 由此，中国传统文化的存在价值进入社会主义文学创作、思想教育乃至阶级斗争的评价体系。厚今薄古是"古为今用"的潜在内涵，并且将厚古

①　张真：《古为今用及其他——与一位剧作者谈历史剧的一封信》，载《古为今用及其他》，中国戏剧出版社，1963年版，第4页。

②　张真：《论历史的具体性——与一位剧作者谈历史剧的一封信》，载《古为今用及其他》，中国戏剧出版社，1963年版，第19页。

③　袁世硕：《批判继承，古为今用》，载《山东文学》，1963年Z1期。

薄今视为资产阶级的价值取向。"古为今用"原则得到确立之后，进一步的问题就是在现实中如何贯彻这一原则。

那么，怎样才能够实现"古为今用"呢？批判地继承成了基本的选择规范，以"今"的需要为基准去探寻"古"的存在价值，显然，这是个重新阐释的过程。重新阐释本无可厚非，关键在于如何合理地阐释。尽管过去在"古为今用"方面的探究取得了一些重要成果，但也有偏颇之处，而且有些对中国传统文化是致命的打击。"古为今用"需要我们对"今"的存在样态和价值评价体系有清晰的认知，从而才能实现对"古"的合理阐释和运用。

就文论研究而言，经过近现代的文化转型、文明替换以后，古今之间的张力增大。中国古代文论怎样实现"古为今用"成了学界要探究的问题，它的学科化就是表现之一，然而，在具体的研究过程中，对一些基本概念的理解不甚清晰，导致良好的愿望落空，反而给中国文论研究造成了许多迷误。经过文化转型，西式话语霸权在中国蔓延，这就是中国"今"的基本存在语境。从别林斯基、车尔尼雪夫斯基、杜勃罗留波夫的典型论到弗洛伊德的精神分析学说，从亚里士多德的悲剧理论到尼采的"酒神精神"说，从现实主义理论到结构主义理论，从现代主义理论到后现代理论……新概念、新范畴层出不穷，学界津津乐道于内容、形式、能指、所指、张力、反讽、原型、细读……许多批评家对利用这些概念、范畴解读作品兴趣甚浓。那么，在这样的语境中来探讨中国古代文论的致用，所进行的阐释是容易出问题的。前文提及的现实主义、浪漫主义就是问题丛生的论域，很多学人试图通过这些范畴来挖掘中国古代文化、文论的致用因素，然而，却陷入一些悖论。

另外，一些学者以"内容—形式"来剖析《文心雕龙》的"风骨"时，也群言淆乱、自相矛盾。舒直先生认为"风"是形

式，"骨"是内容①。陈友琴先生则持相反意见，主张"风"是内容，"骨"是形式②。黄海章先生却指出，"骨"既包括了内容的充实，又包含了形式的严整③。应该说，这些学者都是功底深厚的，对古代文论的探究也有自己的独立见解，但是为何会对同一问题得出三种不同的观点呢？究其原因，在于中国古代没有"内容—形式"这一话语。除此之外，学界长期以来还就中国古代文论有没有体系，中国有没有史诗、悲剧等一系列问题展开了争论。在关于中国有没有悲剧的界定上，大学者朱光潜先生也滑向了否定的泥潭，他在《悲剧心理学》中指出，中国根本就没有悲剧，"事实上，戏剧在中国几乎就是喜剧的同义词。……仅仅元代（即不到一百年时间）就有 500 多部剧作，但其中没有一部可以真正算得上悲剧。"④

　　显然，这些论断都是有问题的，而导致矛盾乃至错误的实质在于"以西释中""以西套中"的学术范式。即以"今"（西方话语）对"古"（中国话语）进行随意解读，片面立足于"用"的实现，结果导致的是自相矛盾的学术结论以及中国文论的"失语症"。而这些论断大都受到"古为今用"思维的影响，当然其中有直接和间接的分别。当"古为今用"成为当时看待历史、创作文艺作品的重要出发点，功利化的情绪显然会影响到审视历史的水准。因为，"我们必须注意，'古为今用'中的'用'本身是一种价值判断，并不是绝对客观的，随着主体的不同会发生转变。同样的事实和观念，对于这一部分人来讲极具价值，对那一部分人就可能毫无意义。既然某一命题究竟有没有'用'，不同的人会有截然不同的判断，那么历史研究者应该根据谁的标准来判断

　　① 舒直：《略谈刘勰的风骨论》，载《光明日报》，1959 年 8 月 16 日。
　　② 陈友琴：《什么是诗的风骨》，载《语文学习》，1958 年第 3 期。
　　③ 黄海章：《论刘勰的文学主张》，载《中山大学学报》，1956 年第 3 期。
　　④ 朱光潜：《悲剧心理学》，人民文学出版社，1985 年版，第 218 页。

呢？如果历史研究惟一的目的就是古为今用，那么在研究之前首先必须确定研究命题的有用与否。但是，在进行研究以前是很难正确判断哪个命题有用，或一个命题的哪一方面的实际功用更大。而且，随着人的认识与社会需要的变化，有用和无用也完全是相对的。"① 所以我们认为，"古为今用"本身的理论旨归是好的，关键是在实践中缺乏"今"的合理保障以及"用"的恰当体现，最终走向另外一个反面。如果学界对"今"的价值标准和评价体系缺少必要的把握，只能造成"用"的偏离。早在20世纪50年代末，范文澜先生就评说了以西方范式为基准的历史态度："中国和西欧到底是两个地方，各有自己很大的特殊性。把西欧历史的特殊性当作普遍性，把中国历史的特殊性一概报废，只剩下抽象的普遍性，这样，中国历史固然遗留着大量的材料，拿中国历史去凑西欧历史，事情却容易办了。说起办法来，我看，不外乎下列四种：（一）摘引一些马克思主义书本上的词句作为'理论'的根据；（二）录取一些合用的材料来证明自己的根据，不合用的材料罢免不用；（三）给材料以片面的凭空的解释；（四）改造材料。"②

无论是极"左"思路，还是西式话语泛化，其实都造成"今"失去了合理价值评判的担当。对此，罗宗强先生进行了深刻的反思："50年代提倡'古为今用'以来，一切涉及'古'的研究对象，目的都是'今用'。因为研究的前提是为了'今用'，凡能说明今之合理的、于今有益的，就是'精华'；反之，就是糟粕。于是哲学史的研究以唯心、唯物分界，以唯心、唯物定是非。对于一些思想家究竟属于唯心还是唯物争论不休，而不问其

---

① 周筱赟、葛剑雄：《"古为今用"：历史研究还是历史应用》，载《学术界》，2004年第3期。

② 范文澜：《北京大学历史问题讲座 第一讲 历史研究中的几个问题》，高等教育出版社，1957年版，第9页。

思想的原有特色如何。文学史的研究以阶级性、人民性、真实性分界，于是有诸如山水诗有无阶级性之类的令人啼笑皆非的讨论。这些在当时是很'有用'的，是为现实服务的。现在回过头来看，又有多少用处呢？"① 由此可见，"古为今用"原则存在缺陷，"文化大革命"时期，它为"四人帮"所利用，形成了"古为帮用"的局面，片面的致用在历史主体性模糊的状态之下，无论对历史还是对当下，都造成了极大的扭曲。陆海明先生就此发表感叹："不幸的是，以否定为目的的为批判而批判，形而上学的'厚古薄今'，文化浩劫时期的'横扫一切'，都曾经是在'古为今用'、'批判继承'的口号下进行的。"② 而"古为今用"由于缺乏保障，加重"失语症"，留给学界的困惑也才刚刚被揭示出来。那么，怎样解决"失语症"？我们又必须将古今的关系再度纳入学理的考量当中，以求从中找到问题的突破点，这就出现了 20 世纪末文论研究的一个重要命题，那就是"中国古代文论的现代转换"。

二

"从直接起因上看，'古代文论的现代转换'学术讨论的确与一些学者对文论失语症的文化焦虑有关。"③ 陈伯海先生也持相似观点："'转换'说的起因源于文艺学上民族话语的'失落'，而'失落'的一个重要表征便是古文论传统与现代生活的疏离，古文论愈益走向自我封闭。"④ 由此可见，"中国古代文论的现代

---

① 罗宗强：《古文论研究杂识》，载《文艺研究》，1999 年第 3 期。

② 陆海明：《古代文论的现代思考》，北岳文艺出版社，1988 年版，第 166 页。

③ 陶水平：《中国文论现代性的反思与重构——关于近十年"古代文论现代转换"学术讨论的思考》，载《东方丛刊》，2007 年第 1 期。

④ 陈伯海：《"变则通，通则久"——论中国古代文论的现代转换》，载《文学遗产》，2000 年第 1 期。

转换"是作为重建中国文论话语、解决中国文论"失语症"的重要路径被提出来的。既然"失语"的症结来自古今之维,解决路径必然产生于此,"古代文论现代转换"就是试图对古代文论与现代范式的关系展开思考,探究中国古代文论在现当代的生存之方。中国古代文论在社会的现代转型时期,在西方文论范式的急剧冲击下,失却了进入现代文论话语建构的良好时机。并且,古代文论逐渐地退缩,日益成为学者在书斋中品评的对象,成了历史、资料。然而,面对这座丰富的理论宝藏,中国学人从未停止过挖掘其价值的努力,试图通过西方的理论范式,更"科学"、更"系统"地来审视中国古代文论的价值所在。毋庸讳言,一部中国古代文论学科史,就是中国学人努力的记录史。从这个层面上来讲,中国古代文论现代转换的实践工作早已开始,甚至可以说,古代文论的"失语"与"转换"是同步的。那么,在 20 世纪 90 年代中期,学界提出"中国古代文论的现代转换"命题,其差别又主要体现在哪里呢? 显然,它具有更强的自觉性和问题意识,主要以解决中国文论"失语症"和建设中国当代文论话语为价值诉求。我们曾经一度赞成"转换",并做了一些工作。但现在看来,"转换"问题还需要进一步思考,不能过于迷信"转换"。

"中国古代文论的现代转换"这一命题的提出,迄今已有二十几年的历史。在此期间,学界对该命题展开了积极的讨论,这些讨论以解决"失语"为主线,取得了大量的学术成果。1996年 10 月由中国中外文艺理论学会、中国社科院文学所和陕西师范大学中文系在西安联合召开"中国古代文论的现代转换"学术研讨会。钱中文先生在会上做了《建设有中国特色的当代文论——"中国古代文论的现代转换"学术研讨会开幕词》,呼吁学界为"创造具有中国特色的当代文论"而共同努力。自此开始,"转换"的话题成为学术界的持续热点之一。接着,1997 年

初《文学评论》开设"古代文论的现代转化"专栏，集中发表了一些讨论文章，对古代文论现代转换的理论探讨做了有力的推动。之后，在一些学术会议上，古代文论现代转换的问题得到了广泛的关注。比如，1997年11月在广西召开的中国古代文学理论国际学术研讨会暨第10届年会，1999年在贵州召开的古代文论研讨会，2000年7月在北京召开的"文学理论的未来：中国与世界"国际研讨会，2001年10月在武汉召开的中国古代文学理论学会第12届年会暨国际学术研讨会，2001年11月在复旦大学召开的中国古代文论研究的回顾与前瞻国际学术研讨会，2007年12月在云南召开的中国古代文学理论学会第15届年会等。

虽然"中国古代文论的现代转换"同样立足于古今之维的追问，但是在价值理念、理论旨归诸多方面有自身的特点。较为明显的是，"古文论的现代转化，亦有别于一般所谓的'古为今用'。'古为今用'着眼于一个'用'字，它强调传统资源的可利用性，主张在应用的层面上会通古今；'转换'说则立足于古文论自身体性的转变，由'体'生发出'用'，才能从根底上杜绝那种生拉硬扯、比附造作的实用主义风气。"① 从这个意义上来讲，古代文论的现代转换显然具有更强的自觉建构意识，似乎可以引领我们走向重建之路。然而，这只是对古代文论现代转换的一种解读。回顾历史，对该命题讨论维度进行总结的文章越来越多，集中了学界十几年来的理论成果，在绪论中，我们已经做了相关呈现。汇集十几年来的理论成果，我们可以清晰地看出，关于"古代文论现代转换"的讨论，赞成者有之，提出商榷、异议者亦有之，角度的差异造成了几种不同的代表观点。陶水平先生

---

① 陈伯海：《"变则通，通则久"——论中国古代文论的现代转换》，载《文学遗产》，2000年第1期。

从六个方面进行了总结，可作参考：其一，融入和转化说（以钱中文、童庆炳为代表：不但要将古代文论融入现代文论之中，而且要直接将古代文论转化为现代文论）。其二，融合说（顾祖钊、张海明：中西古今文论融合，生成一种新的既具世界意义又有中国特色的文论）。其三，重建说（曹顺庆等人：整个20世纪中国文论都"失语"了，需要通过"古代文论现代转换"来重建中国文论）。其四，传统资源的重新利用说（蔡钟翔、蒋述卓：强调了对具有异质性的古代文论资源的重新利用）。其五，复语说（杨曾宪：古代文论要在现代"复语"，那就必须依赖古代文论的"用"，用古代文论固有或转化后的"话语"系统地写出批评当代文学的文章）。其六，质疑说（若干人：论者或认为这是一个虚假命题；或认为古代文论与当代文学批评，正如两种编码系统无法兼容，不可在同一界面上操作；有的甚至认为这是一个伪命题，古代文论与现代文论属于迥异其趣的不同类型，二者不可转换）[1]。陶水平先生清晰地概括了当前学界的主要建树，当然学界对古代文论现代转换的讨论很多，并且还在不断展开。

在诸多的观点中，对"转换"提出异议的学者，将古代文论与当代社会之间的差距绝对化，其结果只能是造成古代文论继续缺席，古代文论的价值必然故步自封，古代文论研究也只能是一种历史研究，自言自语。而积极进行"转换"工作的学者，也应该有所警惕。因为"中国古代文论的现代转换"命题本身仍然存在令人疑惑之处，其问题的症结就在"转换"二字，既然需要转换，实际上就认定了古代文论不适合当代，不能直接搬来用。在分析"古为今用"时，我们担心"今"的价值定位，因为"文论遗产研究的古为今用方向，必然要求研究主体富有现代意识（或

---

① 详见陶水平：《中国文论现代性的反思与重构——关于近十年"古代文论现代转换"学术讨论的思考》，载《东方丛刊》，2007年第1期。

谓之当代意识）。研究主体的现代意识可以说是古为今用原则的生命和灵魂"①。相对而言，现在的"中国古代文论的现代转换"具有强烈现代意识，为何仍然困难重重呢？实际上，从"古为今用"到"中国古代文论的现代转换"，探讨中国当代文论建设的基本思路其实是一贯的，所揭示的问题、提出解决问题的根本路径还是相似的。即中国古代文论为什么不适合当代呢？因为古代文论不科学——模糊，无体系——零碎散乱，不符合当代语境——已经死亡等，因而要用当代科学的、系统的理论来重新阐释古代文论，使其实现转换。而当代科学的、系统的理论从哪里来呢？显然，还是西方。通过以上的梳理，我们认为，过分强调古代向现代转换，仍然几乎不可避免地流于用西方文论来指导中国文论。"在对传统文论进行现代阐释中，在发掘、体认传统文论的现代意义或者当代性时，我们也要审慎地防止出现这样的当代性误区，就是在问题意识、提问方式、内涵阐释和价值判断等方面，完全以西方文论为选择尺度，以致使得这种阐释成为一种话语和观念的模仿与克隆，最终使得传统文论资源成为西方文论的脚注。这种现象多年来就一直存在，今天依然没有消失。"②在西方文论话语蔓延的现代视野下，中国古代文论成为"三不"理论：不科学、不系统、不清晰。于是，古代文论不断迎合科学理性，追求科学化、体系化、知识化，最终形成"中国文学批评史"这一西化的现代学科，它规划着中国古代文论的存在方式和价值再现，无论是文化精神还是范畴体系，都要经过西方学科范式的检阅。最终的结果，正如上文我们指出的那样，就是"中国文论研究中似乎存在着这样一种潜意识，那就是西方诗学思想有

---

① 陆海明：《古代文论的现代思考》，北岳文艺出版社，1988年版，第167页。

② 党圣元：《对话与中国古代文论当代性意义之生成》，载《社会科学辑刊》，2008年第1期。

如此精密的体系性和科学性，中国文论中有没有呢？如果有，那么在这个层面上，中国文论就可以和西方诗学进行对话、沟通和融会；如果没有，那么中国文论面对西方诗学体系就是另类的、异端的不能成为一种科学性的能够登大雅之堂的理论体系"①。在这样的思维影响下，中国古代文论学科史恰恰不是出于对古代文论本身的价值尊重，而是价值的"颠覆"，曹顺庆先生激烈地将这种现象概括为："学科史"成为"学科死"②。在我们看来，"学科史"造成的"学科死"最终指涉的是这样一种状况：中国文论作为主流话语在当代文学创作和理论分析中已经死亡，其主要原因就在西方文论的话语霸权。我们"在较长一个（段）时间内人为地绝缘了古今文论之间的历史联系，以至在结束了一种外国文学概论模式独尊的局面之后，我们简直感到不知如何才好。憧憬多年的马列文论、西方文论、古代文论三结合的理想，直到现在还只是一个美好的愿望而已。如果我们把文艺学作为一门严肃的、充满理性精神的科学，那么就应该承认古今中外一切具有一定科学性、真理性的文学理论体系和学派，应该尊重民族传统文论中已经为历史和实践所检验过的这一部分遗产的'今用'价值——使它们成为当代文学理论一个有机的组成部分"③。所以，为了更积极有效地解决问题，重建中国文论话语，中国文论的发展必须改弦更张，做出战略性、方向性调整，走中国文论中国化的道路。我们认为，当前首要的任务在于必须明确地，甚至旗帜鲜明地提出中国古代文论在当代的直接有效性问题。

---

① 曹顺庆、王超：《论中国古代文论的中国化道路》，载《中州学刊》，2008年第2期。

② 参见（记者）陈香：《中国文论研究的"学科史"怎么变成了"学科死"——"曹顺庆焦虑"在"文论遗产继承与重构高端论坛"引发争议》，载《中华读书报》，2008年6月18日第002版。

③ 陆海明：《古代文论的现代思考》，北岳文艺出版社，1988年版，第164页。

第二节 中国古代文论直接有效性的理论向度

中国古代文论的直接有效性，是实现中国文论中国化，重建中国文论话语的重要举措。走中国文论中国化的道路，本质上是要呈现中国文论的本来面目，路径之一就是中国古代文论当下活力的还原。该路径的提出，是基于当下的实际情况，并非主观臆测，它包含一些基本的理论向度。

一

中国文论中国化是一个宏观的指涉命题，就目前而言，它基本上包括本课题所概括的三个方面。顾名思义，中国文论中国化就是要实现中国文论如其所是地呈现在世人面前，最终解决"失语症"。那么研究中国古代文论的直接有效性，还原古代文论当下的活力，与中国文论中国化之间存在怎样的关系呢？

这首先要对一个基本的问题进行澄清，那就是——何谓中国文论？其实在上文的论述中，我们已经多次提到"中国文论"，却没有进行理论界定。现在集中对相关问题予以解释，厘定概念的边界，因为我们认为在理论探究的拐点上来阐释，往往能够事半功倍，切中问题的关键。中国文论，就存在样态而言，是异常复杂的。我们常有"中国古代文论""中国现代文论""中国当代文论"等说法，甚至有学者将传入中国的西方文论也独立称为"汉译西方文论"，它们各有指涉，共同组成一种样态，那就是广义上的"中国文论"。在牛月明先生看来，"中国文论"既可以是一个普泛的名词，也可以是一个专用的范畴，还可以是一个有待建构的学科。作为一个普泛的名词，其实存在着各种不同的理解，作为一个专用范畴，也有几种不同的现实存在，作为一门有待建构的学科，"中国文论"应该是从中国的问题出发、从中国

文论的传统出发、从中国文论已有的话语方式出发，来建构既具
有主体性又具有可沟通、可对话性的文论，它在问题意识、知识
领域、核心话语等方面与西方文论"对待立义"、与中国传统文
论"互文见义"①。那么，当我们要重建中国文论话语的时候，
其实是要在考察众多中国文论资源的基础上，指向中国当代文论
话语的建构。因此，在"中国文论中国化"的视域下，实际上意
指利用中国当前诸多的文论资源，来建构一种符合中国的文论形
态，针对的就是文论"失语症"。然而，我们又有疑问了，中国
文论的本来面目应该是怎样的？因为它直接关乎中国文论建设的
主体性，所以必须阐明。显然我们应该回顾历史，从中国的学术
传统上着手挖掘，以中国的学术传统规则来融通各种资源，达成
中国文论中国化。其内在的理路就是要去"西方中心主义"，防
止"失语"的症状持续加重。当然我们无意树立"中国中心主
义"，更要防备陷入与"西方中心主义"一样非此即彼的二元对
立当中，中国文论中国化是立足当前中国文论的理论困惑，尊重
其现实的发展语境，走多元融会贯通的创新之路。同时也突出我
们上文所讲的中国文论话语建构的主体性问题。

　　学界对"中国文论"的内涵及构成路向也不乏关注，首先体
现为"中国文论"的正名趋向，胡晓明先生非常敏感地把握住学
界的这一动向，给予了积极的总结："越来越多的学者，自觉或
不自觉，不满意于原有的名称，开始采用'中国文论'或'中国
美学'或'中国文学理论'一名，去指称原有的'古代文论'、
'古文论'，或'中国文学批评史'。其实正如朱自清早就指出过
的：'文学批评'一名本身就是舶来品，与中国原有的诗文评结
合，长期的磨合本来就是免不了的。正如孙悟空本来就是要回家
的，往西天取经就注定了磨合之命。'中国'的强调与'古'字

---

① 牛月明：《何谓"中国文论"？》，载《文学评论》，2008年第4期。

的隐退，正是一个'回家'的信号。"① 胡晓明先生还广引张伯伟、蒋寅先生主编的《中国诗学》、王运熙先生主编的《中国文论选》（近代卷）等具体现象予以佐证。尤其从域外中国学的研究指出了正名的本质，"在域外中国学方面，尽管十多年前就有刘若愚《中国诗学》的译介，但是近年宇文所安《中国文论：英译与评论》的译介，还是新奇有力，不仅大为满足了古文论界隐约一种希望被理解的自尊心，而且似更进一步达成国内外某种不约而同的共识：只有古代中国的文学理论传统，才代表了中国文艺学的主体性。"② 这样看来，"中国文论"一词在具体语境当中的应用是非常复杂的，指涉对象不免有淆乱之嫌。但综合而论，中国文论有广狭义之分，广义上可以涵盖中国各个历史阶段的文论，狭义则专指最能代表中国特征的中国古代文论。将诸多文论正名为"中国文论"，也体现了试图消解阶段差异，探究古今融通的强烈意识。

话题进行到这里，中国文论中国化的理论旨归也应该比较清晰了。根据中国文论的广狭义之分，一方面，中国文论中国化可以专指中国古代文论的还原；另一方面，它又指向对当前中国范围内的文论形式的新调整，以"中国性"（中华性）来支撑起整体文论架构，从而营造起具有原生能力的文论体系。而"中国性"又从何而来呢？显然要从中国的本土经验上来发掘。"中华性"是张法、张颐武、王一川三位学者在详细考察西方现代性范式在中国的诸多弊端而提出的知识新形态，他们认为现代性的理想已然趋于破灭，必须寻求新的突破，"中华性"成了新话语框架的核心，"中华性并不试图放弃和否定现代性中有价值的目标

① 胡晓明：《中国文论的正名——近年中国文学理论研究的"去西方中心主义"思潮》，载《西北大学学报（哲学社会科学版）》，2005 年第 5 期。
② 胡晓明：《中国文论的正名——近年中国文学理论研究的"去西方中心主义"思潮》，载《西北大学学报（哲学社会科学版）》，2005 年第 5 期。

和追求。相反,中华性既是对古典性和现代性的双重继承,同时又是对古典性和现代性的超越。……中华性的要旨可以用三点来表述。第一,与现代性主要用西方的眼光看世界不同,中华性意味着多角度的审视,其中特别是要用中国的眼光看世界,……第二,与现代性预想的让中国完全化为西方、融入西方而达到普遍的人类不同,中华性珍视自己作为人类一分子的文化资源,……第三,中华性具有一种容纳万有的胸怀,它严肃地直面各种现实问题,开放地探索最优发展道路。"① 从相关的理论描述中,我们可以发现,"中华性"知识新范式的提出,是中国学人深感西方现代性范式诸多弊端而提出的,试图让中国文化的发展走出现代性危机,找到更加符合自身的康庄大道。古典性、现代性、中华性三个概念构成了一个不断递进、超越的序列,中华性既要对现代性过于遮蔽古典性的形态进行反思,要求接上传统之根,但又不是复古,而是超越现代性,以更加包容的理论空间去融合多元思维。这与我们倡导现代性重建在本质上是暗合的。

显然,中国文论中国化的理论诉求是更高层次上的超越。当然,无论是树立"中华性"的知识范型,还是接上中国传统文化、文论的血脉,中国古代文论都是一个重要的维度,甚至是一个方向性的问题。前文我们曾引用相关学者的观点,说明了"现当代文论'失语'的原因造成了古代文论'失语'的结果",所以"从重建话语的思路看,显然,要医治当代文论的'失语症',首先就要医治好古代文论的'失语症'"②。这也证明我们从中国古代文论学科史来切入重建中国文论话语是有依据的,毕竟这一学科的范式直接构成了我们当前审视古代文论价值的评判体系。

① 张法、张颐武、王一川:《从"现代性"到"中华性"——新知识型的探寻》,载《文艺争鸣》,1994年第2期。

② 高文强:《失语·转换·正名——对古代文论十年转换之路的回顾与追问》,载《长江学术》,2008年第2期。

中国文论中国化的道路在一定程度上要重新审视古代文论的学科范式，厘定它的存在价值以及古代文论的话语构成。以此为出发点，有学者倡导中国古代文论的还原，并将其视为"求真研究"："从文化承传的角度说，弄清古文论的本来面目，也可以说是研究目的。……文化建设是多层次的，每个层次之间都存在着无形的微妙的关系。对于传统的深入认识本身，也就帮助我们提高文化素养，帮助我们认识今天的许多事物，帮助我们对传统中优秀部分的选择与吸收。……具备深厚的传统文化的根基，才有条件去建立有中国特色的文学理论。"① 完全还原中国古代文论的本来面目，似乎是不可能的，但是对反驳极度西化的风潮却具有重要的意义，是实现中国文论中国化的基本前提。这也不失为解决文论"失语症"的重要方式，更确切地说是一个不可或缺的步骤。从前文对古代文论学科史的叙述中，我们可以发现百年来学界大量存在以中国古代文论的资料、理念去依附西方理论，缺少真正从古代文论本身出发来建构理论视野。如今的转变，无疑就是超越百年古代文论学科史的回归。但是，还原中国古代文论并不是终极目的，"无用之用"只是相对的，本质上也是为了养成更高层次的建构能力。这种建构能力可以落实为中国古代文论在当下的直接有效性。通过以上的论述，我们可以发现，提出中国古代文论的直接有效性并不是空穴来风，学界已然存在一些理论铺垫，只是缺少一个突破点。引入这个理论视域，同时也可以扭转"古为今用"和"古代文论现代转换"的现存弊端，真正从中国的角度，或者说从"中华性"的高度去重建中国文论话语。在这个意义上，"古为今用"不会片面陷入"今用"之中，造成新的"失语"，"转换"论的缺憾也得以弥补："传统文论的现代化，不是将传统文论融入现代理论，而是运用传统文论来解决现代问

---

① 罗宗强：《古文论研究杂识》，载《文艺研究》，1999年第3期。

题，提供现代文化病症的良药。每一种文论在当代文化中要获得话语权，都是以其独立的个性品格为前提的，都是以对当代思想文化问题的独特关切为基础的。"①

二

我们提出中国古代文论的当前直接有效性，作为重建中国文论话语的重要路径，除了学界相关的理论探究之外，另一个必要的向度是中国传统文化的绵延，传统文化在当代仍然具有一定的活力。它为我们的重建之路提供了现实的可能性，否则，重建只能是无源之水，会给人一种牵强之感，或者说只是纯粹理论演绎下的作为，缺乏应有的必要条件。

中国文化虽然经过五四以来的冲击，但是它并没有完全在当代消失，一些传统文化形式仍然保持着鲜活的生命力。当我们提出中国文化在当代的绵延时，有学者一定会有疑问，这不是和文论"失语症"互相矛盾吗？其实不然，我们不断地强调文论"失语症"以及由此呈现出来的文化病态主要是针对主流形态而言的，主流的断裂与一些具体文化形态的延续并不矛盾，如果以具体的例子来抹杀"失语症"命题的价值，其实是最大的理论误解。这些文化绵延，可以为我们提供借鉴，从而能够更好地追问中国古代文化、文论在当下的存在价值。有学者甚至认为："以五四为标志的中国古代文论的现代转换，是中国古代文论自身发展逻辑的内在延伸，向西方文学的认同和学习，因为它们正好满足了中国文学发展的内在要求，换言之，如果没有西方文学的影响和接受，中国文学也将必然沿着这个方向发展，中国古代文论自身就存在着向现代转换的发展趋向与逻辑，这在明清时期就已

---

① 周兴陆：《古代文论现代化之审思》，载《文艺理论研究》，2008年第1期。

经形成了。"① 虽然这一观点还存在些许的缺陷，因为作者的分析主要建立在文体和语言的变迁等方面，而没有从整个文化转型和学术体制的重构上展开详尽分析，但是作者所揭示的中国古代文论现代转换趋势，却阐明了某种必然性。一些前辈学者在这方面也做了一些具体的工作，中国古代文论学科史就记录了这部分内容，这些内容成了我们进行中国文论话语重建的第一笔资源。

中国古代文论当下直接有效性的呈现和贯彻，与中国传统文化在当前的一些存在样式具有内在的相似性，传统文化的现实处境为我们思考古代文论的现代价值提供了一些参考。那么我们有必要对一些当代的传统文化进行观照，以期发掘它们与古代文论发展的相似性原理，毕竟它们之间在文化精神、艺术精神方面存在广泛的通约空间。所以，我们以几个例子来进一步佐证相关的观点，展示传统文化的当下活力。

中医是中国传统文化的重要形式之一，是中国古人为世界奉献的珍贵遗产。最重要的是，即使是在西医进入中国之后，中医仍然是有效的，是有活力的。虽然现在我们的医学在大搞中西医结合，中医院也采用了一些西医的技术，但是中医的望、闻、问、切等核心的诊断方式依然沿用着。并且中药作为治病的药剂也被广泛使用，这不仅是医治方式的延续，更耐人寻味的是它体现了中国古人对万物生存相生相克等相关法则的独特感悟。更值得一提的是中医的针灸，它是中国传统文化智慧的重要体现，在当代，西医仍然难以完整解释针灸的经脉穴位理论，但是它被实践证明是有效的，它有自己一套独特的理论。今天，中医关于针灸的理论仍然是传统的一套，并日渐得到西方的认同。并且，中医的原理正逐渐多元化，为百姓的日常生活服务。尽管 2006 年

---

① 代迅：《中国文论传统：是骤然断裂，还是静悄悄绵延?》，载《西南师范大学学报（人文社会科学版）》，2003 年第 1 期。

中西医之争引起了广泛的关注，一部分人还以"不科学"为由，呼吁取消中医，让中医退出国家体制，但是这次的争议却引发了更多的人来思考中医的存在价值，反而对中医的发展起到了一定的促进作用。李致重先生在分析中西医时，从具体研究对象、研究方法、医学基础理论三个方面指出，中西医具有不可通约性，中医具有自身独特的价值，他"希望在'近代科学主义'冲击下，处于'百年困惑'之中的中医，尽快抓住机遇，找准自己的科学位置"[①]。

围棋也是在当代仍充满活力的中国传统文化的智慧结晶。围棋又被称为"手谈"，意为双方通过执子来实现理解、对话，以"加法"来获得最大的生存空间，输赢不赶尽杀绝，体现出和谐、中庸的传统思想。围棋重"气""形"，展现着中国古人对宇宙、生命的理解。《玄玄棋经》注曰："人禀天地之气以生，而理亦赋焉。其静也，寂然不动，故未发之情为难见。其动也，感而遂通，故已发之情为可辨。推之事物，莫不皆然，而况于棋乎？"动静之间，围棋演绎着中国文化的生命意识、情感态度。可以说，围棋与中国传统文化具有紧密的内在联系，"围棋之道正体现了中国文化与文艺的独得之秘。去言，立象，尽意，体道，构成了一条不可超越之路。棋手以'意'统'象'，行棋布子，即为棋局。"[②] 因此，要深入体会围棋的精神，必然需要中国文化、棋论的指导。

另外，中国水墨画和书法作为重要的文化形式，也活跃于当代。在艺术精神上，它们与围棋一样，秉承中国传统文化的黑白之道，不着力于色彩的极度渲染。黑白两色，具有宽广的包容

---

① 李致重：《论中西医的不可通约性》，载《中医药学刊》，2001年第6期。
② 何云波：《弈与文通——中国古代棋论与文论的比较研究》，载《中国比较文学》，2005年第2期。

性，是中国传统宇宙观、生命观的集中体现。从中国画、国画，到水墨画，近现代以来，中国传统绘画在西方文化的冲击下，不断追寻自己的文化身份，经历了从单纯的国粹主义思潮，到向传统技法的回归和认同。"水墨画"的概念，从一定程度上就体现了当前学界对传统绘画艺术的强化，古人王维在论画时曾提出"水墨为上"。这种回归，表明中国传统绘画理论在当代的存在与活力。水墨画依凭"墨即是色"的基本原理，以墨的浓淡区别层次，显得单纯自然，并有象征性。书法艺术在一定程度上更能体现传统文化理论的存在，它与水墨画具有紧密的联系，以笔墨为依托。书法艺术立足于中国文字形式，篆、隶、行、楷、草多种表现形式通向对宇宙大化的感悟以及情感的抒发。书法艺术是世界上独一无二的瑰宝，至今仍保持着艺术活力，是中华文化的灿烂之花，它非常典型地体现了东方艺术之美。由于其独一无二的存在形式，如果我们将西方理论硬性移植到书法的解读、创作中来，是绝对行不通的。因此，要推动书法艺术的深入发展，必须借重由传统发展而来的本土文艺理论。

中国传统文化在当代的绵延并不只限于这三类，不过她们确实具有一定的代表性，其他的一些传统文化形式我们在后文中会有所涉及。通过上文的论述，我们可以了解，中国传统文化的绵延并不是一帆风顺的，而是在与西方话语的激烈碰撞之中顽强地延续着，不得不说中国传统文化仍然具有生命力。随着中国当代学术主体自觉性的逐步提高，传统文化的生命力受到越来越多的重视和呵护。这无疑为我们在当代直接展开传统文化、艺术的精神创造了良好的现实语境，同时也为重建中国文论话语铺垫了文化空间。

第三节　中国古代文论的直接展开

中国古代文论的直接展开，实际上指涉的是中国古代文论要直接参与当代文论话语的建构。种种当代事实都表明，中国传统文化、艺术有相当一部分仍然活跃于当今社会，可以直接搬来用，而不需要在西方理论的考量下进行"现代转换"。中国古代文论也同样如此，有一部分是完全不须再进行"现代转换"的，这些内容具有直接有效性，我们以几个代表性的领域做出分析，并对一些具有普适性价值的原理予以论证。我们试图通过这样有层次的论述，既呈现具体领域的实际应用，又揭示宏观建构的原理基础。

一

要阐述中国古代文论的直接有效性，首先应该从那些中国古代文论最适用的领域来展开，这些领域本身具有很强的生命力，作为重要的文化形式在当前存在着，但是在过去的很长一段时间里，却缺乏中国古代文论的精神。这体现在当代的古代文学史教学与研究上，现在我们拥有的古代文学史是现代建构的结果，尽管我们难以追溯一种完全"客观"的文学史，文学史在一定程度上都是被建构出来的，但是，"这一次的建构与历史上无数次建构的最大不同之处，是将整个现代文学之前的文学史，作为一种完全过去了的，即'古代'的文学史来建构。由此而引起了文学史观的革命，一种摆脱古代文学本身的古代文学史的建构。在其赢得比古人更为系统、客观的同时，是不是也在某种程度上比古

157

人更远离了古代文学史的真相?"① 显然，中国古代文学史的教学和研究因为这样的建构在当前的展开实际上都陷入一个巨大的误区，即基本上是用西方理论来指导中国古代文学史的写作、研究与教学，其中多有格格不入之处，然而，大多数人也习以为常，甚至麻木。其实，用中国古代文论阐释中国古代文学是最恰当的，是完全可以直接拿来用的。因为这两者具有内在的联系，文学史是从历史的角度对作家、作品等文学现象进行系统梳理，但是它绝不仅仅是材料的简单堆砌。在文学史的写作过程中，对材料必然有所择取，这就意味着纯粹的客观是不可能的，文学史充斥着写作者的判断。我国的古代文学研究，早就形成了一套自己的理论与方法。可以说，中国是全世界最早具有系统文学史观的国家之一，从挚虞的《文章流别论》到《文心雕龙》的分体文学史，再到叶燮的文学"复变"观，中国文学史观念是相当丰富和成熟的。仅以《文心雕龙》为例，《序志篇》提出的"原始以表末，释名以章义，选文以定篇，敷理以举统"就是一整套系统的文学史撰写方法，另在《通变》《时序》《程器》等篇中系统阐述的文学史观，皆是很丰富，也很实用的，即便在当代，也完全具有可操作性。中国古代的这套文学史观，决定着中国古代文学史叙事的基本模式，属于宏观架构的奠定。然而在现代转型的影响之下，我们似乎完全遗忘了。在当前的文学史写作中，进化思维可谓异常突出，除此之外，实证主义、马克思主义文艺社会学、"三论"（系统论、控制论、信息论）等分别得以演练。这些思维或方法为古代文学研究的现代转型立下汗马功劳，但同时也造成古代文学沦为资料性的存在，多少消减了古代文学的活力。相比之下，古代文论的"知人论世""以意逆志"却需要以"阐

① 钱志熙：《中国古代的文学史建构及其特点》，载《文学遗产》，2003年第6期。

释学"（解释学）的名目才能进入古代文学研究的视域。但是，事实不应如此。郭绍虞先生作为中国古代文论学科的奠基人之一，写作中国文学批评史，本也为印证古代文学史中的具体问题。实际上，郭绍虞先生已经意识到，要推进中国古代文学史的研究，必须借重中国古代文论，这也是他本来打算写作中国古代文学史，而最终却完成了一部文学批评史的最大缘由。毕竟传统文论是对古代文学精神和方法等多角度、多层面的总结，能够帮助我们深度把握古代文学的精妙之处。因此，中国古代文学史研究应该是"史""论"紧密结合的，无论是对古代作家的评价，还是对作品的解读，都需要古代文论的积极参与。当前越来越多的人开始反思古代文学研究，并提出了一些具体的意见，有学者就认为古代文学研究应该脱离史学型，而"脱离了史学型学术框架的古代文学研究将完成一个划时代的转变：从知识论重返生存论！古代文学研究再也不该是经学式的、史学式的，而应该是心学式的"①。论者提倡从知识论重返生存论，无疑是深刻的洞见，这样可以关注文学生成的存在语境，而不是将文学视为某种知识范式下的僵化演变，文学思想史的探究在这方面做了令人信服的工作。谈及"失语症"，季羡林先生曾明确中西之间的差异："专就西方文学而论，西方文论家是有'话语'的，没有'失语'；但一读到中国文学，我认为，患'失语症'的不是我们中国文论，而正是西方文论。我们中国文论家必须改弦更张，先彻底摆脱西方文论的枷锁，回归自我，仔细检查、阐释我们几千年来使用的传统的术语，在这个基础上建构我们自己的话语体系，然后回头来面对西方文论，不管是古代的，还是现代的，加以分析，

---

① 周月亮：《古代文学研究应从学术研究中分立出来》，载《文艺研究》，1997年第3期。

取其精华，为我所用。"① 这种差异性的存在，需要中国古代文论对古代文学的直接致用，它能够帮助文学作品内涵进入敞亮，而这个过程同时也激活了古代文论。

由此可见，对于中国古代文学史来说，中国古代文论的重新在场是必要的。"中国的许多传统文论都是对中国古代伟大辉煌的文学作品的创作经验的总结，它们体现了中国文学作品从创作到接受的独特思维方式，这些理论对解释和理解中国古典文学作品的巨大成就有着现代西方文学理论不可替代的优势，正因为无意建构宏大的理论体系，它们在论述问题时反而不受逻辑的羁绊，把某些问题论述得更为清晰传神，这是中国传统文论的特色和优势而不是缺憾。"② 然而，在长期西方话语影响下的古代文论研究，对传统的研究方法不再重视，而是较多诉诸现代阐释，不仅切割中国古代的文学成就，而且以创新的名义生产了大量的学术泡沫。用现实主义、浪漫主义将杜甫、李白和他们的作品归类，虽然显得具有现代意识，但他们的人格修养、忧患意识、理想境界却不再那么活灵活现。其实，用"沉郁"讲杜甫，用"飘逸"讲李白是最合适的，能够将他们的个性特征及作品意蕴传神地传达出来。就中国古代文学的形象特征而言，也是通过"立象以尽意"所建构的"意象"范畴更加合适。此外，以少总多、虚实相生等命题都能够对中国古代文学作品的审美世界作最好的解读，解释中国古人独特的生命意识和文学智慧。中国古代文论是对古代作家、文学作品的理论构建，它们之间具有相辅相成的作用，以中国古代文论来解读古代的作家、作品，才能够保证阐释的最大合理性，形成完美的"论"。而中国古代文学史正是将众

---

① 季羡林：《门外中外文论絮语》，载《文学评论》，1996 年第 6 期。
② 童庆炳主编：《新时期高校文学理论教材编写调查报告》，春风文艺出版社，2006 年版，第 124 页。

多的"论"以时间为主线体系化，因此，要构建具有本土化意义的古代文学史，完全可以用古代文论来阐释，事实上，用古代文论阐释中国古代文学，不是做不到，而是不做，非不能也，是不为也。

当前的格律诗等古诗创作，同样需要中国古代文论的指导。这与中国文字具有内在的联系，季羡林先生曾指出："众所周知，中国汉族文学的载体是单音节的方块字，语法上没有形体上的曲折变化。这同西方的自古希腊罗马传留下的有字母的，有语法变化的语言文字是完全不相同的。语言文字的载体不同，从而在把单词儿编成的文章上，特别是在诗歌创作上，其审美标准决不会相同。诗歌讲韵律（有的也不讲，那是另外一个问题），这是共性，但使用的语言文字不同，韵律也会大异其趣。从中产生出来的理论也决不会一样。这个道理并不难明白。但是我认为，最重要的差异不在形式上，而在根本的思维方式上。我认为，西方的思维方式是分析的，而东方的以中国为代表的思维方式则是综合的。"① 其实，无论是表面上诗歌韵律的要求，还是深层思维的差异，与语言都有内在的关联，它直接影响着人类叙述生存感念的方式，并进一步形成一些具体的审美形态。格律诗是中国古代文学的重要审美形式，为这个"诗的国度"添上了浓重的一笔。格律诗虽然大盛于唐代，但在当代仍然有一些人在进行相关的创作，他们顽强地坚守着中国古代文化的珍宝。格律诗，顾名思义，必然遵守一定的规则，这主要表现为讲究平仄、押韵和对仗等。这一套规则在历史的演变过程中，虽略有调整，语言形式也有所变化，但本根上仍然遵从古代文论的诗法。西方世界也有自己的诗歌格律系统，相比之下，中国的汉语诗律是世界诗史上最成熟、系统，最完备、鲜明的诗律，它与中国的语言形式具有内

---

① 季羡林：《门外中外文论絮语》，载《文学评论》，1996年第6期。

在的联系，反映了中国语言简洁、紧凑，并富有音乐美的特点。"无以规矩，不成方圆"，古代格律诗的创作是以一定的格律为特征的文学形式，它的根本法度必须来源于中国古代的创作实践，而不能生拉硬扯地用西方文艺理论来支离。因此，中国古代丰富的诗法紧随着当代传统诗歌创作，在当下当然可以，而且必须直接运用，无须转换；否则就无法创作格律诗，其他古体诗、词也同样如此。

中国古代文论的直接有效性还可以体现在对当代人生存困惑的解决以及诗意栖居的构建上。在科学理性泛化的时代，一方面人类创造了丰富的物质财富，为生活提供了极大的便利；另一方面却摧毁了许多诗性的审美空间。诗意缺失直接影响着当代人精神境界的提升以及幸福指数的攀高，尤其是随着消费主义的蔓延，一切似乎都进入物质符号的牢笼，生存感性受到物化的抑制。然而，包括中国古代文论在内的古代文化却积极关注生命的整体运行，虽然缺乏所谓的"科学性"，但是能够引导人类有活力地融入世界，于自然、社会、他人以及自身之中去感悟生命，视宇宙大化为生命体，从而展开对话。刘勰在《文心雕龙·物色》中描述人与万物关系时说："岁有其物，物有其容；情以物迁，辞以情发，一叶且或迎意，虫声有足引心，况清风与明月同夜，白日与春林共朝哉！"具体到文学创作，"诗人感物，联类不穷；流连万象之际，沉吟视听之区。写气图貌，既随物以宛转；属采附声，亦与心而徘徊。"人与世界万象之间相互交流，内在理路正如刘勰所言："山沓水匝，树杂云合。目既往还，心亦吐纳。春日迟迟，秋风飒飒。情往似赠，兴来如答。"在此，文学创作的审美世界，不是来自当代流行的反映模式，而是活泼的生命体验之保存。这对当代一些僵化的创作法则无疑具有反拨作用，能够拓展和推动当代文学创作对生命体验的更新。另外，中国古代文论在面对当前大众无深度文化泛滥的情况，也有自己的致用空间。大众文化，或者说是流行文化、通俗文化，在当代成为时代主流，它的无深度、通俗性导致娱乐泛化，繁荣的背后却是失去依凭的空虚。大众文化要有持续性，它必须具备一定的深度，在童庆炳先生看来，"深度文化应该是本民族的优秀传统文化与世界优秀文化相交融的产物，这种深度文化的主要特性是它的人文品格。以人为本，尊重人，关心人，保证人的心理健全，关怀人的情感世界，促进人的感性、知性和理性的全面发展，就是这种深度文化的基本特性。"① 深度文化的人文品格是应该积极发扬的，在某种程度上来讲大众文化正逐步迈向偏爱欲望的一面，缺乏对人的真正关怀，就像现在的身体写作等。中国古代文论关注生命，高扬人文品格的一面，可以阻止大众文化走向沉沦，在审美文化营造和人格培养方面有所作为。类似的例子还很多，道理也很简单，兹不赘述。

二

以上是从一些具体的文化、文学形式来论证了中国古代文论当代致用的理论可能性，以及当代实践的必要性。这是针对现实而进行的理论观照，我们高扬中国古代文论的直接有效性，还在于古代文论话语不仅具有独特性，而且具有当代普适性。这个普适性除了它能够适用当代中国的一些状况，还能适用西方异质文明下的文学形式。"以少总多"和"虚实相生"作为中国文论话语的重要形式，可以为学界展现它的普适性。"以少总多"说定名于刘勰《文心雕龙·物色》篇，《文心雕龙》承前启后，对该理论话语进行了有力的揭示，它旨在"一言以穷理"，试图通过具象来通达共象的广阔空间，遵循中国独有的诗性致思方式。它

---

① 童庆炳：《中国古代文论的现代意义》，北京师范大学出版社，2001年版，第323页。

在中西文论交汇时，体现出强有力的普适性，而这种普适性的直接体现就是以此为平台，能够从一个方面达成中西文论的通约性。"以少总多"是中国文论话语的元命题，具有原创性，对于中西文论具有相似的价值，"于中国诗学，它生成的次命题是'以共象总殊象'，辐射范围包括比兴、意象、象征、隐秀、用典等；于西方诗学，它生成了'以共相总殊相'这个次命题，凡象征、原型、用晦、用典等皆悉数囊括，具有很强的通约性。换句话讲，无论'共象总殊象'还是'共相总殊相'都是'以少总多'的衍生物，贯游于二者之中的就是这个基元命题，也可以说中西诗学通过这两个次命题殊途同归，会通于'以少总多'说……"① 因此，"以少总多"作为中国古代文论的话语形式，不仅能够揭示中国文论的问题，而且能够解读西方文论的内在理路，从而在根本上沟通中西文论。

同理，"虚实相生"作为中国古代文论话语之一，也具有普适性，它是对世界有无关系的积极关注，表现人类从有限思入无限的发散性思维。有限的世界是可观的，无限的世界则更加神秘而难以捉摸，那么从"实"通达"虚"就将有和无做了完整的统一。西方世界的黑格尔、海德格尔、萨特都对事物的虚无性做出了分析、阐释，但是那都是 18 世纪以后的事了，远不如中国"虚实相生"论丰富、翔实。阐明"虚实相生"的普适性，最有力的证明莫过于该命题对中西文学作品的解读能力。《红楼梦》的写实与用虚是相辅相成的，小说对"太虚幻境""假作真时真亦假，无为有处有还无"的铺垫，以及对"色不异空，空不异色；色即是空，空即是色"的理解，都向人们显示了虚与实的回还往复。同样，"虚实相生"还可以用来解读西方的文学作品，比如荷马史诗中一段对海伦的侧面描写，史诗中写海伦登上城墙

---

① 曹顺庆等：《中国古代文论话语》，巴蜀书社，2001 年版，第 233 页。

观战，没有一个字从正面描写她的美貌，而是从特洛伊王公贵族们的轻声赞叹中，烘托出她那倾国倾城的绝色，这就是以虚求实，"不着一字，尽得风流"。我们甚至可以用"虚实相生"来解读捷克作家米兰·昆德拉的哲理小说《生命中不能承受之轻》，虽然这部小说具有欧洲文化的背景和哲理小说的形式，似乎与中国古代文论话语"虚实相生"之间存在巨大鸿沟，但是小说以虚无的背景，突破"似真性"，并探问存在，都表明了"虚实相生"的话语特征。①

无论是"以少总多"，还是"虚实相生"，都是在中国古代对意义的独特理解基础上而呈现出来的话语形式。中国古代有着"意义不可言说"的传统，所以注重对言外之意的追问，重体悟而轻逻辑，试图以"象外之象""味外之味"等方式来让难以言表的精妙之义在场。应该说，这种意义生成形态与文学艺术的美学生成有着根本性的通达，它能够给人们更加广阔的想象空间。文学艺术的创作过程其实与科学精神大相径庭，可是对它的研究却被认为是一种科学行为，这难免陷入矛盾之中，科学精神与文学艺术之美成为文论研究必须思考的问题。中国古代文论学科就始终伴随着科学与艺术的矛盾，尤其是中国历来就"意在言外"的深刻洞见，往往不诉诸意义的当下直白表达，而是需要通过一系列的手段营造意义场。西方对中国文化的意义呈现方式已经越来越重视，法国学者于连将中国的示意方式归结为"迂回"，在他看来，中国文化与欧洲文化具有根本性的差异，中国文化带给他许多的惊奇，并且中国文化为思考欧洲文明提供了可贵的契机。吴兴明先生认为："所谓中国文化，其实是由这些微妙的意义构成搭建起来的，比如兵家计谋、书法、中医、黄老道术、传

---

① 详见曹顺庆等：《中国古代文论话语》，巴蜀书社，2001年版，第375～385页。

统戏曲、政治谋略乃至日常生活的表达习惯等等。丧失了这些微妙的意义搭建，就失去了中国性。因此，示意或意义构建方向的研究是探讨中国文化特殊性的十分重要的一环。"① 意义作为人类生存及学术运行的核心，是不同文化都着力探索的中心，示意方式则是文化探究的结果，也是文化演变的内在规则。西方世界对中国文化示意方式的关注，在一定程度上也证明了中国文化的普适性。迁回作为中国文化的示意方式，就是要以更曲折的手段呈现意义，即"借用外在因素或通过内部的差别"进行"间接的表达"②。中国古代文学和文论在示意方式上同样如此，所谓"立象尽意""味在咸酸之外"讲的都是这个道理。所以中国古代文论多注重对含蓄、言外之意、味外之旨的论述，保持着诗性空间。该特性为重新思考总体文学的发展提供了别样的思维。我们在此略举几例，实冰山一角。中国古代文论话语的普适性，还需要展开更加广泛、深入的探究，它是中国文论当代有效性的保证。

---

① 吴兴明：《迁回作为示意——简论于连对中国文化"意义发展方向"的思索》，载《文艺理论研究》，2007 年第 5 期。
② 弗朗索瓦·于连：《迁回与进入》，杜小真译，生活·读书·新知三联书店，1998 年版，第 4 页。

第四章　西方文论中国化

重建中国文论话语，我们虽然高扬中国古代文论的当下直接有效性，但是并不意味着不需要西方文论的参与。关于"中西之争"，已有上百年，各种药方都有人开过，但为何会走向"失语"？个中问题值得深刻反思。根本问题在于整体切换，以西代中。然而，不可否认的是西方文论为中国文论的发展提供了许多的借鉴，有些内容逐渐沉淀下来，成为中国现当代文论的重要组成部分，中国古代文论学科史也是表现之一。既然我们重建中国文论话语主要是针对当下中国文论的发展现实，那么就必然要思考西方文论的存在价值，以获得更加行之有效的重建路径，这也是我们主张走现代性重建的体现。但是，我们不能重蹈覆辙，继续迷失于西方文论话语范式当中，而应该调整针对西方文论的路向。问题因此进入一个新的视域：重建中国文论话语绝不是不要西方，事实证明也不可能不要西方，而是怎样要西方。在中国文论中国化的观照之下，西方文论的中国化势在必行，是重建中国文论话语的又一有效路径。

第一节　文论的"他国化"规律

西方文论中国化路径的提出，基于一个对理论前提的追问，那就是"西方文论中国化"何以可能？当我们在阐明西方文论话语霸权与中国文论"失语症"的关系时，似乎揭示的是西方文论

与中国语境的不可融入性，现在又反过来探究西方文论的中国化，就必然需要对内在的理路给予充分的说明。我们认为，西方文论中国化是文论"他国化"规律的重要表现形式，而"他国化"理论之所以成立，是经过历史证明的，同时还在于"理论旅行"的结果，更在于中西文论的可通约性。

一

文论的"他国化"规律被揭示出来①，并不纯然是在文论领域当中进行的，而是从整个文化发展的角度逐渐梳理获得的。在前文，我们已经指出，中国文论的"失语症"不是一个单纯的问题，是伴随着中国文化的现代转型而产生的。这是一个文化大碰撞的时代，各种问题互相交错，置身当中，一些关键所在往往难以看清。所以，出乎其外，倒不失为考察问题的另一种角度，或许可以取得意想不到的效果。而历史的意义恰恰就在此，它记载着人类的精神财富，因此我们试图从历史中来发掘，寻找可供借鉴的经验。中国历史上也有多次与中国现当代的文化发展具有相似境况的文化碰撞、融汇的现象，分析相关的历史现象，寻找其中的共性价值，相信会有所帮助。

在中国的发展历程中，受到外来文化最强烈冲击的，莫过于佛教文化，其涉及的广度和深度都具有典型的历史代表性。在中国古代文化发展中，佛教作为一种外来文化，对中国文化的流变、生成产生了重要影响。佛教思想经过漫长的历史演变，逐渐沉淀在中国文化当中，与中国本土文化融合，形成具有中国气派的宗派——禅宗，恰恰体现出"他国化"的规律。然而，佛教融入中国文化的过程并不是一帆风顺，佛教传入中国，对中国本土

---

① 参见曹顺庆：《文学理论的"他国化"与西方文论的中国化》，载《湘潭大学学报（哲学社会科学版）》，2005年第5期。

文化的价值产生了强烈的冲击，甚至达到"佛教化"的地步。对此，顾敦鍒先生指出："佛教传进中国，有把中国文化的人间性、理智性和伦理性观念等加以推翻的危险。……两晋南北朝的佛教化是根本虚弱，没有控制的佛教化；这是有文化解体的可能，一个非常危险的时期。"① 这与当前我们所面临的文化发展问题在一定程度上是相似的。因此，我们以佛教文化在中国古代的存在形态为主要分析对象，展开历史探寻之路。佛教初传中国，受语言的限制，并没有取得广泛的认同，但是经过一些调整，其理论内涵逐渐蔓延开来，特别是在魏晋南北朝时期，达到了一个高峰。佛教文化与中国文化碰撞所产生的火花，在魏晋南北朝时期表现得异常绚烂，统治者和知识分子都积极参与其中，展开讨论，主要的意见可分为两个派别：一边是主张迎合佛教文化的"西化"派（因为佛教的产生地——印度相对而言，属于西土，为了更有效联系本文讨论的主题，我们暂且这样界定），另一边则是反对佛教的保守派。他们各怀目的，对佛教文化发表了自己的观点，当然，也不乏一些有识之士对此展开理性的分析。南朝时期，梁武帝异常推崇佛教，他大肆修建寺庙，甚至还三次舍身同泰寺，愿意接受佛教的洗礼，他是典型的"西化"派，主动迎合佛教文化的价值标准，充分体现出中国"佛教化"的倾向。当然，当时对佛教也不是单纯接受，也有统治者极力反对佛教，"三武一宗"（即魏太武帝、北周武帝、唐武帝和周世宗）就是典型的代表，他们打压佛教，轻则禁佛，重则大开杀戒。无论是完全接受，还是全面反对，一种外来文化能够引起古代统治者如此花费精力，不得不说它产生了震撼的冲击力。不仅统治者为佛教文化大费周章，而且当时的知识分子为此展开了广泛的争论。我

---

① 顾敦鍒：《佛教与中国文化》，引自张曼涛主编：《佛教与中国文化》，上海书店，1987年版，第71～72页。

们无意对这段历史作完整的事实考察，而是试图抓住问题的关键所在，从而做出更明确的理论阐述。因此，为了更有说服力，我们以当时争论的中心人物为对象，直接切中争论的深层问题。这就不得不提到当时的知识分子范缜，他在争论中起到了重要作用，围绕他而展开的重要论战就有两次，其牵涉面之广、问题之深刻都给后世留下了深刻的印象。

佛教在南朝的齐梁时期，由于得到统治者的有力支持，获得了空前的发展，在社会、思想等方面占据着极其重要的地位。齐竟陵王萧子良"精信释教"，而梁武帝萧衍信佛更甚。黄忏华先生在《中国佛教史》中有这样一段资料："梁武帝为南朝历代帝王中最厚于佛教者，其初崇奉道教，天监三年（一作二年）四月八日，率道俗二万余人，升重云殿，亲制文发愿，乞凭佛力，永弃道教。自尔崇信佛教。十一月，敕公卿百僚侯王宗族，并弃道教，舍邪归正。（佛祖统记第三十七佛祖历代通载第十）"[①] 由此可见，萧衍已经公开宣布只有佛教才是"正道"，并以政治的力量将佛教提高到国教的地位。更值得我们注意的还在于：萧衍是将中国本土的宗教"道教"与外来宗教"佛教"形成对比，并以佛教为正道而取代道教，在话语方式上彻底陷入"西化"的局面。范缜就是生活在这样一种话语空间中，并且与竟陵王、梁武帝有密切的联系。难能可贵的是，范缜能够坚持自己的观点，对中西话语的内涵提出了自己的看法。要透析当时中西文化碰撞的具体情况，我们必须直面范缜与竟陵王、梁武帝所展开的论战。

第一次论战是由齐竟陵王萧子良挑起的。萧子良"精信释教"，并且还聚集了一群名士和名僧；范缜却"盛称无佛"，坚持无神的观点。这样的根本性差异决定了他们之间势必发生冲突。最后以范缜的胜利而告终。第二次论战则是由梁武帝萧衍发起

---

① 黄忏华：《中国佛教史》（影印本），上海文艺出版社，1990年版，第37页。

的。相比第一次，这次论战参加的人更多，牵涉面也更广。"梁武帝和光禅寺大僧正释法云亲自出面，组织僧俗六十四人，发表文章七十五篇，对范缜大兴问罪之师，指责范缜的《神灭论》是'外道邪见'、'无视圣人'……"①萧琛和曹思文分别写作《难范缜神灭论》《难范中书神灭论》（《弘明集》卷第九）对范缜的理论进行诘难，范缜也因此写作了《答曹舍人》（《弘明集》卷第九）一文给予回应。最终，萧衍及其身边的士人、名僧都未能战胜范缜，第二次论战也以他们的失败而告终。围绕范缜而展开的关于佛教的争论，反映的是两种文化冲突、磨合的境况，这只是佛教进入中国的历史表现。当然，众多的争论帮助我们更有效地看清佛教与中国文化之间的关系，正是通过这些争论，佛教化中国的状况得到反思。这一思路在本质上就是文化调整，到唐代，佛教加快了中国化的步伐，融入中国的文化规则和学术话语，形成了具有中国特色的佛教宗派——禅宗。顾敦鍒先生指出："佛教中国化是与中国佛教化同时进行的。"② 在此过程中，以范缜为代表的中国古代知识分子理性分析了佛教的理论基础，并且对其进行了有力的批判，从而为世人认清佛教文化的本质提供了基础。避免佛教理论主宰我们的思维方式，成为我们观照世界、人生的核心视角。我们不能说范缜具有扭转乾坤之力，但是他在话语环境极其恶劣的情况下能够理性地分析问题，为保存自己的话语方式而战，至少为我们树立了一个榜样，提供了一种视角。历史证明，正是在以范缜为代表的中国古人的努力和坚持下，庞大的"西化"力量终究无力阻止文化的发展规律。佛教经书、话语规则与中国的文化特征、话语规则相融汇，最终形成中国化的佛

---

① 牙含章、王友三主编：《中国无神论史（上）》，中国社会科学出版社，1992年版，第432～433页。

② 顾敦鍒：《佛教与中国文化》，引自张曼涛主编：《佛教与中国文化》，上海书店，1987年版，第76页。

教。当禅宗以"即心即佛""平常心是道"为理论宗旨时，我们发现，它已经将佛教原来的话语形式逐渐消解了，中国文化中强调自身修养、沟通天地的话语内涵则更加显明。

以史为鉴，可以知得失。中国古代这段"中国佛教化"和"佛教中国化"的历史可以引领我们更加深刻地思入当前中国文化所面临的难题。并且，作为站在当时文化碰撞的风口浪尖的人物，范缜也为我们展示了其独立的文化人格。同样面对的是外来文化话语，"中国佛教化"和"佛教中国化"展现的都是"他国化"的规律，它们构成了这一规律的两种基本维度。"中国佛教化"主要是从文化的接受者立场上来说的，也就是中国文化被外来的佛教文化同化了；"佛教中国化"则更多的是从文化传播者的角度，亦即佛教被中国文化规则融汇了。历史有惊人的相似，当前中国文化所面临的问题与魏晋南北朝时期中国的"佛教化"有着许多共同点。我们都面临着强大的西式文化话语，自身的文化话语陷入困境，"失语"成为当今文化领域的根本性症候，中华文化"西化"，处于危机之中。对于当前中国文化的现实状况，学界有着多种不同的声音，但都表现出了对这一现实状况的不满，关键的分歧在于如何解决这种不满。通过回顾历史、叩问先贤，我们认为，从"西化"走向"化西"是历史的趋势。从"中国佛教化"和"佛教中国化"的历程中，"他国化"的规律可以显明。在强大的西式话语冲击之下，我们不应该妄自菲薄，放弃自己的话语权。因为，不同的话语都具有自身发生、发展的土壤和空间。在与他国文化碰撞时，其异质性将愈发明显。例如：现代西方强调的是"语言是存在之家"的观点，而我们中国一直以来偏重的却是"象外之象""言外之意"。如果简单地以西方的话语内涵为基础建立中国当代的文化话语，那么，我们将无法理解《周易》、老庄哲学等，我们几千年的文化内涵、艺术精神将从此对我们遮蔽。中华文化所积极营造的生命体验、生命境界将走向沉寂，我们的文化之根也将断裂。这些绝不是危言耸听，而是我们在当代中国文化"失语"空间中的真实体悟。中国的当代文化状况受西式话语的影响是广泛而深刻的，甚至已经深入很多人的思维习惯和行为方式之中。那么，我们认为，要建设中国当代文化，阐明"他国化"的历史规律以及相关的文化发展战略固然重要，而同样重要的则是当代学人们的努力实践。只有通过不断地努力，我们才能将中国文化的当前问题引向深入，才能使文化发展的战略方向得到贯彻，实践的途径更加具体而切实可行。从这个层面上来讲，范缜的文化话语建设意义，不仅体现在他对问题的分析和论证上，而且还体现于其执着追求的人格魅力中。范缜为了坚持自己的话语，直面多次的论争，最后在论争中将自己的理论逐步完善起来。在我们看来，范缜通过自己的努力坚守了中国文化的话语权，为"佛教的中国化"提供了思考的经验。范缜由于自身的历史局限，一些更深刻的维度没有在其理论中得到体现，但是这不能从根本上影响他应有的历史、文化地位。穿过时空的阻隔，我们认为：范缜是中华文化话语的持护者，话语建设的积极参与者；本着共同的话语境遇，我们认为：范缜的思考和实践具有更深远的战略性启示意义。[①]

我们之所以这么详细地阐述范缜，主要是他与中国历史上"中国佛教化""佛教中国化"之间有很密切的关系，我们将他视作重建中国文论话语的一个典型案例。一方面，"中国佛教化"和"佛教中国化"，揭示了文化的"他国化"规律；另一方面，这个案例也让我看到，要从"中国佛教化"到"佛教中国化"，并不是简单的顺其自然就可以达成的，而是需要一些有识之士以清晰的历史主体性去建构。那么，今天来看文论的"他国化"规

---

① 本文涉及范缜与中国文化话语关系的内容，详见曹顺庆、邱明丰：《范缜：中华文化话语的持护者》，载人大复印资料《文化研究》，2007年第4期。

律，从中也应该有所感悟吧。

二

以上我们从中国古代文化一个典型的案例初步揭示了文化（文论）的"他国化"规律，并且也指出了"他国化"的两个基本向度。但是，这还不足以完整地揭示"他国化"规律的内涵。一个至关重要的疑问是要被提出来的，那就是："他国化"如何可能？这还需要我们展开进一步的追问。

一种文化、理论进入他国（或他文化）之后，正如旅行一般，会在沿途上产生内涵的变迁，或增加，或衰退，甚至重构，这就是"理论旅行"所要考察的内容。"理论旅行"是爱德华·W. 赛义德提出的理论视域，在他看来，"相似的人和批评流派、观念和理论从这个人向那个人、从一个情境向另一情境、从此时向彼时旅行。文化和知识生活经常从这种观念流通中得到养分，而且往往因此得以维系……"同时，他还提出了这种旅行的四个阶段："首先，有一个起点，或类似起点的一个发轫环境，使观念得以生发或进入话语。第二，有一段得以穿行的距离，一个穿越各种文本压力的通道，使观念从前面的时空点移向后面的时空点，重新凸显出来。第三，有些条件，不妨称之为接纳条件或作为接纳不可避免之一部分的抵抗条件，正是这些条件才使被移植的理论或观念无论显得多么异样，也能得到引进或容忍。第四，完全（或部分）地被容纳（或吸收）的观念因其新时空中的新位置和新用法而受到一定程度的改造。"① 由此，一种观念或理论的旅行是一种横向传播的形式，既需要作为传播者的原生理论话语，又要传播的空间和通道，进而在一定的"情境"中考察

---

① 爱德华·W. 赛义德：《理论旅行》，引自《赛义德自选集》，谢少波、韩刚等译，中国社会科学出版社，1999年版，第138～139页。

理论的流变和新的生成。从赛义德的论述中，我们可以发现，"理论旅行"致力于一种综合性的考察，尤其注重条件、情境以及理论（或观念）被容纳程度和新生成情况。具体到中西文化、文论的关系，西方文化、文论旅行至中国，其实会产生两种基本的结果：一个是西方理论被完全吸收，最终造成中国文化、文论的"失语"；另一个则是西方理论被部分吸纳，并与中国文化语境相融汇。关于西方文论旅行与中国的关系，中国学者有自己的理论建树，并直接将其概括为文论的"他国化"规律。文论的"他国化"规律揭示了"理论旅行"的内在本质，当然它并不是纯然理论演绎的结果，而是基于中西文化交流的事实概括出来的，上文我们已经做了详细的呈现。

赛义德的"理论旅行"观念只是揭示了"他国化"规律的一个方面，它说明的是一种观念或理论在进入其他国家或文化系统时，会产生这样或那样的变异。但是我们知道，变异是一定会发生的，只是存在着程度上的差别，传播学对此给予了充分的论证。那么从文化学层面来探究"他国化"的合法性，无疑可以更深层次地切近核心问题。以中西文化交流为例，西方文化之所以能"他国化"，原因很多，但主要来自它与中国文化之间存在可通约性和不可通约性的双重关系，这涉及文化规则的共同性和差异性。可通约性和不可通约性是我们探究中西文化关系的主要依凭，可通约性呈现出双方可以交流的平台，不可通约性则阐明交流的边界，或者说双方互补的起点，只有对这两个维度给予关注，才能够更加完整地厘清中西文化之间的依存性和各自的独立性价值。就中西文论而言，可通约性和不可通约性共同构成它们之间展开比较的基础。中西文论形成于两种不同的文化系统，其通约性往往体现于共同性，"无论中西诗学在基本概念和表述方法等方面有多大的差异，但它们都是对于文学艺术审美本质的共同探求，换句话说，中西方文论虽然从不同的路径走过来，但它

们的目标是一致的，其目的都是为了把握文学艺术的审美本质，探寻文艺的真正奥秘。这就是世界各民族文论可以进行对话和沟通的最坚实的基础，是中外文论可比性的根源，因为任何文学研究（包括比较文学研究）的根本目的，就是为了把握住人类文学艺术的审美本质规律。"① 钱钟书先生也有类似的看法："东海西海，心理攸同；南学北学，道术未裂。"② 厘定了这一基点，中西文论的对话成为可能，这也是我们引进西方文论的学理基础。然而，如果我们的研究只停留在中西文论的可通约性上，那么就难以解释"他国化"规律的实质。中西文论对话是可行的，但是由于双方都置身于各自的文化体系中，差异性必然存在，不可通约性的考察就主要考察中西文论的差异性关系。余虹先生曾指出："无论在西方现代'文学理论（theory of literature）'的意义上将中国古代文论命名为'诗学（poetics）'，还是在西方古代'诗学（poetics）'的意义上将中国古代文论命名为诗学，都将一种后者所没有的概念意义强加给后者了。中国古代文论都有自己的名分和特定的概念含义。名正才言顺，只有当我们'在概念（所指）还原的层面上'清除'语词翻译表面（能指）的相似性混乱'，将中国文论还原为中国文论，将西方诗学还原为西方诗学，两者之间的比较研究才有一个'事实性的前提'，这个前提就是两者在'概念上'的差异和不可通约性。"③ 概念上的还原，深层学理是对中西文论异质性的关注。或许有人会有疑问，中西文论对话的基础是从绝对的差异当中来寻找共同之处，现在又何必提异质性呢，这不是把问题置放到各行其道的情境中了吗？其

---

① 曹顺庆：《中外比较文论史（上古时期）》，山东教育出版社，1998 年版，第168 页。

② 钱钟书：《谈艺录》（序），中华书局，1984 年版，第 1 页。

③ 余虹：《再谈中国古代文论与西方诗学的不可通约性》，载《思想战线》，2005 年第 5 期。

实，这种担心是不必要的，我们重提异质性，是对以前过于依靠求同思维而忽视差异必然存在现象的反思，从而提倡可通约性和不可通约性的双重高扬。过去我们也关注中西文论存在的差异，但是由于一些特殊的历史缘由，逐渐在可通约性上愈行愈远。再加上现有的学科范式又来自西方，西方文论的体系、话语获得了普适性的价值定位，从而忽视了中国文论的特征，最终或多或少造成中国文论的"失语"，真正的对话只能是空中楼阁，中国古代文论学科就是这一现象的集中体现。所以，现在重提中西文论的不可通约性是对中西文论生态的合理关注，可以更清晰地把握文论的"他国化"规律。以可通约性考察中西文论，引入西方文论就具备合理性；以不可通约性审视中西文论，可以重新梳理西方文论在中国的存在样态。西方文论的"他国化"，在中国表现为西方文论化中国和西方文论中国化两个路向。西方文论化中国导致西方话语的泛化，中国文论的价值被遮蔽，处于"失语"的境地；西方文论中国化则显然应该是要关注西方文论与中国文化规则、文论话语的对话空间，西方文论在中国文化语境中产生变异，实现重新生成。

西方文论作为重要的理论形式，传入中国后，理论形态上与它在西方世界的存在形态必然产生差异，因此，西方文论在中国与西方文论本身不是同一的。有学者甚至认为西方文论在中国应该具有自身的独立存在价值，并称其为"汉译西方文论"。作为这一概念的倡导者，代迅先生认为："汉译西方文论这个概念，用来标示在中国的西方文论，指的是已经翻译成汉语并在汉语学术界产生影响的西方文论。其空间范围是在中国本土，时间跨度主要是近代社会至今的近百年，文化属性是中国现代文论的一个有机组成部分。从文化形态来看，它又是西语西方文论在中国的延伸。它是中国文论现代展开的一个极其重要的侧面，是被译介

的现代性。"①"汉译西方文论"概念的提出，是学界深入审视西方文论的体现，也可以说是对西方文论中国化的重要追问，因为这样有利于我们更加具体并且有层次地分析西方文论，对西方文论的中国形态给予充分的洞察。在代迅先生看来，"西方文论进入中国近百年后的今天，我们开始意识到，汉译西方文论不能简单地等同于西方文论，也不是西方文论的附庸，相反，它具有特殊的重要意义。汉译西方文论位于中国文论与西方文论之间的中介地带，是一种过渡形态，它具有自身的独立地位，应该作为中西文论之间的一个分支学科来建设。这是从我国文论自身研究实践中成长起来的一种新的学术话语，既是对以往西方文论研究的拓展和深化，更是意味着一种学科意识的确立和学术体制的建立，一个新的学术疆域的测定和学术领域的开拓。"② 显然，"汉译西方文论"被抬高到一个至关重要的地位，它关乎当代中国文论的建制。虽然有些论述还需要继续深入考量，但是独立地看待"汉译西方文论"，从而更积极有效地探寻它的形成、价值以及与西语西方文论，乃至中国文论建设的关系，无疑是深刻的洞见。从整体的学术趋势来讲，它也是学界进行西方文论中国化的重要成果，是对西方文论传入中国及其存在形态的理论发掘。

这样看来，文论的"他国化"的提出，是基于现实考察和学理分析基础之上的，试图改变一些单向度的求同思维，致力于以求异思维将异质性纳入文论关系探究视野当中来。在文论"他国化"视野下，文论的传播国与接受国之间的话语关系更加显明，当传播国的文论以话语霸权形式化他国时，实质上失却了双方对话可能性的探究，文论的构成显然是一家独白；当接受国的文化

---

① 代迅：《汉译西方文论探究》，载《西南师范大学学报（人文社会科学版）》，2004年第6期。

② 代迅：《汉译西方文论探究》，载《西南师范大学学报（人文社会科学版）》，2004年第6期。

构成、文论话语得到充分重视时，文论建构的现实语境得以还原。今天中国文论建设正处于一个至关重要的关卡，或者说，是一个转折点上，何去何从，关乎此后中国文论发展的基本战略。

第二节　"以我为主"的学术规则

无论是文论"他国化"规律的提出，还是"汉译西方文论"命题的产生，都体现出学界更加理性地看待西方文论在中国的存在形态，并试图从知识学上厘清中西之维的思路。在文论"他国化"规律的昭示下，我们深刻体会到从西方文论化中国到西方文论中国化的根本性差异，在我们看来，这个差异就是学术主体性的转变。西方文论化中国体现的是以西方文论话语为价值标准，裁剪中国的文学现象、文论命题，走的是"以西代中"的道路。作为中国学术历史主体的中国古代文论在西方科学思维的规范之下，疲于改造，去适应新的文论思维，最终却导致本身话语的中断，其当下的生成能力也趋于弱化。西化的诸多弊端，我们不厌其烦地反复阐述，无非是想从各个角度完整地呈现。既然中国文论的西化（或失语）主要是学术主体性的缺失，那么要实现西方文论中国化，必须重建中国学术主体性，走"以我为主"的化西之路。

一

"以我为主"就是要以中国的学术规则、文论话语为主，是否"以我为主"是关系到中国文论能否摆脱"失语"的方向所在。"学习西方文论中的积极成分是必要的，但如何转换新的理论思维模式，确立中国文论的主体性地位，建构新的中国文论的

现代性体系，是那样的迫切，又是那样的艰难。"① 董学文先生视"中国化"为泥泞的坦途："中国的文学理论要有科学的'原创'意识，要努力实现贴近文学现实的'中国化'，这是每位有责任感和使命感的中国文论家的唯一选择。正是在这个意义上，我才说文学理论的'中国化'是'泥泞的坦途'。"② 历史上，从中国佛教化到佛教中国化，也是历时漫长。从佛教翻译的"格义"，佛教已经慢慢开始与中国文化磨合，到隋唐佛教，中国文化规则得到强固，终于将佛教融入中国的文化体系当中，实现了佛教中国化。至于怎样强固根本，以中国文化规则去把握佛教，顾敦鍒先生指出："首先强化自己文化的老根，然后接上佛教的新枝。……唐宋的政治家和学者看清这点，就从强化根本着手。他们主要的方法有五：一、隋唐以来，对于国内的统一和平，继续不息地努力，使人民有安居乐业的生活，恢复其欣赏生活的乐观精神。二、实行考试制度，使政治修明并且学术化，人民更有平等参政的机会和希望。三、设立各种学校，传播知识，训练专才。四、隋唐颁布的刑律，是行政牧民的有效工具，又是后世成文法典的楷模。五、宋儒在许多经书中间，提出四书为'公民必读科本'，使读者易得中心信仰，儒学传布更加广泛。"③ 顾先生所阐述的"强固根本"，所指广泛，涉及许多的体制建构，对我们探究重建中国文论话语很有启发，有些内容我们在后文还将继续论述。单就文化规则而言，显然需要持守中国自身的文化之根。

---

① 王文华：《"古为今用，洋为中用"的现代性阐释》，载《河北学刊》，2003年第3期。

② 董学文：《中国化：泥泞的坦途——试论中国当代文论与西方文论的关系》，载《巢湖学院学报》，2004年第4期。

③ 顾敦鍒：《佛教与中国文化》，引自张曼涛主编：《佛教与中国文化》，上海书店，1987年版，第70页。

　　当前，我们面临的问题主要是来自西方强势文化的压力，怎么化解，事关大体。既然我们已经无可避免地要面对西方文论，那么我们要思考的是面对西方流派纷呈的文论话语，应该如何择取。这在学界仍然存在一些争议。陶东风先生针对曹顺庆先生关于重建中国文论话语的一些观点，指出："到底是以中国当今的现实为基础还是以中国的传统文论为基础来判断中国文论是否失语以及如何重建，这是一个最为关键的问题。也是我与曹先生的最大分歧所在。……我们既不能照搬古代文论，也不能照搬西方文论来替代阐释中国现、当代的文论，这是因为它们都与中国的现、当代文化与文学现实存在隔阂。西方的文论产生于西方的现、当代文化与文学语境，这个语境与中国现代当代文化与文学的语境是不完全一样的。但是同样不必讳言的是：相比于中国古代文论，西方现代当代文论在解释中国的现、当代文学时要相对合适一些……"[1]　陶东风先生同样认为中国现当代文论存在问题，需要重建，但是他将重建之方依托于西方现当代文论，本质上却是对西方文论的继续迎合，没有注意到现当代的现实处于"失语"状态，如果继续以西方文论为主来建设中国文论，只能在"失语"的路途上越行越远。我们认为，这是一条不归路，难以对重建中国文论话语产生根本性的作用。朱立元先生对中国当代文论建设提出了一套方案："……要走自己的路，立足于我国现当代已形成的文论新传统的基点上，以开放的胸怀，一手向国外，一手向古代，努力吸收人类文化和文论的一切优秀成果，进行创造性的融合和发展，逐步建构起多元、丰富的适合于说明中国和世界文学艺术发展新现实的，既具当代性又有中国特色的文

---

　　[1]　陶东风：《关于中国文论"失语"与"重建"问题的再思考》，载《云南大学学报（社会科学版）》，2004年第5期。

艺理论开放体系。"① 朱立元先生细化了传统，认为中国存在 19
世纪以前的古代文论传统与 20 世纪以来形成的新文论传统之分，
这个新传统是如何产生的呢？他认为来自三个方面：首先是中国
文论不断超越古典走向现代的过程；其次是中国文论不断超越直
观、走向科学的过程；再次是中国古代文论借鉴、吸纳、融合西
方文论，不断实行现代转换的过程。② 这样看来，中国文论的发
展路径似乎顺风顺水，一切都是合理的。但事实是否如此呢？显
然大有可商榷之处，朱立元先生在同一篇文章中也指出"当代文
论或文艺学并无统一的理论体系"，并与文艺发展现实不相适应。
因此，这个"新传统"能否作为坚实的理论基础，仍然充满疑
问。但是从另一个角度来讲，朱立元先生的观点为我们发掘中国
现当代文论的合理性价值提供了佐证。同样是针对中国当代文论
建设，张少康先生认为："吸取西方文论和美学的科学内容，不
是用它来代替我们的文论和美学，抛弃我们自己民族的文论和美
学传统，而是为了丰富和发展我们民族的文论和美学传统，建设
适合于我们时代需要的有中国特色的文论和美学。……要使当代
文艺学走出困境，在世界文论讲坛上有中国的声音，必须'改弦
更张'，要在中国传统文论的基础上发展，要有我们自己的'话
语'……"当然，要在中国古代传统文论的基础上，而不是按照
西方的体系模式，来建设具有中国特色的当代文艺学，仍然需要
"努力吸取西方文论的科学内容，按照现实的需要对传统文论加
以改造，才能构建新的文艺学理论体系和创造我们自己的'话

---

① 朱立元：《走自己的路——对于迈向 21 世纪的中国文论建设问题的思考》，
载《文学评论》，2000 年第 3 期。

② 朱立元：《走自己的路——对于迈向 21 世纪的中国文论建设问题的思考》，
载《文学评论》，2000 年第 3 期。

语'"①。张江先生等学者在关于"建设文艺研究的中国话语"的对话中指出：文艺理论要以审美实践为基础，前沿理论不等于西方理论，有效整合文艺研究话语体系，话语体系建设要关注当下实践。②张江先生认为，我们的文艺研究存在多种理论资源与话语体系，彼此之间的隔绝冲突显而易见。有效整合多重话语体系是对既有理论资源的消化吸纳，也是建设文艺研究中国话语的必要工作。

由此可见，但凡论及中国当代文论的建设，西方文论始终是不可忽视的资源，只是说出发点的差异，决定了西方文论价值定位的主次之分。以上罗列的几种观点，在学界具有一定的代表性，各自阐述的基础有重大相差，既体现出学界致力中国当代文论建设的共识与急切心情，同时又表现出面对各种可借鉴资源时的矛盾及由此造成的混乱。那么，造成这种局面的原因何在呢？在我们看来，主要还是对中国当代文论建设主体性认知上的模棱两可，换句话说，是在"以什么为主"的问题上存有矛盾心理。既然要解决中国文论当前存在的问题，那么必须从中国自身来找原因。中国文论"失语症"重要的病因之一就是中西文论关系的失调，显然不能重蹈覆辙，再回到西化的老路上去。所以我们倡导"以我为主"来实现西方文论中国化，并且必须在借鉴学界相关研究成果的基础上，深化这一原则的具体内涵。我们认为，"以我为主"实际上是要以中国的学术规则为主，这是深层次的，而"学术规则是指在特定文化传统、社会历史和民族文化心理下所形成的思辨、阐述和表达等方面的基本法则，它直接作用于理论的运思方式和意义生成，并集中鲜明地体现在哲学、美学、文

---

① 张少康：《走历史发展必由之路：论以古代文论为母体建设当代文艺学》，载《文学评论》，1997年第2期。

② 张江、王杰、丁国旗、段吉方、高建平：《建设文艺研究的中国话语》，载《人民日报》，2016年1月8日。

学理论等话语规则和言说方式上"①。学术规则内化于一定的历史传统，与文化精神相勾连，表现为决定言说方式的文化规则。以此为视点，可以达成更为本质的考察，能够帮助我们消解对某一股力量的单一迷误，从而在更高的层面上来讨论西方文论中国化问题。学术规则或者说文化规则，形成于一定历史时空，并且通过一代代的历史传承，逐渐沉淀为一种稳定的结构，它造就了生活在这个文化系统中人们的生存话语空间，大家有意识无意识地都要遵守这个规则。由于学术规则都形成于一定的文化语境，它必然具有强烈的异质性。中国现代学术规则采用的是西方的逻辑话语形式，而弃绝了中国传统的学术规则，实际上是对中国传统异质性存在的消解，"我们未能照顾民族文化特征的西化式现代化历程，最终导致了文化建构思路和学术言说方式的全面西化。"② 如今要实现"以我为主"，就必须接上传统的血脉，并合理地改造当下的学术规则。那么，我们怎样实现"以我为主"的学术规则来达成西方文论的中国化呢？首先，我们必须充分意识到中国传统学术规则的重要性。中国传统学术规则是中国文化绵延不衰的内在保证，因为这套完整的规则，使中国古代的学术话语系统富有独立的学术品格和文化品格。但在现代转型时，我们失掉了这套规则，走入他者的学术规则中。因此要解决"失语症"，重建中国文论话语，在面对西方文论的学术规则时，必然要重新认识、明晰中国传统学术规则。在我们看来，中国传统学术规则主要体现在两个方面：一是以"道"为核心的意义生成和话语言说方式；二是儒家"依经立义"的意义建构方式和"解

---

① 曹顺庆、谭佳：《重建中国文论的又一有效途径：西方文论的中国化》，载《外国文学研究》，2004 年第 5 期。
② 曹顺庆、谭佳：《重建中国文论的又一有效途径：西方文论的中国化》，载《外国文学研究》，2004 年第 5 期。

经"话语模式。① 这两条主线又派生出其他的生成规则，如言不尽意、立象尽意、虚实相生、微言大义等，共同支撑起中国学术的大厦。因此，要实现"西方文论中国化"，必须将西方文论融入中国传统的学术规则，在对话中进行异质互补，从而使中西文论达到有效融通。西方文论中国化正是本着这个原则，才能够对重建中国文论话语有所作为。

二

本着"以我为主"的原则来实现西方文论的中国化，是我们医治中国文论"失语症"至关重要的一个环节，它致力于扭转当下中西文论构成的发展大势，重组中西文论的主次关系，真正做到立足中国本土现实来建设文论话语，而不是在西方文论虚幻的话语范式中继续迷失、漂泊。我们尽管从理论上已经阐明了西方文论中国化的必要性与可能性，但是怎样在话语建构的实践当中贯彻"以我为主"的原则，并且这种做法是否具有实际的可操作性？恰当地回答这些问题，将有助于西方文论中国化的真正实现，也可以佐证该理论视域的现实有效性。当然，我们不能去凭空设想某种"西方文论中国化"的模式，那样仍然缺乏说服力。所以我们回望历史，试图从中西磨合的过程中来寻找灵感。佛教中国化的历程是一个很好的证明，前文已经有详细论述，不再赘述。我们将考察的眼光凝聚到近现代以来中西关系，发现除了中国文论在主流上的"失语"，也存有一些有识之士成功处理中西文论关系，达成西方文论中国化的例证。我们分析这些案例，更加具体地来呈现西方文论中国化的理论旨归和基本路向。换句话说，通过近现代中国几位学术大师的成果，透析他们怎样贯彻

---

① 详见曹顺庆：《中国文论话语及中西文论对话》，载《浙江大学学报（人文社会科学版）》，2008 年第 1 期。

"以我为主"的学术规则，并真正合理地运用中西学术资源，在中西合璧中将本国学术推向前进，我们可以更加坚信该路径对重建中国文论话语的理论价值。

王国维在建设中国文论话语方面为我们提供了非常成功的案例。季羡林先生曾经评价说："我们东方国家，在文艺理论方面噤若寒蝉，在近现代没有一个人创立出什么比较有影响的文艺理论体系，王国维也许是一个例外。"① 王国维之所以能够获得如此高的评价，主要来自《人间词话》在建设中国文论话语方面的重要意义。他的《人间词话》在以中融西方面极为成功，以中国传统的词话形式为根本，融入西方的文学观念，将西方文论的"理想""写实""优美""宏壮"等融汇到"境界"当中，中国文论话语与西方文学观念自然融为一体，展现了"西方文论中国化"的可能性以及对建设中国文论话语的意义。由于本书第一章对此已有论述，这里就不再重复了。当然，王国维在进行中西融通时也有失败的例子，那就是他的《〈红楼梦〉评论》。《〈红楼梦〉评论》往往被认为是中国文论现代意识的开篇，然而恰恰是在评论《红楼梦》时，他出现了以西释中的失误，认为《红楼梦》的悲剧特征是与中国文化精神完全相反的。他指出："《红楼梦》之解脱，自律的也。……《红楼梦》，哲学的也、宇宙的也、文学的也。此《红楼梦》之所以大背于吾国人之精神，而其价值亦即存乎此。……《红楼梦》一书，与一切喜剧相反，彻头彻尾之悲剧也。……又吾国之文学，以挟乐天的精神故，故往往说诗歌的正义，善人必令其终，而恶人必罹其罚。此亦吾国戏曲小说之特质也。《红楼梦》则不然……"② 《红楼梦》是生长在中国文

① 季羡林：《东方文论选·序》，参见曹顺庆编：《东方文论选》，四川人民出版社，1996年版，第2页。

② 王国维：《〈红楼梦〉评论》，引自《王国维学术经典集（上卷）》，江西人民出版社，1997年版，第59页。

化土壤之上的，并不是无处飞来峰，怎么可能与中国文化精神完全相反呢？这个失语，是王国维以西方悲剧观来硬套中国文学的失语。王国维以叔本华的哲学观念为发表评论的理论基础，理论先行其实已经预设了结论的偏离。代迅先生在评价王国维的《〈红楼梦〉评论》时就指出："作为最初的尝试者，他的失足是明显的，可以说，中国现代文论的失语症也伴随王国维一起开始，并绵延至今。王国维历来以治学严谨著称，而《〈红楼梦〉评论》却不少生搬硬套、牵强附会之处，最显著之处，就在于把《红楼梦》视为不折不扣的叔本华思想的文艺版，这实际上是把一部作品纳入某个先验的和既成的理论构架之中，以一个先验的僵硬框架为标准，来剪裁活生生的文艺现象，难免削足适履和削头适帽，因为叔本华这双鞋子和这顶帽子套在《红楼梦》上面并不一定合适。"① 这警示我们，重建中国文论话语必须处理好中西文论的关系，需要积极贯彻"西方文论中国化"的价值理念标准，否则会造成适得其反的效果。

钱钟书先生学贯中西，他的《谈艺录》《管锥编》都引用了大量的西方话语。但是，他的《谈艺录》继承了中国传统文评诗话的传统，即使取名也与明代徐祯卿的诗话《谈艺录》一样；《管锥编》则承袭了中国传统"依经立义"的意义言说方式，用中国传统注疏、传、笺等为表现形式。钱钟书先生不是"机械地以现代西方术语去'切割'中国古代思想"，而是"独辟蹊径，借照邻壁，以现代西方文化的映发，而使中国传统典籍中那些往往不为人注意的思想智慧，焕发出一种'当代性'，在当代思想文化中发展中找到自己的位置并推动这一发展"②。由此，钱钟

---

① 代迅：《成功与失误：王国维融汇中西文论的最初尝试》，载《文艺理论研究》，1999年第3期。

② 胡范铸：《钱钟书学术思想研究》，华东师范大学出版社，1993年版，第290～291页。

书先生的《谈艺录》《管锥编》成为中西文化交流和中国文论话语建设的扛鼎之作。

宗白华先生揭示中国的艺术意境时，虽然也引用了阿米尔（Amiel）、侯德林（Hoerdelin）等西方学者的观点，但是都没有将西方话语作为范式，而是在中国学术规则下，既重视双方的异质性存在，又高扬在意境上的融通。比如，他说："希腊神话里水仙之神（Narciss）临水自鉴，眷恋着自己的仙姿，无限相思，憔悴以死。中国的兰生幽谷，倒影自照，孤芳自赏，虽感空寂，却有春风微笑相伴，一呼一吸，宇宙息息相关，悦怿风神，悠然自足。（中西精神的差别相）"① 这是通过中西对比，将中国艺术意境独特的生命理解凸显了出来。此外，为了更加有效地呈现中国艺术意境的特征，他还将西方的一些艺术思潮置入其中，进行互比互现："西洋艺术里面的印象主义、写实主义，是相等于第一境层。浪漫主义倾向于生命音乐性的奔放表现，古典主义倾向于生命雕像式的清明启示，都相当于第二境层。至于象征主义、表现主义、后期印象派，他们的旨趣在于第三境层。"② 由此，西方的诸多艺术思潮不再是范式标准，而是在中国艺术意境的规则下重新在场，它们与中国的话语融汇，在互释中充实了中国艺术意境的内涵，也体现了它们新的价值维度，西方文论走向了中国化的道路。

在"西方文论中国化"的成功例证方面，马克思主义文艺理论的中国化也为我们提供了重要借鉴，马克思主义文艺思想与中国语境结合形成了毛泽东文艺思想，建立"人民美学"的价值诉求。这方面有许多研究成果，我们不再赘述。略举几例，可以知

---

① 宗白华：《中国艺术意境之诞生》，引自《艺境》，北京大学出版社，1999年版，第150页。

② 宗白华：《中国艺术意境之诞生》，引自《艺境》，北京大学出版社，1999年版，第142页。

得失，几位大师级的中国文论家为中国文论建设积累下了丰富的经验，这是一笔宝贵的财富。如果要从本根上确立中国文论话语体系，那么，"这系统必然是以中国自己的话语为基础，融入一切适合中国文学实际并实现中国化了的外来的文论话语，重新整合而成的中国化的文论话语系统。"① 除此之外，别无他途，也就是在这个意义上，我们重建中国文论话语时，必须关注中国古代文论学科史，因为它事关中国文论的主体性。如果一旦连这个中国文论话语主体都完全西化的话，那么我们的重建之路将异常艰辛。庆幸的是，在中国文论主流失语的尴尬境地中，却潜藏着一些成功的个案，这些案例生成于中西文论激烈碰撞的时代潮流，虽然未能得以成系统地延续，但是现在拨开历史云雾，精心探寻，发现历史中其实也凝聚着重建中国文论话语的曙光。现在我们要做的，除了续上传统的血脉，还要传承并高扬现代文论中隐形的创见维度。"西方文论中国化"是在重估中西方文论价值的基础之上来实现重建中国文论话语，我们提出该命题具有现实可行的内在肌理，经得起历史的考量。当然，对该路径的展开还需要学界的共同参与，丰满它的理论内涵及开拓创新之道，为重建中国文论话语奋力扬帆。

第三节　中西文论对话及融汇

西方文论中国化的内在理路和根本原则已经趋于显明，但如果我们的探究只停留在这个层面上，似乎仍然过于宏观，缺乏一套实现"以我为主"的操作方法，最终还是会影响到重建的真正落实。因此，我们有必要结合学界的现有研究成果，梳理出一套

---

① 张文勋：《关于中国现代文论和文论话语的重构》，载《思想战线》，2004年第4期。

实现西方文论中国化的方法。目前学界对西方文论中国化的方法论考察，比较注重从文化过滤、文化误读以及文化改写等方面展开，在我们看来，这抓住了问题的关键，充分体现出学界渴望以中国文化主体性来重构西方文论价值的心理。除了这些方法或角度之外，我们认为增加与西方文论的对话也是西方文论中国化的重要方式。

一

无论是文化过滤、文化误读，还是文化改写，都不能泛泛而谈，或者说是任意地、漫无边际地去过滤、误读和改写，作为理论建构和话语实践，它们必须在清晰的学术考察之下进行。这就必须重提我们在文中一直强调的主体性问题，因为只有中国文论具有主体意识，这些过滤、误读、改写才是有机的，中国文论才能实现"以西方文论注我"。为了更加有效地明晰中国文论的主体性，"异质性"的理论视域必须敞亮。异质性的概念，我们在前文已然多次提及，那么它真正的所指是什么呢？所谓"异质性"，"始终只是在知识形态的意义上讲，它的含义是说中国传统诗学有不同于西方诗学的异质的知识谱系背景和质地、形态均不相同的知识质态。"① 在西学范式泛化的时代，异质性的研究实质上是对各方知识谱系的还原，尤其对中国文论学术主体性的回归具有重要的历史意义。通过中国古代文论学科史，我们可以发现，学科建立、完善的过程都伴随着中西价值理念的冲突，然而西方科学理念逐步在学术范式上得以确立，中国古代文论的价值与西方趋于同质化，抛弃了长期以来的知识谱系，中国古代文论也成为被压制的知识。关于"知识谱系学"，福柯说："让我们用

---

① 曹顺庆：《从"失语症"、"话语重建"到"异质性"》，载《文艺研究》，1999年第 4 期。

'谱系'这个词来代表冷僻知识和局部记忆的结合。""……它（genealogy）的真实任务是要关注局部的、非连续的、被取消资格的、非法的知识，以对抗独断的态度对之进行筛选、划分等级和发号施令。"① 由此，知识谱系学是试图释放"被压制的知识"。对于"被压制的知识"，福柯指出："我所说的被压制的知识有两个含义，一方面，我所指的是被埋葬和被伪装在完善统一的符号系统之下的历史内容。……被压制的知识作为一种历史的知识是存在的，但却隐藏在机能主义和体系化的理论的身体内部……。另一方面，我认为从压制的知识中我们还应理解更多的东西，即一系列被剥夺资格的知识，被认为是不充分或不精确的知识：朴素的知识，处在等级体系的下层，在被认可的知识和科学的层面之下。"② 当前知识界存在科学思维泛化的现象，它成为当今世界一体化、西方中心化的主要理论堡垒，那么要从中释放出"被压制的知识"，显然必须改变科学独断专行的态势。所以福柯又强调"知识谱系学"的非科学特征："谱系学因而不是要对更细致精确的科学进行实证主义的回归，它其实是反科学的。"③ 有学者对此延伸指出："反科学并不是反对科学的概念、内容、方法，而是反对它在现代社会中的政治霸权化效果。要反抗科学成为一种中心化统治力量，逻辑上必须拆除科学知识先天的优位性，而拆除科学知识先天的优位性，又进而必须承认科学只是知识之一种，它并不具备先天的真理性。"④ 因此，所谓反

---

① 严锋译：《权力的眼睛——福柯访谈录》，上海人民出版社，1997 年版，第 219 页。

② 严锋译：《权力的眼睛——福柯访谈录》，上海人民出版社，1997 年版，第 218 页。

③ 严锋译：《权力的眼睛——福柯访谈录》，上海人民出版社，1997 年版，第 219 页。

④ 肖黎：《福科的启示：比较研究如何通达"异质性"?》，载《文学评论》，2000 年第 6 期。

抗科学，就不是非此即彼的理论走向，而是要清理科学绝对中心的思维，向应有的文化生态回归。这对中国文论的重建具有重要的启示意义，中国传统文论往往被认为是不科学、无体系的，它本有的存在形式受到遮蔽。要真正做到西方文论中国化，进行中西对话，必然要重新找回那缺失的传统之维，以此去穿透我们民族的生存感念及其言说方式。

从这个层面上来讲，主张异质性研究，无非是对世界多元文论构成的重新回归，尤其是要有选择性地清理西方"科学"范式一统文论的境况，这对中国文论主体性的培养和中国传统文论的价值评估都是有效的途径。"就中国与西方文论而言，它们代表着不同的文明，在基本文化机制、知识体系和文论话语上是从根子上就相异的（而西方各国文论则是同根的文明）。这种异质文论话语，在互相遭遇时，会产生互相激荡的态势，并相互对话、形成互识、互证、互补的多元视角下的杂语共生态，并进一步催生新的文论话语，但如果不能清醒地认识并处理中西文论的异质性，则很可能会促使异质性的相互遮蔽，并最终导致其中一种异质性的失落。"① 显然，中国古代文论学科史记录了中国文论异质性严重缺失的状态，失去中国的本土范式，无从谈及中西文论的对话与融汇，西方文论中国化成为更难以企及的愿望。那么我们就有必要指明中国文论的异质性所在及其价值。在分析中国古代学科的构成时，我们已然指出中国古代并没有西方式的学科分类。中国古代文论往往不依托严密的逻辑分析，与西方的学科构成迥异，而是以文体的分类或艺术形式为主体，演化生成了大量的文论、诗话、词话、曲论、乐论、画论等评论式的主体形式。"诗之韵味意象、意内言外，文之气体风骨、文理辞章，画之虚

---

① 曹顺庆：《中国文论的"异质性"笔谈——为什么要研究中国文论的异质性》，载《文学评论》，2000年第6期。

实黑白、形神动静，书之肥瘦风神、意笔骨韵，乐之雅正哀乐、清浊缓急等等，均沿不同文类的感受特征展开为极其独特的中国诗学体系。传统诗学中当然有超逸文类界限的极为丰富的美学思想或诗学之思。气、味、韵、风、骨、形、神、虚、实、意、象等都并不仅为某一文类或艺术门类所独有。"① 因此，中国古代文论的知识谱系并不着力理论视点的充分化和整体理论系统的有意识逻辑化、分析化。这直接体现出中国古代文论独特的言说方式，并影响着其具体的概念构成。西方文论重逻辑，造成在概念上重视逻辑的推衍；中国文论重直观，导致概念往往具有很强的示喻性。所以，西方文论由其本质决定，注重言说的准确性、逻辑性和稳定性；中国文论的言说方式却呈现另外一番景象：注重感悟性、直觉性、启示性，立足以"说"的方式去打开"不可言说"的世界，亦即"以言去言"。这就是说，中国文论的精粹其实是反西式逻辑的，它通过"喻示性"与西方的以言证言区分，在审美方式上"是要将读者引入直接的'诗意'领会，它不是简单地谈诗，而是要在谈中让读者入诗（置身'诗意'）"②。中国文论力图要达成的是"如鱼饮水，冷暖自知"的审美途径，看重审美主体的直接参与性，作品意蕴的挖掘和释放直接与主体的审美感受力挂钩。在诸多的审美感悟中，有些是一时之发，随手拈来，看似平淡，却不乏深意，诗话、词话就存在大量这样的形式。或许只有在这个层面上，我们才可以更加真切地体会到罗根泽先生主张称中国文论为"文学评论"的深刻用意。中国文论重品评的特质还与中国古人的宇宙观、人生观相勾连，所谓"知人论世"不仅体现为社会伦理观念，而且也可以略作更换而视作中

---

① 曹顺庆：《中国文论的"异质性"笔谈——为什么要研究中国文论的异质性》，载《文学评论》，2000 年第 6 期。

② 吴兴明：《中国传统文论的"概念质地"》，载《文学评论》，2000 年第 6 期。

国文论构成与人类内在肌理关联的一种洞见，这可以概括为"知人论文"。扬帆先生总结说："倘我们用一种比较的眼光看中国古代文论概念系统，把它们同西方文论，乃至同我们现代的一套文论概念范畴对照，诸如：言志、原道、兴观群怨、风雅、无邪、征圣、宗经、气、风骨、神思、情采、体性、物色、滋味、韵味、性灵、意境、冲淡、沉雄、豪放、慷慨、胸襟、性情、主脑、格、主宾、童心、妙悟、兴会、神、形、相、势、灵秀、理气、肌理、阳刚、阴柔……便不难发现，这一概念系统，在语义上呈现了一种人格化特征。并且，进一步我们还发现，中国古代文论家在运用这一概念系统阐发自己的理论中，也态度明确地进行着一种理想上的人格追求，同时这种特定的概念系统，还规定了中国古代文论形成一种诉诸悟性的形而上价值。"[①] 凡此种种，都表明中国文论具有自己的异质性架构，这种异质性生成于中国文化的整体语境。

当然对中国文论异质性的探寻并不止于此，我们在此只是重申这一理论视角，还需要学界持续地推进。中国文论虽然缺少西式逻辑，但是它并不缺少智慧，异质性研究就是要重新回归中国文论的学术智慧，从而自觉地确立起主体意识，进而以此展开与西方文论的对话。中西文论对话应该是"和而不同"的异质性对话，当我们面对同样的文艺世界时，异质性对话呈现出互补的态势。西方文论话语的一家独白，近些年来也表现出许多的困顿，一番番的理论更迭耗尽了学者的心思，从上帝死了，到作者死了，再到读者死了，一路走下来，各自成理，各家却也有缺陷。在这样的历史境遇下，西方文论的"逻各斯中心"需要非逻各斯文论思维的冲击或者补充，所以中国文论的"非逻各斯"缺憾又

---

① 扬帆：《中国古代文论概念的人格化》，载《华中师范大学学报（哲学社会科学版）》，1992年第3期。

成为独特的价值在今天重生。这也是中国文论现代性重建的表现，它是中西文论互补的基本走向，西方文论中国化就是维度之一。经由异质性研究的视野，学界对西方文论中国化方法的探究获得了更深层的理论支持。

向异质性的回归，以此发现中国文论的学术主体性，我们面对西方文论时，就掀过它来势汹汹的一页，而进入我们如何应对、如何趋利避害的视域。西方文论的存在价值在此视域下被重估，它不再是理论范式、话语的来源，而是对中国文论建设的意义，亦即：它可以为中国文论建设提供什么可资借鉴的智慧，可以为我们解决理论困惑提供什么帮助？我们需要西方文论，并不是出于它创建了现代学科范式，而是出于当前中国文论话语建构的生存表达，所以文化过滤、文化误读以及文化改写在西方文论中国化的过程中获得了有效的合法性。文化过滤在此具体是指外来文化在传入中国时，它并非完全无机的全面传入，而是经过中国本土文化价值观念的选择，这种选择对于外来文化来说，就是一种"过滤"。那么要实现西方文论的中国化，必须首先从中国文化本土价值观念以及文论建设的需要出发，进行有选择、有意识、有准备地引入西方文论，要变被动为主动，不能盲目跟随西方文论。只有经过有效的文化过滤，我们引入的西方文论资源才是有机的，西方文论泛化将得到抑制，其价值才有可能在中国文论的平台上重组。与文化过滤具有同样功能的文化误读和文化改写，也是力图在中国文论主体性的明确思维下去重构西方文论同中国文论的关系，重写西方文论的价值定位。李怡先生在论证这一思路时强调："在中国现代文论建设的意义上讨论西方文论的中国化，应该竭力从以上比附式的思维形式中解脱出来。事实上，并不是我们必须要用西方文论来'提升'、'装点'自己，而是在我们各自的独立创造活动中'偶然'与某一西方文论的思想'相遇'了，作为人类际遇的共同性与选择的相似性，我们不妨

'就便'借用了西方文论的某些思想成果；而一旦借用，这一来自西方文论的思想也就不再属于它先前的体系。它实际上已经被纳入了中国文论的范畴，属于中国文艺思想家创造过程的一个有机组成部分。"①

在这一文化逻辑上，西方文论进入中国，其存在价值是对于中国文论而言的。那么，衡量西方文论中国化的标准显然就不再是怎样去保留西方文论原汁原味的"本义"，我们有理由进行"误读"，只要这种误读是符合我们的文化需要，或者说是有利于中国文论话语建设的。因此，文化误读和文化改写并不是任意而为，随意去发挥，所谓误读或改写，都是相对于过去我们把西方文论作为范式而言的，立足点从西方文论滑向了中国文论。当然这个过程更需要我们对西方文论进行深度观照，从而能发掘出为中国文论建设提供参考的资源。从百年中国文论发展历程中，我们可以发现，对西方文论的误读存在大量消极的例子。颜元叔先生在援用西方文论新批评的细读法来评论中国古典诗词时，出现了一些失误。比如，将李益《江南曲》中"早知潮有信，嫁与弄潮儿"的"信"误读为"性"的谐音。在《中国古典诗的多义性》中，将"自君之出矣，金炉香不然。思君如明烛，中宵空自煎"中"明烛"误读为男性象征，"金炉"误读为女性象征。此外，还把李商隐《无题》中"春蚕到死丝方尽，蜡炬成灰泪始干"的"蜡炬"误读为男性象征。② 类似的文化误读，导致对中国文学的曲解，其根源就在于对西方文论的无选择地认同，中国文论主体性缺失。同样是误读，庞德虽然不懂中文，也没有接受中文的训练，但是他却从西方汉学家那里吸收了中国古典诗学的

---

① 李怡：《西方文论在中国如何"化"？》，载《河北学刊》，2004年第5期。

② 详见曹顺庆、周春：《"误读"与文论的"他国化"》，载《中国比较文学》，2004年第4期。

智慧，并将其融汇到自己的诗学思想当中，形成了西方意象派理论。"他成功地将中国传统文化因素转化为意象派文论的真正原因，就在于其既吸收了中国诗学精神中的精髓，借鉴了对于西方世界来说的一种'陌生化'的中国古典意象理论，又立足于自己本国的诗学话语根基之上，用一种体系化的、分析的、逻辑化的诗学话语表述出来，成为一种科学化、体系化、具有可操作性的理论批评形式。"① 对比这两个误读的例子，它们形成了两种不同的结果，造成双方差异的最大原因就在于是否确立起了鲜明的文化主体性。因此，要使西方文论中国化，需要的是创造性的误读，这种误读要建立在中国的文化规则、文化逻辑和言说方式的基础之上，以此去吸收、融汇西方文论，解决中国文论的"失语症"。在这个意义上，我们可以说，作为西方文论中国化和重建中国文论话语的误读，并不是一般层面上的"装点"，而是必须在文化深层上相结合，文化改写亦然。

二

西方文论中国化范式的确立以及相关实现形式的呈现，随着一个理论视域的打开，进入更深的层面，在知识学，尤其是在学科规范领域确立了西方文论中国化研究的合法性和基本路向，这一视域就是变异学。变异学是近年来的学术热点之一，虽然还需要学界继续去规范、完善，但是它所展现出的思维方式已经启示甚多。其实，在上文的论述中，我们已经涉及变异学的理论核心——异质性研究。而"文学变异学"作为一个学术命题，最早见于曹顺庆、李卫涛先生的《比较文学学科中的文学变异学研究》一文，在该文中，作者对提出文学变异学的理论基础做出论

---

① 曹顺庆、周春：《"误读"与文论的"他国化"》，载《中国比较文学》，2004年第4期。

证，并对该视域的几种维度给予了初步展望。曹顺庆先生考察了比较文学学科理论的缺憾以及文学历史发展的实践，指出变异在比较文学研究中的价值，而最大的突破在于"提出文学变异学领域的原因还是因为我们当下的比较文学学科拓展已经改变了最初的求同思维，而走入求异思维的阶段"①。从求同到求异，文化或者说文学的异质性存在得以正位，并名正言顺地成为比较文学学科理论的重要立论基础。

比较文学变异学的提出，是中国比较文学学者的深刻洞见，是中国学者考察比较文学学科理论范式语境变化的结果。比较文学从同质文明圈跨入异质文明圈，原来的学科范式受到现实问题的挑战，必须做出新的调整。过去比较文学的范式构成，无论是法国学派的影响研究，还是美国学派的平行研究，都是在西方文明圈的同一性基础上展开的。影响研究构建起了以法国为圆心的文学研究模式，并形成了比较文学的"欧洲中心"；平行研究或许在学科理论方面有所突破，改变了影响研究之下的欧洲中心，但是平行研究的倡导者同样不具备完整的世界性胸怀。北美与欧洲在文化、文学关系上的传承关系非常明显，具有相似乃至相同的文化背景和审美心理结构，属于同一个文明圈。无论从地理位置，还是从文化构成方面来说，它们都隶属于西方世界。影响研究偏重的是法国文学（包括文学家、文学作品、文学思潮等）对他国文学的影响，它是典型的欧洲中心主义，甚至可以说是法国中心的。这样一种范式在比较文学建立之初，具有很强的操作性，似乎可以被许多研究者认同。但是，伴随着其他国家比较文学研究意识的自觉，很显然会重新思考国际文学关系，要求突破法国学派的研究范式。因此，我们认为，平行研究对影响研究的

---

① 曹顺庆、李卫涛：《比较文学学科中的文学变异学研究》，载《复旦学报（社会科学版）》，2006年第1期。

反拨与补充，不仅是比较文学学科理论建设的进步，而且还是国际文学关系研究策略发生变动的体现。通过平行研究范式，美国文学可以走出欧洲中心论的藩篱，取得与欧洲诸国文学比较、对话的话语权。然而，这次比较文学学科理论的突破，事实上是欧美文学关系的调整，它们之间同质的关系促成了"共谋"。但是，由于缺少来自东方文学及其研究者的参与最终致使平行研究并没有走向真正的"平行"，当东西方遭遇时，西方学者却仍然以"西方中心"的视野审视东方，赛义德批判由此而产生的"东方主义"就揭示出其中的内在叙事。比较文学强调跨越性，并希望以世界性的胸怀来审视世界文学关系。因此，比较文学学科理论与我们研究中西文论关系之间具有内在的关联。换句话说，比较文学学科理论可以为我们解读中西文论关系，探究西方文论中国化提供指导性意见。而变异学作为中国学者对比较文学学科理论的创见，不仅体现出对世界学术思潮的把握，而且更包含对中国文学发展现实的积极考量。在文学变异学的倡导者看来，文学变异学的研究可以从四个层面展开，一是语言层面变异学，主要指文学现象穿越语言的界限，通过翻译而在目的语环境中得到接受的过程；二是民族国家形象变异学研究；三是文学文本变异学研究；四是文化变异学研究。[①] 从具体的研究内容来看，只有形象学因所涉内容过于具体，与西方文论中国化并无直接关联，其他三个层面都可以置换到中西文论研究上，拓展出新的学术空间。尤其是语言层面的变异和文化上的变异，成为西方文论中国化的重要形式。语言的变异，直接表现在翻译上，那么是不是只要翻译了，就实现西方文论中国化了呢？从中国文论发展历程上可以看出，显然不能下如此武断的结论。因为我们所讲的西方文论中国化是要在学术规则、文论话语层面展开，但是语言的转换又是

---

① 曹顺庆主编：《比较文学学》，四川大学出版社，2005 年版，第 30~31 页。

实现这一目标的第一步。在文论言说中，术语是重要的手段，它简洁并凝聚文化精神，所以构成了学术规则和话语言说的一个基本单位。有论者以西方术语的翻译为对象，指出："化西方的第一步就是语言的转化，即翻译。术语是一切文化范畴的基本粒子，术语的翻译不是概念在语言间的等价交换，而是意味着思想的冲击和交流。……五四时期，我国文化转型的一个重要手段即大量术语的翻译和引入，如'自由主义'、'个人主义'、'保守主义'等，这些术语不仅丰富了国人的词汇，更是在意识形态上给中国带来了改革的风暴。可以说，中国现代思潮的涌现就是从西方思想的术语翻译开始的。今天，一场新的文化转型的革命迫在眉睫，翻译的问题首当其冲，术语的翻译正是能否实现西方文论中国化的关键之一。"①

　　至于文化变异学研究，更是从整体文化构成、文化规律等深层次上探究中西文学、文论之间的复杂关系，我们在论述"他国化"规律时，已经对相关的问题进行了指明。其实，西方文论中国化的必要性是最清楚不过的，它的可能性随着"他国化"规律的阐明也得到承认，而它的现实性（亦即具体路径）也在广大学人的努力之下逐渐具体起来，这表现为：要在"以我为主"的原则基础上，融汇西方文论，采取有效的创造性误读，吸取西方文论的理论精粹，从语言的转换、文本的流传、理论的旅行，一直到文化深层结构都关乎西方文论中国化，如何"化"都要落实在这些层面当中。在变异学研究范式之下，西方文论中国化的具体方式日渐明晰，学界已经对此有所关注。有学者以变异学为视角，认为外来文论中国化有四条基本路径：一是异质文化交融，激发文论新质；二是异域文论相似，互相启发阐释；三是创造性

---

　　① 刘颖：《从术语翻译看西方文论的中国化》，载《中国比较文学》，2004年第4期。

误读异质文论；四是适应需要，促进转换。[①] 所以说，持续不断地推进变异学研究，确立异质性，尤其是中国文论异质性的合法性，是实现西方文论中国化的基础，也是整体的路向。比如，我们可以现实主义在中国、浪漫主义在中国为切入点，逐渐把研究视野扩展到西方文论在中国，从中国文论的本土价值体系来探究西方文论的价值定位。这样的研究涉及面很广，我们需要从几种对中国产生较大影响的西方文论出发，逐渐梳理出研究思路，以便构成可行的范式。

---

① 详见靳义增：《从变异学视角看文学理论"中国化"的基本路径》，载《文艺理论研究》，2006 年第 5 期。

第五章　推动中国文论话语
在当代成为主流

　　中国文论的"失语"经历过一个逐渐被学科化、体制化的过程。因此，重建中国文论话语，解决中国文论的"失语症"，需要从学科建制、学术体制等方面着力。百年来中国文论的发展，成果与缺憾并存。推动中国文论话语在当代成为主流，必须将新的文论发展观念融入学术体制当中，尤其在学科规范上获得落实和认同，从而有利于在更广泛的知识传播上占据先机，此为练好"内功"。在此基础上，中国文论话语可以拓展国际学术空间，不断增强国际言说能力和对话能力，此为练好"外功"。

第一节　从文学理论学科制度上入手

　　要推动中国文论话语在当代成为主流，不仅要在理论上具备充分的可行性，而且要采取相应的举措，推动有效的学术范式。为了达成这一目标，我们认为应该从现有的学术体制上入手。这个体制是当前关于知识生产、知识传播、知识传承的一套系统规则。在现代学术体系中，学科建制愈发规范，学科领域划分也愈发细致。学科规范将一些研究对象划归其中，并以此确证本学科的合法性，要实现中国文论话语的重建，对文论学科规范的关注至关重要。

　　一般来说，在现有的学科构成中，文论是"文学理论"的简称，主要是针对文学现象的一种理论言说。在现实层面，以文学为研究对象的，除了文学理论之外，主要还有文学批评。这两种文学研究模式，虽然面对相同的对象，共性颇多，但各有偏重，文学理论重视对文学进行理论解释，寻找文学现象的规律，并以体系化为旨归；文学批评则主要是以具体的文学作品、文学现象为研究对象，凭借一定的理论展开解读，或者从中梳理出新的理论标准。文学理论和文学批评对中国文论话语建设来说，都是不可或缺的，要让中国文论话语在当下成为主流，需要全面着力，本节主要从大学学科构成上来进行论述，因为大学是当前学术规范发生、发展、更新的重要平台。大学是知识链上的关键所在，学科的学术创新和人才培养大多依赖这个体制。赖大仁先生曾这样论述说："当代文学理论的建设与创新，一方面固然需要在文学理论研究方面不断向前开拓探索，另一方面也需要加强文学理论教学及教材的建设与创新。我以为在我国当前这种教育和教学体制下，可以设想由国家教育指导委员会指导，组织一些既有深厚学养又有丰富教学经验的文学理论专家，认真研究当今文学理论教学与教材建设问题：一是认真反思和论证'文学理论教学何为'的问题，即进一步明确这门课程的教学目的和任务，克服盲目性；二是在用什么样的文学理论知识教育学生，如何坚持文学理论教学和教材编写的科学性，如何吸收当代文论创新成果以革新教材和教学内容等方面达成共识，确立一定的基本原则，使文学理论教学和教材建设都比较规范有序，能真正达到既定的教学目的。"[①] 这一思路既体现了学术研究的前沿性，又保证了知识传播的规范化，是中国当代文论建设更加务实的表现。

---

① 赖大仁：《从文学理论教学看当代文论建设与创新》，载《江西师范大学学报（哲学社会科学版）》，2003 年第 5 期。

一

当前的学科形式是伴随着现代大学体制而逐步确立起来的，换句话说，是现代大学制度下的产物。学科的分类体现出知识研究领域的划分，也是知识权力的分化，学科的形成促使一定的知识获得制度的合法性，但同时也压制着另外一些知识，使其处于学科的边缘。为了便于学科之间互相区别，学科的合法性依赖于一套规则，它规范着学科研究的展开，对研究对象、方法等给予定位，从而赋予学科有效性言说的能力，学科的这种构成，被称为"学科制度"。近些年来，学界对学科制度的关注不断提升，因为制度的建构往往影响着知识的生成和传播。学科制度通过建立一套规则，以此来对学科从业人员展开思维训练和知识传播，这些规则会结合现实的需要不断地调整，以保持自身学理的更新和合法性的绵延。由此可见，学科制度在现代知识体系中占据着至关重要的地位，它形成的一套学术规则制约着知识生成和传播等具体活动的开展。所以，重建中国文论话语倘若对此没有给予关注，无疑只是理论上的自说自话，难以具备真正的有效性。较早提出"学科制度"这一概念的，是北京大学的方文先生，他指出："学科制度，是规范特定学科科学研究的行为准则体系和支撑学科发展和完善的基础结构体系，我们把前者称之为学科制度精神（the ethos of disciplinary institution），后者称之为学科制度结构（the infrastructure of disciplinary institution）。"① 此后，关于学科制度的学理建设，引起了学界的重视。《中国社会科学》杂志社于 2002 年 1 月 12 日在北京召开了"学科制度建设"研讨会，二十余名来自高校和科研机构的学者对学科制度建设的理

① 方文：《社会心理学的演化：一种学科制度视角》，载《中国社会科学》，2001 年第 6 期。

念、内容展开讨论，《中国社会科学》在 2002 年第 3 期组织了
《学科制度建设笔谈》，分别刊载了方文、韩水法、蔡曙山、吴国
盛、郑杭生、吴志攀、萧琛等先生的研讨会发言稿，提高了讨论
的传播有效性。其中，吴国盛先生指出："一个学科之所以成为
一个学科，就在于它有自己独特的范式（paradigm）。范式有观
念层面的，也有社会建制和社会运作层面上的。学科建设就要在
这两个层面上进行范式的建构。观念层面上的范式建构，目的在
于形成一种知识传统或思想传统（intellectual tradition），或者
具体地说是一种研究纲领（research program），以便同行之间相
互认同为同行，以便新人被培养训练成这项学术事业的继承者；
社会建制和社会运作层面上的范式建构，目的在于形成一个学术
共同体（academic community），它包含学者的职业化、固定教
席和培养计划的设置、学会组织和学术会议制度的建立、专业期
刊的创办等。这后一方面，我们称之为学科的制度建设。"① 郑
杭生先生认为学科制度就是学科的规范体系及其物质体现，在学
科的规范体系及其物质体现背后，还有某种深层的理念支撑着，
从层次来看，学科制度可以分为三个层次："处在第一层次的是
学科深层理念；处在第二层次的是学科规范体系；处在第三层次
的是学科物质体现。第一层次和第二层次主要是学科制度的软
件，第三层次则主要是学科制度的硬件。前两个层次相当于方文
所说的'学科制度精神'，第三层次相当于他说的'学科制度结
构'。"② 关于学科制度的研究，这些年取得了长足进步，我们无
意作完整的文献考察、详细的研究进路，可以参见许捷先生等的

---

① 吴国盛：《学科制度的内在建设》，载《中国社会科学》，2002 年第 3 期。
② 郑杭生：《当前社会学学科制度建设的问题》，载《中国社会科学》，2002 年
第 3 期。

《学科制度建设研究文献综述》。① 我们只是说明学科制度概念的提出及其研究成果为当前学科的研究打开了一个新的视域，为我们思考重建中国文论话语，实现中国文论中国化提供了学科建设方面的借鉴，更为我们探究重建路径的现实有效性提出了思维借鉴，从而引领我们要在制度建设上着手，推动中国文论话语成为当下的主流话语。

学科制度观念在学界的显明，其实是对学科建设的深度关注，文论作为学科形式，它的制度构成沉淀着多代学人的学术智慧和研究成果。在当前的学科制度中，文论的学科称谓，仍然存有一些分化的现象，"这一学科的权威名称（即在国家教育体系和学术体系的学科目录上）不称'文学理论'，而称'文艺学'，这两个名称的绞缠仍在这一学科领域到处弥漫，令不少学者下笔时心烦意乱。再进而寻看，发现自这一学科在民国以一部体系性的著作出现时，基本上被命名为'文学概论'。简单地说：这门学科在民国时期，主要称'文学概论'；共和国前期，主要称'文艺学'；在改革开放的变化中，到今天，'文学理论'之名已经取得了实质性的胜利。"② 所以，我们在行文中，主要提文学理论，但实际上广涉文艺学和文学概论。中国文论话语能否在当下的中国成为主流话语，必须诉诸文学理论学科的建设。然而，文学理论学科体系，从理论上还展开为中国古代文论、现当代文论等具体形式，并且它们也具有自身的学科独立性，我们讲述中国古代文论学科史也建基于此。从某种程度上来讲，中国古代文论、现当代文论的学科独立能够吸引更多的关注，形成有效的范式，但是同时也造成条块分割，难以实现完整地融合。这种分割

① 许捷、许克毅等：《学科制度建设研究文献综述》，载《学位与研究生教育》，2008年第3期。
② 张法：《中国文学理论学科发展回望与补遗》，载《文艺研究》，2006年第9期。

与文学理论学科当前的存在样态具有内在的关联，文学理论的范式会影响到中国古代文论、现当代文论的学科构成，而它们相融性的缺失又会导致文学理论学科理论的完整度和普适性的缺憾。因此，当前文学理论学科理论的偏颇其来有自，对它进行研究，不仅可以激活其本身的理论价值，而且还可以从中国文论各阶段的积极融入方面敞亮中国文论话语的重建。

文学理论作为学科，主要活跃于大学的课堂中，其构成和运行具有复杂的一套程序，从学科制度的层面上进行分析，必须认真考察其中的规则。李勇先生在谈及文艺学的知识生产时指出："文艺学学科体制是国家教育和科研机构管理下的一种知识生产和传播体系。它的直接的客观存在形态就是教材系统和课程体系（在此为大学文艺学基础课），以及各大学中文系的文艺理论教研室。在这一整套的知识生产与传播体制中，文艺学作为一门知识也有自己的学科规训。比如，文艺学有一些基本问题，讨论这些问题有其特定的论证程序，而在这些问题当中也有主次之分。'文学本质'问题总是比'诗的节奏'问题'重要'，在学科体系中，文学基本原理（常以'文学概论'课程的面目出现在教学体系中）又比'西方文论'重要。在教学体系之中，这些学科规训则具体表现为必修课与选修课之分。必修课代表着一个理论体系（包括其话语规则）在学科的主导地位，而作为选修课的知识只能在学科中占有次要和从属地位。"① 由此可见，学科的构成产生了知识的分化，使知识有体制内外的分别，新的理论知识要获得体制的认同，首先必须增强在体制中的言说能力，以确立起合法性基础，从而在知识传播上得到体制的保障。所以，在本节中，为了保证研究的直接针对性和有效性，更鲜明地将文学理论

---

① 李勇：《文艺学与文学理论：学科内外的知识生产》，载《文艺争鸣》，2006年第1期。

学科制度与中国文论话语重建的关系呈现出来，我们集中考察文学理论学科教学活动展开的主体部分。对于教学活动的开展，教材的作用甚大，它是学科建制成果的集中体现，起知识传播和传承作用，对学术格局的形成影响重大。因此，推动中国文论话语在当下成为主流话语，必须在文学理论的教材上有所建树。

从 1914 年姚永朴先生出版《文学研究法》以来，我国出版了数量繁多的文学理论（或文学概论）教材。[①] 文学理论教材，既包括一些译著，又有中国学者的理论建树。根据大时代的划分，有新中国成立前和新中国成立后之分别，文学理论教材又以新中国成立后居多，尤其是新时期以来的成果更是可观。这些文学理论教材共同构成了文学理论学科的基本范式，规约着文学理论知识的生存状态，各个阶段的文学理论构成中都存在知识力量的角逐。虽然姚永朴先生的《文学研究法》已经论及文学理论的一些重要话题，但是第一部《中国文学概论》（1926 年）却是由日本汉学家盐谷温（1878—1962）写就的。所以，中国的文学理论研究从一开始就与国外理论家的建树相关联，他们在中国文学理论学科制度的建设上打上了深深的烙印。综观中国文学理论学科的发展历程，在具体的时代中，因理论倾向而体现出不同的主流话语，这些主流话语都有一个主要的源头，对其他的文论话语起着统摄作用。古风先生将从 20 世纪 20 年代以来我国文学理论教材的编撰和出版分为三个时期，分别追溯了主流话语及其来源。因为该考察有力地指出了主要时期文学理论主流话语的特征及形成理路，与我们的研究契合，所以结合我们的课题陈述如下。第一时期，从 1920 年到 1946 年，大约出版了文学理论教材 40 余种。这个时期实际上是中国文学理论学科的初创期，学科

---

① 参见童庆炳主编：《新时期高校文学理论教材编写调查报告》（附录一），春风文艺出版社，2006 年版，第 145～165 页。

制度基本上移植于西方，受西方文论的影响最大，温切斯特于《文学批评原理》中提出的"文学四要素说"（感情、想象、思想、形式）以及丹纳在《艺术哲学》中提出的"种族、时代、环境三要素说"构成了这时中国文学理论教材体系的基本架构，成为西化主流话语的来源。值得一提的是，许多西方文论的观点，其实是通过日本学者本间久雄的著作《新文学概论》（1916年）传入我国的，它融合了西方文论，"不仅为我们提供了众多的主流话语，而且还以这些主流话语为轴心建构了一个十分周全的文学理论体系框架。"第二时期，从1947年到1979年，大约出版文学理论教材18种。当时的主流话语有三大系列：一是本质论系列，以"意识形态"为核心，有经济基础、上层建筑、社会性、阶级性、党性、人民性、世界观、倾向性和社会生活等；二是创作论系列，以"创作方法"为核心，有形象思维、现实主义、浪漫主义、社会主义现实主义、风格、创作个性、流派、个性化和典型化等；三是本体论系列，以"形象"（人物形象或艺术形象）为核心，有性格、典型（包括典型人物和典型环境）、真实性、艺术性、内容和形式等。这些主流话语多数来自苏联文论，不仅因为中国与苏联在意识形态上的相似，而且还与苏联文论家（比如毕达可夫、柯尔尊）到中国大学来授课具有密切关系。第三时期，从1980年到2000年，出版了文学理论教材30多种。"这个时期的主流话语有文学活动、文学生产、审美意识形态、文学消费、文学接受、世界、作品、读者、文本、话语、符号、主体、客体、再现、表现、意象、阐释、期待视野、隐含的读者、对话、言语、细读、误读、语境和传播等。"这些主流话语的来源比较复杂，但多数来自西方现当代文论，同时也融汇

了前两个时期中国文论的相关成果。① 应该说，从新时期以来，尤其是 20 世纪 90 年代开始，中国文学理论的学科制度建设逐步加快，反思的见解愈发得到正视，证明中国文学理论自我建构意识日渐觉醒。然而，要在实践中来体现自我意识却是一个更深刻的，也是更艰难的问题。

二

鉴于中国文学理论学科主流话语方面中国文论话语的缺失，让中国文论话语进入文学理论教材，以保证主流话语的存在形态，成为当前文学理论学科建设的重大课题，也是达成中国文论中国化的重要路径。既然现在多数文学理论教材缺乏对中国文论话语作为主流话语的落实，那么重写就势在必行。对此，有学者指出："我们回溯中国文学概论教材编写所走过的道路，不难发现这几十年来我们并没有实实在在地将中国文论富有生命力的话语方式真正书写进当今的文学概论，与之相反，无论是俄苏模式还是西方模式，我们几乎是从最初的'拿来'和借鉴吸收一步一步走向了全盘照搬的窘境，这种崇人抑己的局面直接导致了我们当前的文学概论编写和教学的恶性循环，丧失掉自己的主体性，遗忘了自己的文化本根。由于当今学者和学生都是这套具有明显文化偏差的话语模式培养出来的，因而'失语症'痼疾难除，积重难返。要改变'失语'现状，必须改弦易辙。"② 改弦更张就是要重写中国的文学概论，要以中国文论话语为基础去建构当代的文学概论，但是它不是简单地回到中国古代文论体系中去，当然更不是在西方文论话语范式的基础上作随意的中西拼贴，而是

---

① 关于对中国文学理论的分期及论述，详见古风：《20 世纪我国文学理论教材的主流话语论析》，载《学术月刊》，2002 年第 7 期。

② 曹顺庆：《重写文学概论——重建中国文论话语的基本路径》，载《西南民族大学学报（人文社科版）》，2007 年第 3 期。

要立足在中国当代文学实践，沉潜于中国文论话语内蕴之中，吸纳世界各方文论的光辉智慧，建立适合当代中国现实基础的文学概论体系。在编写中国文学理论时要把握好两个原则："一是以中国本土的文学基本话语形态为主导，结合中国当下的文学实际展开纵贯历史的理论总结和归纳，二是要有海纳百川的世界眼光，在中外文论的对话中突出并发展中国文论话语的基本精神。"① 因此，曹顺庆先生主张从文、文思、文质、文气、文道、通变、言意论、诗法与文法、知音论、诗文评十个范畴来展开中国文论话语的建构。这种思路既坚守了中国文论话语的基础价值定位，又可以在其中展开中西相似范畴的对话，于文学实践中锤炼言说能力。应该说，这是一个很好的方向。当前学界对文学理论的写作提出了一些建树，大多是针对文学理论学科的危机而言的，比如边界的问题等。近些年来，学界出现了几种新的文学理论著作，著者们从自己的学术视角出发，为文学理论学科的今后发展积极规划。通过研读相关的著作，我们可以从中吸取经验，尝试着推动文学理论学科的深度建设。尤其要注意的是，学者们在著作中对中西文论关系的书写采取怎样一种态度？毕竟中西文论关系是我们要实现中国文论话语在当下中国成为主流话语所面临的关键问题。

童庆炳先生在总结 1991—2004 年文学理论教材编写时吸收西方文论的状况时，罗列了四个方面："一是尚有对西方文论不甚清晰的认识，不能客观辩证地认识西方文论的历史发展，过分鼓吹西方当代文论的真理性，确有'西化'之病；二是对某些概念、范畴的运用尚显生涩，未能融入自身理论言说中，概念表达缺乏前后一致性，这可能会给学生的学习和理解带来不便；三是

---

① 曹顺庆：《重写文学概论——重建中国文论话语的基本路径》，载《西南民族大学学报（人文社科版）》，2007 年第 3 期。

对于东西方文化差异对文学产生的影响关注不够，对在不同文化背景和思维方式对照下理解文学特性强调不足；四是将西方文论思想融入自身理论体系的工作仍为欠缺。"① 针对现在多数文学理论教材编写中存在西方文论话语泛滥的现象，要改变这样的局面，就是要走让中国文论话语成为主流的道路。在中国文学理论主流话语西化的状况下，试图让中国文论话语成为主流的努力并未停止，并且取得了一定的成果。为了使论述不至于陷入泛泛，我们有意结合学界的相关成果，从而描摹让中国文论话语成为主流话语所需要的建构方式。

顾祖钊先生感于学界文学理论教材写作中的诸多缺陷，结合自己的研究成果，写作了《文学原理新释》，这本著作改变了此前教材集体编写的模式，对理论之间的融汇有所加强。他为写作设定了一个目标，包含这样几个方面："（一）我们的学术立场定位于马克思倡导的'世界文学'，力求建立一个最具一般意义的文艺学体系。……既反对西方中心论，也不取狭隘的民族立场，既注意沟通中西文论相同性的一面，又注意中西文论互补性的一面，尽量吸收人类一切有益的理论创造。……（二）要在哲学方法论和文学本质论上有所突破。……（三）以由意象、意境和典型构成的三足鼎立的艺术至境观为中心，作辐射性拓展，形成新的作品论、类型论、真实论、艺术思维论和艺术发展论；以中国古代摹心说改造模仿论，以中西文艺心理学的成果丰富创作论；以西方语言本质观的某些长处与中国气韵说、言象意说形成新的构成论，以克服内容与形式对立说的某些失误等等。总之，试图通过中西融合、古今贯通的方式，使本书以全新的面貌呈现出当代我国理论界的智慧风采和一定的个人特色。它不仅把古代理论

---

① 童庆炳主编：《新时期高校文学理论教材编写调查报告》（附录一），春风文艺出版社，2006年版，第132页。

视为传统，而且也把'五四'以来的历史选择视为传统；它不仅把二十世纪西方现代文论的长处吸收进来，而且对苏式文论的某些长处也不丢弃；它不仅坚持了马克思主义原理，而且发展和丰富了它。既注意体系的创新性，又注意了新旧体系的衔接性。"①从这一写作"纲领"中，我们可以看出，顾先生以融合现有文论资源为指向，具有宏观的建构意识，但又不乏现实的针对性。从某种程度上来讲，他所设定的几种路径具有文学理论建设的前瞻性，可以视为重建中国文论话语的重要步骤。在这个理论设想下，如何实现传统文论价值的重现和西方文论中国化是根本的内容，可以说与我们重建中国文论话语的旨归是高度契合的，而他将自己的理论见解落实于文学理论教材的书写，也是深刻的学术洞见。应该说，中国文论话语的建设在学界形成了一定的共识，新文学理论教材的写作可以为中国文论话语构建范式，但具体的内容需要不断展开，难度也很大，正如顾祖钊先生所言："新的文论体系由于是一个融合中西、贯通古今的高度综合性文论体系，因此如何处理诸如中与西、古与今、理性思维成果与非理性成果、马列文论与非马克思主义文论等等理论之间的对话与沟通，把它们之间异质性关系、矛盾性关系，化解为相容性关系，这一磨合的难度可以说是空前的……"② 因此，在《文学原理新释》中，可以看出作者的着力之处，论述问题时常常能够兼顾中西，每编都有"小序"来揭示，尤其论及作品构成，更是以中国文论融汇西方文论，建立起艺术至境论的中心模式。但是在体系结构上仍然较多沿袭了此前的著作，西方文论话语的思维还是甚为明显，磨合存在一些缺憾。这证明，中国文论中国化走的是一条"泥泞的坦途"，尽管要付出持续的努力，但是它的必要性

---

① 顾祖钊：《文学原理新释》，人民文学出版社，2000年版，第3~4页。
② 顾祖钊：《文学原理新释》，人民文学出版社，2000年版，第6页。

和可能性已然逐渐为学界所认同，也为重建之路清扫了许多思维障碍。

作为新时期以来影响甚大的教材，童庆炳先生主编的《文学理论教程》也十分看重对中国文论话语的吸收。作者坚持马克思主义文论与中国传统文论等资源的融合，以现代文论为主体，并于恰当处以中国古代文论作为互补，同时行文时又能引用中国古代文论、文学的作品，可以说既体现出中国特色的理论品质，又积极导向文论的当代性建构。作为推荐教材，《文学理论教程》的论证注重沉稳，相比之下，王一川先生的《文学理论》和陶东风先生主编的《文学理论基本问题》则与《文学原理新释》一样，表现出更加鲜明的学术创新个性，有力地拓展了中国文论话语的言说空间。王一川先生通过对中西文学定义的梳理，提出文学是一种"感兴修辞"，感兴是中国古代文论的范畴，修辞则是在西方语言哲学观激发下对文学文本属性的认知，当然也是对中国古代修辞观的开掘。"感兴与修辞在文学中实际上是紧密结合在一起的东西，它的意思是感物而兴，兴而修辞，也就是感物兴辞。换言之，感兴修辞就是富于感兴的修辞，是始终与体验结合着的修辞。文学正是这样一种感兴凝聚为修辞、修辞激发为感兴的艺术。而文学的感兴修辞性，正是指文学具有感物而兴、兴而修辞的属性。"[①] 以此为界定，王一川先生确立起中国文论话语的基础性地位，从而将西方文论的思维作为学术探究的借鉴，对文学的文本构成、创作法则、文学阅读等展开具有中国文论特色的研究。王著《文学理论》显然是一部坚守中国文论话语的文学理论教材，感兴修辞论的话语构建作用，极力彰显出中国文论话语的现实生命力，与当下多数的文学理论教材相比，无疑是一次

---

① 王一川：《特色文论与兴辞诗学》，载《中山大学学报（社会科学版）》，2006年第3期。

重要的学术创新。该著作既有理论上的演绎，又有作品的具体解读，增强了中国文论话语的现实可信度。有学者在评价这部著作时说："比起审美意识形态论，感兴修辞论抓住了文学作为语言艺术的根本特征，祛除了遮蔽在文学现象上的意识形态灰尘，文学作为语言艺术的诗性智慧和鲜活灵性被呈现出来，……这一规定让我们回到文学文本本身，文学文本的基质得以敞亮。"① 当然，作为一部探索之作，缺憾之处在所难免，诸多评论可以推进理论深度思考，但是《文学理论》对于中国文论话语作为主流话语论域的开掘，对重建中国文论话语起到了重要的推动作用。陶东风先生主编的《文学理论基本问题》则一改当前主要文学理论教材编写的作风，以"文艺学的学科反思与重建"作为思考问题的切入点，呈现文学理论研究中的基本维度。这本教材的编写采用的是民族化和地方化的形式，编者解释说："我们要求每位编写者必须做到在介绍这些概念讲述这些问题时贯穿历史化和地方化的方法，对一些重要的概念与问题做历史的解释，同时，这种历史的解释必须结合民族的维度，即分别介绍不同民族对于这些概念是怎么得到解释的。"② 编者的思维在教材中得到了较好的体现，每章论述问题时总是能够彰显中国文论话语的特色价值，在西方文论话语面前不偏废中国文论话语，并能够在与西方文论话语遭遇时，创造性地运用中国文论话语，以确立其独立性。该教材还对中国文论的文质论、言意论、形神论、虚实论、意境论等重要观念进行了详细的梳理，呈现出中国文论话语的基本架构。并且，该著作还重视对文化身份的探究，对一些文学理论研究的前沿课题给予关注，特别还以"日常生活的审美化与文化研

---

① 章辉：《古代文论现代转换的一个尝试——评王一川〈文学理论〉》，载《湖北大学学报（哲学社会科学版）》，2007年第5期。

② 陶东风主编：《文学理论基本问题》，北京大学出版社，2004年版，第25页。

究的兴起"作为附录，呼应了该书对文学理论范式危机的思考。总体而言，该著作立足于中西文论话语比较之维，对文学理论研究的民族化和地方化做出了深切的观照，童庆炳先生评价说："虽然是一本探索性很强的教材，但在挖掘中国古代艺术精神方面反而比一般的教材更加深入，表现了编写者对中国古典文学作品和理论的熟练把握和他们的强烈的民族自觉。"①

　　从学界的研究现状来看，在学科体制上去重建中国文论话语已经取得了一定的成果，我们只不过是呈现了其中的一部分，以图从中探寻重写文学理论教材应该遵循的几种基本规则，这也可以视作今后重建中国文论话语的路向。在我们看来，要让中国文论话语在当下成为主流话语，应该从这样几个方面来写作文学理论教材：一是以中国文论话语的学术规则为基础，确立起学理架构；二是以中国古代文论的直接有效性和西方文论中国化为前提，积极开展中西文论范畴之间的比较、对话以及互相阐释；三是在文学批评中应用中国文论话语研究的新成果，确保其现实价值；四是敞开学术问题，以便于后学养成学术问题意识。当然，这四个方面并不是刻板的，它随着学术研究的深入而逐渐趋于成熟。前面的两种路向，已经论述得比较多，我们要对后面两种作简要的补充说明。文学理论教材都会列文学批评的内容，"文学理论与批评相互注入，互相支持，文学理论为文学批评给出系统的思想、宏观的视界、基本的方法和确定的概念；文学批评为理论提供实际的例证、发现的规律、草拟的概念和待定的命题。"②可见两者存在紧密的联系，但又不是同一关系，文学理论偏重于学理的构建，文学批评则倾向于具体作家、作品等文学现象的解

---

① 童庆炳主编：《新时期高校文学理论教材编写调查报告》，春风文艺出版社，2006年版，第125页。
② 盖生：《文学理论当下形态论——文学理论学探索》，社会科学文献出版社，2008年版，第92页。

读。文学理论来自文学批评，又要在文学批评中来验证其有效性，反过来可以建构更加成熟的理论体系。所以，以中国文论话语为主流话语的文学理论除了具有学理上的可行性，如何在文学批评上去拓展话语空间更是重要的课题，这也是中国文论话语能够成为有源之水的最好保证。至于敞开学术问题，或许会受到学界的非议，但是当文学理论的范式存在危机时，一味去构建统一的体系，似乎也不是很好的选择，我们在探索构建体系的同时，更需要呈现问题的价值，毕竟理论学习和学术研究都需要问题意识，它可以延续学术研究的活力。从学科制度上来实现中国文论话语的主流化，还需要学界不断地研讨，视域已经显明，路途却是漫漫。

第二节 打开国际新视野

文论"失语"并不是一个纯然停留在文论领域的问题，它与整体文化的转型息息相关。重建中国文论话语必须置身于整个文化语境当中来进行详细考察，从文化思维的高度上来深化重建路径的探究。对文化语境的关注，还基于当前文学理论学科边界的扩展，文本逐渐泛化，文学研究向文化研究转向。推动中国文论话语在当下中国成为主流话语，中国文化的主体性价值需要显明，依托于文化的主流建制，文论话语的生存空间日渐被正视。当然，中国文化的主体性建制并不能停留在故步自封的层面上，那样只能是自说自话，难以经得起多元文化的考量。中国文化发展要积极适应世界文化变革趋势，主体鲜明地参与世界文化交流，在国际视野中去凝练精粹话语，在与异质话语的对话、互释中展现自身的价值，成就国际地位。中国文化在内在凝聚力增强的情况下，一旦获得国际文化身份确认，反过来会增强我们的文化自信。在我们看来，中国文化、文论要打开国际视野可以从以

下两个方面来展开。这是当前中国文化面对国际新形势而调整发展战略的要求。

一

中国文化要打开国际视野，得到其他国家和民族的理解和认同，首先必须增强其本身的内涵。中国文化的存在价值曾一度受到诸多质疑，虽然在批判地继承中国传统文化时，一直有着"取其精华，去其糟粕"的理念，但是急切的变革情绪使精华与糟粕之间的划分标准逐渐模糊，无法得到切实的贯彻。中国传统文化价值的模糊与失落制约着当代中国文化体系的构建，缺乏深度历史传承的文化很容易被他国文化理念侵入，因为文化根基的薄弱使我们缺少稳定的话语，面对现实难以展开自己的言说，更不用说去影响他国文化的言说方式。反而是在文化多元化的时代中，被他国文化的话语规则所规范，中国文化的话语权被严重遮蔽。要改变现状，中国文化的发展战略应该调整，重新审视中国传统文化的价值，锻造文化"内功"。当前世界的发展，话语权的争夺越来越激烈，尤其是对于中国来说，话语权显得异常重要，这在经济和文化等诸多方面都表现得甚为明显。

为了更有效地提炼中国文化的价值，"文化软实力"的视域被打开，日益受到社会和学界的关注，并且还在体制上得到政策性的确立，这为今后中国文化的发展方向制定了重要战略——提高中国"文化软实力"，实现建设社会主义文化强国宏伟目标。"软实力"是近年来风靡全球的流行关键词，是当前人们评价国际关系的重要指标。"软实力"的概念最早由美国学者约瑟夫·奈于1990年提出，它与"硬实力"组成了现在国家综合国力的基本维度，大意指向：一个国家的综合国力既包括由经济、科技、军事等表现出来的"硬实力"，也包括文化、教育、意识形态、感染力、影响力等表现出来的"软实力"。"软实力"的表现形式不同于军事、经济，它以潜移默化的形式来达成深度影响，不像硬实力那么激烈。约瑟夫·奈是政治学家，他的划分主要从政治领域着手："在国际政治中，一个国家达到了它想达到的目的，可能是因为别的国家想追随它，崇尚它的价值观、学习它的榜样，渴望达到它所达到的繁荣和开放程度。在这个意义上，在国际政治中制定纲领计划和吸引其它国家，与通过威胁使用军事和经济手段迫使他们改变立场一样重要。这种力量——能使他人做你想让他们做的事，我称之为软实力。"[①] 此后，约瑟夫·奈多次对"软实力"的概念进行说明，使"软实力"的界定愈发充实、明确，但是作为一个新的视域，对其展开论述的角度甚多，到目前为止仍然是众声喧哗。从"软实力"被提出的语境来看，就可以发现它与当前国际关系新趋势紧密相关，是国家竞争的新形式，因此"软实力"必然关涉权力的争夺，尤其是话语权的竞争。"软实力"作用的凸显，逐渐获得世界诸国的重视，中国也不例外。在党的十七大报告中，"提高国家文化软实力"作为全新的理念得到确立，为今后中国文化制定了发展战略。从"软实力"到"文化软实力"，概念的针对性更强，当然两者之间的层次是比较模糊的，因为一旦我们将"文化"概念泛化的话，"软实力"与"文化软实力"的界限似乎就不明确了。当然，把文化的概念凸显出来，对于中国文化的发展具有特殊的意义，对以往文化传承思维缺失的状况起到了反拨作用，政策的制定更表明文化意识的重新觉醒，是对此前偏重经济发展的补充，也是对当前中国文化格局的调整。中国拥有5000年文明的厚实积淀，历史上也曾有过强大的文化优势，但是近代以来，中国传统文化在西方政治、经济、军事多重打压之下，逐渐被抛弃，中国大众

---

① 约瑟夫·奈：《美国霸权的困惑——为什么美国不能独断专行》，世界知识出版社，2002年版，第9页。

对自己的历史文化深层理念了解浅浅，反而对西方的价值观念不断追捧。这无疑是中国迈向强大、获得世界认同的障碍，一个国家倘若失去了属于自己的价值体系，在核心观念、心理结构上必然受制于他人，文化上的矮子难以成就超级大国。21世纪以来，国学热推动着大家对传统文化的认知，传统文化的价值逐渐复苏，中共中央办公厅、国务院办公厅印发了《关于实施中华优秀传统文化传承发展工程的意见》，传统文化的传承发展已经成为国家战略。然而，当前对传统文化价值的认知仍然存在缺陷。比如前些年易中天、于丹教授的传统文化读解得到了社会的关注和追捧，同时也引起了许多的争议。争议的孰是孰非，我们存而不论，就出现争论的缘由来讲，主要纠结在精义呈现和俗义解读之间，一边是精英从专业角度的抵制，一边则是大众的热烈追捧。褒贬之间，已然表现出社会大众对传统文化的陌生，人们渴望了解传统文化，但长期以来缺乏合适的渠道，大众传媒为此提供了很好的平台，一家解读，很快产生了社会效应，掀起了一次品《三国》、读《论语》的热潮，这在一定程度上也体现了人们对传统文化的新奇感。这种新奇感产生于长期以来的陌生，它的出现有利于传统文化价值的再发现。随着中华优秀传统文化传承发展工程的深入实施，一批以中国传统文化为核心元素的优秀文化产品走近大众日常生活，《中国成语大会》《中国汉字听写大会》《中国诗词大会》《国家宝藏》《百心百匠》等文化类综艺节目引领大众感受中国优秀传统文化的温度，增强文化自信。

在整个社会对传统文化的热情高涨时，不能盲目地发展，从而将一些经过价值扭曲的传统文化传播开来，造成传统文化在量上的增加，却未能改变传统文化在当代的陌生化存在。中国近现代以来的学术大家，诸如王国维、钱钟书、季羡林等先生，有一个共同点就是学贯中西，在西方话语的优势下，不偏废中国传统文化，并能于中西交流中坚守中国传统文化价值，并建构起中西话语交织的学术体系。而当代以来，我们却缺少一批这样的学术大师，造成这种现象的原因之一就是当代学术培养机制的问题。因此，要改变现状，在教育上有所作为是重要的方式。

在我们看来，需要加强传统文化教育，并且实现大众化。重新面对传统文化，是提高中国"文化软实力"，建设社会主义文化强国首要的诉求，而教育的调整和实施则是重要的方式，其目的在于重塑传统文化的当代形象和价值。过去很长一段时间，传统文化被片面批判，导致民族文化的虚无，外来文化乘虚而入，确立起话语标准，中国传统文化的传承进入恶性循环。要开发中国传统文化的价值，不能只是停留在研究的层面，或者说是少数人的专业，而是要在研究的基础上加强文化传播和文化普及。教育中应该增加一些传统文化的素材或课程，除了学校教育的革新，大众传媒也可以扮演重要的角色，毕竟它在广度和速度上都具有其他媒介缺少的优势。另外，能够迅速扩大传统文化影响，提高中国"文化软实力"，大力发展文化产业是当前必须采用的方式。中国是文化资源的大国，却是文化产业的弱国，我们的文化产品在国家整体经济发展中的比重仍然偏小，国际竞争力尚待提高。审视我们的近邻——韩国文化产业的发展，可以发现，无论韩剧如何用现代化的手段进行包装，但是融入其中的却是中国传统文化的价值观念，特别是对儒家文化的高扬。这启示我们，中国传统文化具有强大的影响力，但在不断媚外崇洋的过程中，这些被遗忘了。往往是在别人来挖掘中国传统文化资源时，我们才意识到，原来应该追逐的核心其实就是自己的历史，当《三国演义》《孙子兵法》等著作被西方人奉为经典时，中国的知识界应该觉醒。前些年，美国好莱坞常常制作一些取材于中国传统文化的文化产品，比如《花木兰》《功夫熊猫》等，在市场上赚得盆满钵满，这表明我们的传统文化仍然具有广泛的生命力和影响力，关键在于我们采取怎样的态度和方式去传承、创新。文化产

业是文化与经济携手的形态，将文化价值的开发置放于经济规则之下，增强了社会开发文化价值的主动性，并能够形成规模效应，以及多层次、多元化拓展传统文化的存在空间。由于文化本身的复杂性，文化产业的意义也呈现出多个维度，它以产品的形式融合了文化理念，所以它一方面具有产品的特性，能够创造相应的经济价值；另一方面它更是一种文化形式，潜藏着深层的意识形态价值。在这个意义上，文化产业的发展对文化话语构建具有重要作用，中国文化话语要确立主流地位，文化产业需要将传统文化的主体地位树立起来。在国际交流当中，传统文化的传播可以更加有效地避免意识形态的强烈冲突，能够于潜移默化中传播影响，获得文化认同。人们在使用经济产品时，除了享受物质价值，还要获取产品上的附加值，亦即它的符号意义，一定的产品都彰显出某种价值理念，广告宣传则凭借大众传媒的力量不断重复产品与理念的符号建构关系。相比之下，文化产业以文化资源作为生产素材，对价值观念的构建和传播具有先天的优势。文化产业以创意作为发展基点，创新能力往往决定着它的国际竞争力，所以它是知识密集型产业，也是绿色产业，是今后经济发展的重要形式。正是由于它的特殊属性，传统文化的价值必须被发掘出来，中国文化产业要提高世界竞争力，它的主要吸引力往往不是我们的现当代文化，因为近代以来我们多在学习西方，作为产业形式，现当代文化的独特性并不鲜明。从这个角度来看，中国传统文化具有一定的优势。当然，我们并不是否定中国现当代文化的价值，而是要在当前的语境之下，重塑被遮蔽的传统文化价值，树立中国文化的主体性。

文论和文学是文化的子系统，它们的价值体系依托于文化大系统，两者具有相互影响、相互促进的作用。中国古代文论话语蕴藏在中国传统文化体系当中，能够帮助我们将古代文学作为产业的独特性呈现出来，道的言说、依经立义、虚实相生、以少总多、言不尽意无不彰显着中国古人的文化智慧。这些观念与西方智慧相辅相成，胡塞尔、海德格尔对诗学的洞见都越来越切近中国文化内蕴。因此，"发现东方""发现中国"对中国文化、文论的发展都是势在必行的。发现不同于发明，它主要指向揭示、去蔽，是针对传统长期被遮蔽、被遗忘、被边缘化、被悬置而言的，发现中国，就是要揭开尘封已久的历史传统，为当代文化的建设积累素材，在此基础上还要坚持文化输出。作为发现东方的积极倡导者，王岳川先生指出："我们现在再也不可以等着人家来发现你，'发现的主体'不再是传教士，不再是西方，而应该是我们自己。'发现的对象'也不再是那些落后的、僵化的、保守的东西，而是经过现代化的欧风美雨洗刷后，中国文化的整合形式。我们在发现过程中，书画、音乐等是最好的文化输出途径，然后是思想文化，这是更高境界的精神文化。"① 文学艺术等文化传播，规避了政治、宗教意识形态冲突的风险，能够更有利地向世界传播中国文化价值观。以此观之，文化产业的发展关乎中国文化的整体战略，要让中国文化（文论）在当代成为主流，获得国际的认同，必须坚守我们自身的文化理念，在产业发展上有所作为，增强以产业的形式去传承和传播中国文化的力度，而不纯然诉诸理论的推广。当然，在国际上去锻炼中国文论的言说能力，也至关重要，我们可以通过参加国际研讨会等方式，与国外理论家展开对话、交流，碰撞新的理论火花。通过这种方式，让世界逐渐听到中国理论家的声音，使中国文论话语可以在学术前沿中去磨合，为参与今后世界文论话语的建构制造良机。这一切都可视作提高中国"文化软实力"的重要方式，主要目的都是为了构建中国文化的话语体系，从而能够拓展国际视野。

---

① 王岳川：《发现东方与重释中国》，载《长江文艺》，2004 年第 11 期。

二

要让中国文化（文论）在当代主流化，打开国际新视野，从民族身份建构上来观照也是重要的角度，这就需要强化民族文化认同感。民族文化认同是与文化背离相对的，民族文化是一个民族的根，一个国家如果失去了代表民族精神的文化，就失去了生存的根基，将导致民族在精神上的漂泊。因此，提高中国"文化软实力"与强化民族认同感是并行不悖的两方面，它们都致力于对中国价值观念的再发掘。提高中国"文化软实力"，如果缺乏民族身份的建构，它的具体指向仍然是模糊的，文化产业的发展一旦缺少民族精神的支撑，也容易流于空疏和盲目。在文化认同上，西方标示"罪感文化"，日本总结为"耻感文化"，而中华民族在认同什么呢？有学者曾经提出"乐感文化"，但是在崇外大潮中，影响乏力。党的十九大报告指出："没有高度的文化自信，没有文化的繁荣兴盛，就没有中华民族伟大复兴。"在"四个自信"中，文化自信是更基础、更广泛、更深厚的自信。这为中国知识界提出了重要的研究方向。在此前的一段时间里，我们从前现代到现代，再到后现代，在理论的更替中疲于奔命，缺乏有效的理论建树。再加上消费思维泛化，泛商品化，低俗文化泛滥，这深深影响着人们思想的穿透力，造成社会的核心价值的缺席。近些年来，社会上出现了对民族精神误解的现象，遇到突发事件时，无论是民众还是学者，都存在自说自话的情况，学理的建构和社会现象的解读脱节。在分析中国文化发展的民族思维时，有学者提醒我们警惕两种偏向："一是以西方中心话语为方向，将中国现代化看成全盘西化，成为分享第一世界学术强势的权力知识分子，做西方的传声筒；二是以狭隘的民族主义为理由膨胀为一种极端的后殖民敏感性，受个体经验和本土经验限制而过分强调对西方的抗拒，在一种不切实际的变形的自我巨型想象中，成为一种新冷战思维的播撒者。"① 这在当前的中国，又表现为所谓自由主义和民族主义，这两种极端化的方式，在本质上却是相通的，都是民族文化身份缺失和文化自信不足的表现。缺少文化自信的民族，难以参与到世界文化（文论）的建设当中，即使勉强参与，言说的力度也会大打折扣，因为缺乏思考问题的角度和立场。所谓强化民族认同感，就是要合理树立我们民族的立场，秉持求异和求同并重的理念，既能以自己的眼光去观察世界，又能放开胸怀，感悟世界，聆听世界，与世界对话。

杜维明先生曾提出要区分三个层次的中国人："一、自然生命的中国人；二、社会习俗的中国人；三、文化意识的中国人。只要有中国血统，也就是有'中国根源'（Chinese Origin）的人都符合第一类；会搓麻将，懂得欣赏京剧，喜欢吃大头鱼，能够陶醉在剑侠小说里的可以算是第二类。但是只有经过自觉的反省而能够把中国的文化价值内化（Internalized）的才有资格达到第三类的境界。"② 由此可见，文化是由不同层次构成的体系，体认层面的差异会造成身份认同和境界营造的分化。要真正构建起中国人的价值认同，必须进入中国文化的深层，于中国文化的外在鲜明表现中探究本质的内蕴。从这个标准上来看，当前的中国传统文化教育显然还存在某种缺陷，造成很多人对传统文化产生误解，轻则陌生，重则拒绝接受。要改变当前中国文化体认的状况，必须积极融入传统文化理念本身，而能够迅速实现目标，教育是重要的方式。从当前的传统文化教育来看，经典的缺失是造成不足的重要原因之一。长期以来，我们更多的是接受了西学的经典，中国传统文化元典经历了一个去经典化的过程。因此，

---

① 王岳川：《新世纪中国文艺理论的前沿问题》，载《社会科学战线》，2004 年第 2 期。

② 杜维明：《三种中国人》，引自《一阳来复》，上海文艺出版社，1997 年版，第 98 页。

今天要强化民族文化认同感，必须树立传统文化元典意识，使学者、大众能够真正沉潜于传统经典，实实在在感悟其中的蕴涵，而不是带着偏见的前理解去拒绝。庆幸的是，我们的社会已经做了一些工作，并激起了当下的"国学热"。20世纪末，中国青少年基金会推出了"中华古诗文经典诵读工程"，出版了12册《中华古诗文读本》，向全社会的青少年推广古诗文的意蕴。2004年，"《儒藏》编纂与研究"工程启动，工程规模浩大，全国几十所高校和研究机构都参与进来，一旦完成，其规模将远远超过《四库全书》。由此可见，传统文化经典正日渐得到学界和社会的重新激活。另外，在教育体制运行中，传统文化教育已经有所改观。2002年，中国人民大学成立孔子学院，这是中国高等教育体制当中第一次以孔子命名的学院，它以弘扬儒学为目标。2005年，中国人民大学又正式挂牌成立了"国学院"并开始招生，与此前的"孔子学院"不同的是，"国学院"是一个正式的教学实体，以"国学"作为专业，传统文化作为专业进入中国高等教育体制运行当中。同时，国学也正迈出国门，走向世界，孔子学院在许多国家开展了教学活动，有力地宣传了中国传统文化精神。诸如此类的活动还要持续地进行，以达到国内外对中国传统文化的合理体认。

具体的措施可以助力中国传统文化的传播，实现民族文化认同关键要调整文化心态，将对典籍的体认真正升华为文化精神的培养和话语言说能力的生成。在中国文化的现代转型过程中，造成了文化自卑心理，表现为弱国文化心态："一方面，由于一百多年来民族的积贫积弱，文化上的认弱感和自卑感已经历史地积淀在人们的头脑里，成为一部分人文学者挥之不去的阴影，他们更多看到的是中华民族自己文化上的缺憾和不足，于是，求助于西方的文化，借鉴甚至直接横移西方的文化，而且这一做法也确确实实给我们古老的中国带来了文化的生机。……另一方面，面对西方文化尤其是美国文化以强势扩散到我们国家和民族区域内部，则感到无比的忧虑和恐惧……"① 我们本身文化心态的失衡，造成了民族文化认同的混乱，容易陷入极端化的逻辑，要么全面迎合西方文化，要么以敌对情绪来面对。全面迎合，造成中华文化话语的失效，在中外交流时，中华文化常常被误读，最终难以达成对话；敌对情绪，则不能彼此融合，容易陷入各自成言的局面。因此，强化中华民族文化的认同，不能只固守在自己的文化视野当中，而是要以现实的语境为基础，站在古今中外合理调适的高度来审视，不仅要在古今文化传承中凝聚文化价值，而且还要向世界展示中华文化的魅力，吸引世界来关注中华文化。

在全球化视野下，中国文化面临西方文化范式的强大挑战，西方文化逻辑的泛化，最终将导致全球化走向同质化，而不是多元化。中国传统文化向来有"和"的观念，和的最大诉求是和谐，在于"和而不同"，承认世界文化的异质性构成，从而肯定民族文化的价值理念，满足对话、融汇的吁求。中国传统文化以天人合一的观念看待世界，文论以心物相通建立审美关系，都为当前建设和谐文化提供了历史借鉴。中华民族认同的价值体系必然来自自己的文化传统，是世代中国人民创造的结果，中国传统文化经过历史传承沉淀为中华民族心理结构。这个心理结构是民族凝聚力的保证，能够稳固中国文化的价值体系。中国知识界在面对西方文化、文论话语范式时，必须保持应有的文化自信。中国文化的"天行健，君子以自强不息"彰显出强烈的奋斗意识和价值担当，"海纳百川，有容乃大"则展现出极大的包容理念和宽广胸怀，可以说，中国传统文化具有当代吸引力，是富有活力和历史责任担当的文化形式，经过传承和创新，可以为中国文化（文论）建设提供重要的借鉴。面对传统文化，我们强化认同，

---

①　姚鹤鸣：《弱国文化心态不容忽视》，载《资料通讯》，2007 年第 2 期。

为中国文化话语在当下中国成为主流开辟新的道路。作为时代先锋的知识界，也应该有所担当，为中国文化的伟大复兴披荆斩棘。古人张载有"四偈"："为天地立心，为生民立命，为往圣继绝学，为万世开太平。"他书写出一代学人的崇高形象，或许这可以作为我们弘扬中国文化、重建中国文论话语最好的勉励！

结　语

　　对中国文论中国化的探究，以问题为起点，以找寻解决策略为目标，然而，最终呈现出来的却是一个不如意的"结果"，许多困惑依然存在着。我们通过层层剖析，呈现当代中国文论建设的维度，促使人们重新审视中国文论研究。在不断的辨析中，中国文论断裂性的存在形式得以显明，中国文论成了一个复杂的意义场。长期以来寄予西方话语范式却没有让中国当代文论生成真正的活力，中西文论话语没有实现大范围的合理对话与融汇。靳大成先生在回顾文学理论建设时曾大胆指出："多年来文学理论的一个引人注目的口号或提法是发展有我们自己民族特色的社会主义的或马克思主义的文学理论体系，但实际上并无发展，这个现象必得让我们重新思考，问题究竟在哪里或者问题提得对不对？说'无发展'是指一种理论活动没有达到预期的目标。它既无足以代表学科成果并有广泛影响的前沿性革命性的新发现，也没有产生具有足够生题能力的新的理论命题，同时，它跟生活或文学实践活动的关系暧昧不清，尽管它每天大量生产理论著作和数以千万字的论文。"① 这一论断显然会让很多的学者心存异议，但靳先生至少切中了中国文论建设的两方面缺失："缺乏代表性的学科前沿新发现"和"缺乏具有生题能力的新的理论命题"。

---

　　① 靳大成：《研究文学理论，为什么要反思学术思想史？》，载《中外文化与文论》（第 8 辑），四川教育出版社，2001 年版，第 99 页。

我们当前的文论研究在整体上对西方话语范式具有明显的依附，由此造成价值评判标准的西化，言说的论域也主要是紧跟西方学界，难以开展起一些真正属于中国理论界的话语讨论。这种思维还严重地影响着中国古代文论学科的发展，从学科范式到价值评判标准，古代文论的学科化却在一定程度上遮蔽了古代文论的本来存在样态。然而，学科化又是一个难以割断的趋势，中国文论的学科范式与学理价值标准之间产生了难以逾越的矛盾，中国学界的"现代性焦虑"蔓延。一方面，我们需要引入西方现代的学科体系，将中国的知识重组；另一方面，又要于重组中实现中国知识话语的合理更新。在这个现代性进程中，思路繁杂，矛盾纠葛。如何思入中国文论的现代性成为关键所在，"中国文艺理论的现代性，应该包括中国文艺理论的传统性、现代性和后现代性整合性的整体理论，它意味着对传统的审视和重新阐释，对现代性的批判和吸收，对后现代性的展望和警惕。任何单方面强调现代性的建立，依照的都是现代性的文化霸权理论，任何现代性权力话语的无限无边界扩张，都违反了新世纪人类多元对话原则。当代中国文艺的发展不可能完全西化，不能将中国文学艺术完全现代化，变成所谓现代后现代文艺理论。这样做的结果是既阉割了中国传统，同时也掐断了精神长青藤的历史传承。"①

于是，中国文论的建设就成了一个"去西方化"和"寻找中国性"的问题。在本书中就呈现为"失语症"与重建中国文论话语的关系，"失语症"揭示病症所在，重建中国文论话语则立足问题，提出战略性的路向，其旨归不是推翻一切重来。我们以"重建"为策略，重点在于重新审视中国文论话语的方向，探索中国文论建设中的中国经验和中国立场，从而更加积极有效地建

---

① 王岳川：《新世纪中国文艺理论的前沿问题》，载《社会科学战线》，2004 年第 2 期。

设中国文论，提高中国文论的言说能力和生成能力。在这个层面上，本书的探究所要达到的基本诉求是明确的，就是要达成中国文论的中国化，具体涉及这样几个方面。

一、重塑中国文论主体性

中国文论"失语症"的根本在于中国文论的主体性缺失，致使中国文论话语被遮蔽，陷入西化境地。根治"失语症"，完成重建中国文论话语，就必须旗帜鲜明地树立中国文论主体性。因此，实现中国古代文论话语的直接有效性就是要重新发掘其价值，梳理文论建设的中国经验和中国立场。中国古代文论现代转换，在学术旨归上就是要重新审视中国古代文论，为它的当代价值正名。我们反思中国古代文论现代转换命题，旨在预防现代转换时迎合西方话语范式的风险，避免中国文论主体性的再次缺失。中国文论主体性得以明确，才能够保证西方文论中国化真正落于实处。西方文论中国化的实践逻辑在于以中国文论话语为主来化西方，如果没有树立鲜明的主体性，西方文论依然会蔓延其学理范式，中国文论失语现象无法得到根本性改变。中国文论的主体性构建，除了合理地实现中国古代文论的直接有效性，更深层的是要以中国的文化规则为主，紧密结合中国文学实践。所以，中国古代文论的直接有效性与西方文论中国化是递进的关系，它们的共同基础是中国文论的主体性。

二、对话的积极开展

中国文论主体性的明确，在一定程度上来源于古今对话，以此为进路，西方文论才能融入中国文论的视野，适应中国文学的实践。中西文论对话必须是双方学界针对共同的言说对象而展开的求同、辨异共在的探究，其前提是中西方文论都相互尊重彼此的学术主体性，综合多方学术智慧，推进对文学问题的思考。积

极开展中西学界的有效对话，对重建中国文论话语，乃至世界文论的发展都具有推动作用。文论对话不是一蹴而就的，需要经过持续推进和长期积累，对话可以奠定文论的主体性基础，并不断坚固主体认同。中国文论话语的建构还需要从中国文化发展的高度着力，"发现中国""输出中国"是一个长远的文化战略性问题，提高中国"文化软实力"将诸多命题囊括其中，其内在诉求就是要为中国文化、文论打开国际视野。中国文论话语的建设并不是一个纯然中国的问题，在全球化视野下，不同国家的交流可以完成快速的传播效果，深刻的学术洞见能够通过多种传媒渠道传播影响。在很长的一段时间里，我们在这个传播系统中主要扮演接受者的角色，比较被动，而现在应该积极向他国输出我们的文化理念，主动提供我们学理考察的成果。

三、学科体制的改善

任何的理论建构都依赖于制度建设。重建中国文论话语作为现代性的事件，学科体制是难以回避的问题，因为它能够保证中国文论话语在当下中国成为主流话语。学科体制呈现为一系列的规训，它是包容性和排他性共存的，一定的知识要成为学科的主流话语，必然要获得最高的学科认同。就中国文论话语重建而言，中国文论话语要成为主流，必须诉诸文学理论学科的建设，融通中国古代文论与文学理论的关系，进而延伸至文学史和文学批评的研究。在过去的一段时间里，中国文论，尤其是中国古代文论话语在文学理论学科中扮演着次要角色，严重影响着其有效性的落实。作为重建中国文论话语的路径，学科体制的改善具有多重的意义，也是重建的关键，它将直接影响主流话语的认同，并以教育的形式在更广泛的社会范围内取得地位。

四、学术视域的不断刷新

重建中国文论话语并不是要从理论上建构起一个稳固、封闭的话语体系，它的主要旨归在于建立起一套具有中国特色的文论话语，这种话语必须是有活力的，能够在实践中广泛运用的。所以，重建中国文论话语必须关注知识更新的空间，即使在体系建构中，也要拓展相关的学术视域，不能闭门造车，造成新的"失语"。当前的文学理论学科范式面临着边界的疑问，文化研究冲击着文学研究的范式，学界对边界问题有许多的争论，并仍然呈现众声喧哗之势。重建中国文论话语不能回避这一现实问题，否则其建设难以站在最前沿。总之，在我们看来，重建中国文论话语不是建立起一个一劳永逸的体系，拓展学术视域是现实发展的必然要求，也是提升理论活力的现实需要。

参考文献

爱德华·W. 赛义德，1999. 赛义德自选集［M］. 谢少波，韩刚，等，译. 北京：中国社会科学出版社.

北大哲学系美学教研室，1980—1981. 中国美学史资料选编（上下）［M］. 北京：中华书局.

包忠文，1998. 当代中国文艺理论史［M］. 南京：江苏教育出版社.

曹顺庆，等，2001. 中国古代文论话语［M］. 成都：巴蜀书社.

曹顺庆，2000. 中国文化与中国文论［M］. 呼和浩特：内蒙古教育出版社.

曹顺庆，2001. 比较文学学科理论研究［M］. 成都：巴蜀书社.

曹顺庆，1998. 中外比较文论史（上古时期）［M］. 济南：山东教育出版社.

曹顺庆，2005. 比较文学学［M］. 成都：四川大学出版社.

曹顺庆，1996. 东方文论选［M］. 成都：四川人民出版社.

曹顺庆，1996. 雄浑［M］. 北京：中国人民大学出版社.

蔡钟翔，黄保真，成复旺，1987. 中国文学理论史［M］. 北京：北京出版社.

蔡镇楚，1999. 中国古代文学批评史［M］. 长沙：岳麓书社.

蔡镇楚，2005. 中国文学批评史［M］. 北京：中华书局.

陈钟凡，1927. 中国文学批评史［M］. 上海：中华书局.

陈良运，1992. 中国诗学体系论［M］. 北京：中国社会科学出版社.

陈良运，1994. 中国诗学批评史［M］. 南昌：江西教育出版社.

陈汉生，1998. 中国古代的语言和逻辑［M］. 北京：社会科学文献出版社.

陈伯海，1999. 近四百年中国文学思潮史［M］. 北京：东方出版社.

陈传才，1999. 文艺学百年［M］. 北京：北京出版社.

陈来，2002. 古代思想文化的世界［M］. 北京：生活·读书·新知三联书店.

陈平原，1998. 中国现代学术之建立［M］. 北京：北京大学出版社.

陈居渊，2000. 清代朴学与中国文学［M］. 南昌：百花洲文艺出版社.

成复旺，1992. 中国古代的人学与美学［M］. 北京：中国人民大学出版社.

成中英，1988. 中国文化的现代化与世界化［M］. 北京：中国和平出版社.

杜书瀛，钱竞，2001. 中国 20 世纪文艺学学术史［M］. 上海：上海文艺出版社.

杜维明，1997. 一阳来复［M］. 上海：上海文艺出版社.

邓新华，2004. 中国传统文论的现代观照［M］. 成都：巴蜀书社.

代迅，2002. 断裂与延续：中国古代文论现代转换的历史回顾［M］. 重庆：西南师范大学出版社.

方孝岳，1986. 中国文学批评［M］. 北京：生活·读书·新知三联书店.

方立天，薛君度，1998. 儒学与中国文化现代化［M］. 北京：中国人民大学出版社.

傅庚生，1947. 中国文学批评通论［M］. 上海：商务印书馆.

范文澜，1957. 北京大学历史问题讲座　第一讲历史研究中的几个问题［M］. 高等教育出版社.

福柯，1997. 权力的眼睛——福柯访谈录［M］. 严锋，译. 上海：上海人民出版社.

复旦大学中文系，1979—1985. 中国文学批评史（三卷本）［M］. 上海：上海古籍出版社.

弗朗索瓦·于连，1998. 迂回与进入［M］. 杜小真，译，北京：生活·读书·新知三联书店.

冯天瑜，1994. 中华元典精神［M］. 上海：上海人民出版社.

盖生，2008. 文学理论当下形态论——文学理论学探索［M］. 北京：社会科学文献出版社.

顾祖钊，2000. 文学原理新释［M］. 北京：人民文学出版社.

郭绍虞，2001. 中国历代文论选［M］. 上海：上海古籍出版社.

郭绍虞，1959. 中国古典文学理论批评史［M］. 北京：人民文学出版社.

郭绍虞，1983. 照隅室古典文学论集（下编）［M］. 上海：上海古籍出版社.

郭绍虞，1999. 中国文学批评史（上下卷）［M］. 天津：百花文艺出版社.

郭延礼，2000. 近代西学与中国文学［M］. 南昌：百花洲文艺出版社.

葛红兵，2000. 障碍与认同：当代中国文化问题［M］. 上海：学林出版社.

韩经太，2006. 中国文学批评史研究［M］. 福州：福建人民出版社.

韩经太，1990. 中国诗学与传统文化精神［M］. 成都：四川人民出版社.

黄忏华，1990. 中国佛教史（影印本）[M]. 上海：上海文艺出版社.

黄曼君，1997. 中国近百年文学理论批评史（1895 –1990）[M]. 武汉：湖北教育出版社.

黄海章，1962. 中国文学批评简史 [M]. 广州：广东人民出版社.

黄念然，2006. 20 世纪中国古代文学研究史 [M]. 上海：东方出版中心.

黄霖，2006. 20 世纪中国古代文学研究史（文论卷）[M]. 上海：东方出版中心.

胡范铸，1993. 钱钟书学术思想研究 [M]. 上海：华东师范大学出版社.

胡晓明，1991. 中国诗学之精神 [M]. 南昌：江西人民出版社.

季羡林，1991. 比较文学与民间文学 [M]. 北京：北京大学出版社.

季水河，2002. 多维视野中的文学与美学 [M]. 北京：东方出版社.

蒋述卓，等，2005. 二十世纪中国古代文论学术研究史 [M]. 北京：北京大学出版社.

旷新年，2001. 中国 20 世纪文艺学学术史 [M]. 上海：上海文艺出版社.

罗根泽，1984. 中国文学批评史（一）[M]. 上海：上海古籍出版社.

罗宗强，1996. 魏晋南北朝文学思想史 [M]. 北京：中华书局.

罗宗强，1986. 隋唐五代文学思想史 [M]. 上海：上海古籍出版社.

陆海明，1988. 古代文论的现代思考 [M]. 太原：北岳文艺出版社.

陆海明，1994. 中国文学批评方法论探微［M］. 北京：中国社会科学出版社.

陆侃如，冯沅君，1983. 中国诗史［M］. 北京：人民文学出版社.

李建中，2007. 中国古代文论诗性特征研究［M］. 武汉：武汉大学出版社.

李春青，2005. 在文本与历史之间——中国古代诗学意义生成模式探微［M］. 北京：北京大学出版社.

李思屈，1999. 中国诗学话语［M］. 成都：四川人民出版社.

李清良，2001. 中国文论思辨思维［M］. 长沙：岳麓书社.

李清良，2001. 中国阐释学［M］. 长沙：湖南师范大学出版社.

李泽厚，1981. 美的历程［M］. 北京：文物出版社.

李泽厚，刘纲纪，1984—1987. 中国美学史（1－2卷）［M］. 北京：中国社会科学出版社.

李凯，2002. 儒家元典与中国诗学［M］. 北京：中国社会科学出版社.

林毓生，1988. 中国传统的创造性转化［M］. 北京：生活·读书·新知三联书店.

林衡勋，2001. 道·圣·文论——中国古典文论要义［M］. 北京：中国社会科学出版社.

赖干坚，2003. 中国现当代文论与外国诗学［M］. 厦门：厦门大学出版社.

赖力行，1991. 中国古代文学批评学［M］. 武汉：华中师范大学出版社.

刘明今，2000. 中国古代文学理论体系：方法论［M］. 上海：复旦大学出版社.

刘文勇，2006. 价值理性与中国文论［M］. 成都：巴蜀书社.

刘若愚，1987. 中国的文学理论［M］. 田守亮，饶曙光，译，成都：四川人民出版社.

刘圣鹏，2006. 差异性研究与比较文学中国学派［M］. 济南：
　　齐鲁书社.

刘士林，1999. 中国诗学精神［M］. 郑州：河南人民出版社.

卢盛江，2002. 魏晋玄学与中国文学［M］. 南昌：百花洲文艺
　　出版社.

茅盾，1989. 茅盾全集（第十八卷）［M］. 北京：人民文学出
　　版社.

毛泽东，1983. 毛泽东书信选集［M］. 北京：人民出版社.

敏泽，1981. 中国文学理论批评史（共 2 册）［M］. 北京：人民
　　文学出版社.

马睿，2002. 从经学到美学——中国近代文论知识话语的嬗变
　　［M］. 成都：四川民族出版社.

蒲震元，2000. 中国艺术意境论［M］. 北京：北京大学出版社.

庞朴，1988. 文化的民族性与时代性［M］. 北京：中国和平出
　　版社.

彭立勋，曾祖荫，1986. 西方美学与中国文论［M］. 武汉：湖
　　北教育出版社.

彭会资，1996. 中国古代文论教程［M］. 桂林：广西师范大学
　　出版社.

皮朝纲，等，1995. 中国美学体系论［M］. 北京：语文出版社.

钱钟书，1984. 谈艺录［M］. 北京：中华书局.

钱中文，1999. 文学理论：走向交往对话的时代［M］. 北京：
　　北京大学出版社.

钱穆，2002. 中国文学论丛［M］. 北京：生活·读书·新知三
　　联书店.

钱穆，1994. 中国文化史导论［M］. 北京：商务印书馆.

饶芃子，1999. 中西比较文艺学［M］. 北京：中国社会科学出

版社.

聂振斌, 1986. 王国维美学思想述评 [M]. 沈阳：辽宁大学出版社.

舒芜, 等, 1959. 中国近代文论选（上、下）[M]. 北京：人民文学出版社.

邵汉明, 2000. 中国文化精神 [M]. 北京：商务印书馆.

陶东风, 2004. 文学理论基本问题 [M]. 北京：北京大学出版社.

唐正序, 陈厚诚, 1992. 20 世纪中国文学与西方现代主义思潮 [M]. 成都：四川人民出版社.

童庆炳, 2006. 新时期高校文学理论教材编写调查报告 [M]. 沈阳：春风文艺出版社.

童庆炳, 2001. 中国古代文论的现代意义 [M]. 北京：北京师范大学出版社.

童庆炳, 等, 2002. 现代学术视野中的中华古代文论 [M]. 北京：北京出版社.

谭帆, 1995. 传统文艺思想的现代阐释 [M]. 上海：上海社会科学院出版社.

温儒敏, 1993. 中国现代文学批评史 [M]. 北京：北京大学出版社.

魏家川, 2000. 审美之维与诗性智慧：中国古代审美诗学阐释 [M]. 北京：首都师范大学出版社.

吴兴明, 2001. 中国传统文论的知识谱系 [M]. 成都：巴蜀书社.

王国维, 2004. 人间词话 [M]. 北京：中国人民大学出版社.

王国维, 1997. 王国维学术经典集（上卷）[M]. 南昌：江西人民出版社.

王国维, 1983. 王国维遗书（第五册）：静庵文集（影印本）[M].

上海：上海古籍出版社.

王国维，1993. 王国维哲学美学论文辑佚 ［M］. 佛雏，校辑，上海：华东师范大学出版社.

王瑶，1998. 中国文学研究现代化进程 ［M］. 北京：北京大学出版社.

王元化，1984. 文心雕龙创作论 ［M］. 上海：上海古籍出版社.

王元化，1992. 文心雕龙讲疏 ［M］. 上海：上海古籍出版社.

王运熙，2006. 中国古代文论管窥（增补本）［M］. 上海：上海古籍出版社.

王运熙，黄霖，等，2000. 中国古代文学理论体系：原人论 ［M］. 上海：复旦大学出版社.

王运熙，顾易生，1989—1996. 中国文学批评通史（全七卷）［M］. 上海：上海古籍出版社.

王晓路，2000. 中西诗学对话——英语世界的中国古代文论研究 ［M］. 成都：巴蜀书社.

王岳川，2003. 发现东方 ［M］. 北京：北京图书馆出版社.

王一川，1998. 中国形象诗学 ［M］. 上海：上海三联书店.

王一川，1999. 汉语形象美学引论 ［M］. 广州：广东人民出版社.

王永生，1982—1984. 中国现代文论选（三册）［M］. 贵阳：贵州人民出版社.

汪涌豪，1999. 中国古代文学理论体系：范畴论 ［M］. 上海：复旦大学出版社.

徐公特，1998. 百年学科沉思录 ［M］. 北京：人民文学出版社.

徐复观，2001. 中国艺术精神 ［M］. 上海：华东师范大学出版社.

萧华荣，2005. 中国古典诗学理论史（修订版）［M］. 上海：华东师范大学出版社.

约瑟夫·奈，2002. 美国霸权的困惑——为什么美国不能独断专行 [M]. 北京：世界知识出版社.

于立君，2001. 中国诗文评点史研究 [M]. 长春：时代文艺出版社.

袁行霈，等，1994. 中国诗学通论 [M]. 合肥：安徽教育出版社.

杨玉华，2000. 文化转型与中国古代文论的嬗变 [M]. 成都：巴蜀书社.

杨春时，1990. 中国文化转型 [M]. 哈尔滨：黑龙江教育出版社.

杨飏，2001. 90 年代文学理论转型研究 [M]. 北京：中国社会科学出版社.

杨俊蕾，2003. 中国当代文论话语转型研究 [M]. 北京：中国人民大学出版社.

阎嘉，2005. 多元文化与汉语文学批评新传统 [M]. 成都：巴蜀书社.

晏红，2005. 认同与悖离——中国现代文论话语的生成 [M]. 成都：四川文艺出版社.

於可训，2005. 当代文学建构与阐释 [M]. 武汉：武汉大学出版社.

俞兆平，2002. 现代性与五四文学思潮 [M]. 厦门：厦门大学出版社.

余英时，2004. 中国思想传统及其现代变迁 [M]. 桂林：广西师范大学出版社.

余英时，2004. 文史传统与文化重建 [M]. 北京：生活·读书·新知三联书店.

余虹，1999. 中国文论与西方诗学 [M]. 北京：生活·读书·新知三联书店.

姚文放，2004. 当代性与文学传统的重建［M］. 北京：人民文学出版社.

叶嘉莹，1982. 王国维及其文学批评［M］. 广州：广东人民出版社.

叶朗，1985. 中国美学史大纲［M］. 上海：上海人民出版社.

叶维廉，1992. 中国诗学［M］. 北京：生活·读书·新知三联书店.

牙含章，王友三，1992. 中国无神论史［M］. 北京：中国社会科学出版社.

庄桂成，2007. 中国文学批评现代转型发生论：1897—1917 年间的中国文学批评生态研究［M］. 北京：中国社会科学出版社.

宗白华，1999. 艺境［M］. 北京：北京大学出版社.

张少康，刘三富，1995. 中国文学理论批评发展史（上、下）［M］. 北京：北京大学出版社.

张少康，2000. 文艺学的民族传统［M］. 武汉：华中师范大学出版社.

张少康，汪春泓，陈允锋，陶礼天，2001. 文心雕龙研究史［M］. 北京：北京大学出版社.

张真，1963. 古为今用及其他［M］. 北京：中国戏剧出版社.

张海明，1997. 回顾与反思——古代文论研究七十年［M］. 北京：北京师范大学出版社.

张辉，1999. 审美现代性批判——20 世纪上半叶德国美学东渐中的现代性问题［M］. 北京：北京大学出版社.

张伯伟，2000. 中国诗学研究［M］. 沈阳：辽海出版社.

张伯伟，2002. 中国古代文学批评方法研究［M］. 北京：中华书局.

张德明，2007. 现代性及其不满：中国现代文学的张力结构

［M］. 银川：宁夏人民出版社.

张荣翼，2005. 冲突与重建：全球化语境中的中国文学理论问题［M］. 武汉：武汉大学出版社.

张岱年，程宜山，1990. 中国文化与文化论争［M］. 北京：中国人民大学出版社.

张曼涛，1987. 佛教与中国文化［M］. 上海：上海书店.

张君劢，丁文江，1997. 科学与人生观［M］. 济南：山东人民出版社.

朱寨，1987. 中国当代文学思潮史［M］. 北京：人民文学出版社.

朱光潜，1985. 悲剧心理学［M］. 北京：人民文学出版社.

朱光潜，1984. 诗论［M］. 北京：生活・读书・新知三联书店.

朱自清，1981. 朱自清古典文学论文集［M］. 上海：上海古籍出版社.

朱自清，1983. 朱自清序跋书评集［M］. 北京：生活・读书・新知三联书店.

朱东润，2001. 中国文学批评史大纲［M］. 上海：上海古籍出版社.

朱良志，1995. 中国艺术的生命精神［M］. 合肥：安徽教育出版社.

郑家建，2002. 中国文学现代性的起源语境［M］. 上海：上海三联书店.

周宪，2001. 现代性的张力［M］. 北京：首都师范大学出版社.

周宪，2006. 文化现代性读本［M］. 北京：中国人民大学出版社.

周宪，1997. 当代中国审美文化研究［M］. 北京：北京大学出版社.

周勋初，1996. 中国文学批评小史［M］. 沈阳：辽宁古籍出版社.

周扬，1991. 周扬文集（第 4 卷）[M]. 北京：人民文学出版社.

周海波，2002. 中国现代文学批评史论 [M]. 上海：上海人民
　出版社.

赵敏俐，杨树增，1997. 20 世纪中国古代文学研究史 [M]. 西
　安：陕西人民出版社.